のぼうの城

田 竜 Ryo Wada

序

1

「治部めは俺の機嫌にかまうことなく、正面からこの秀吉を諫《いさ》めおるわ」

天下人豊臣秀吉の伝記『甫庵太閤記《ほあんたいこうき》』には、秀吉が苦笑まじりにそうぼやいたと記されている。

治部とは、

「才器、我に異《い》ならざるものは、即《すなわ》ち三成のみなり」

と、秀吉がその才覚を激賞した、石田治部少輔三成《いしだじぶしょうゆうみつなり》のことである。

このとき天正十年五月、三成と秀吉は、備中（現在の岡山県西部）高松城を攻略すべく建設した巨大な人工堤の上にいた。

「殿、何を考えてござる。早《はよ》う本陣にお戻りくだされ。危のうござる」

三成は、小男の秀吉の頭にかじり付かんばかりの勢いで叫んだ。

「堅いの佐吉は」

秀吉は大笑を発すると、からかうようにそう言った。

佐吉とは、三成の初名である。三成は十二歳のとき、近江（現在の滋賀県）で秀吉に召抱えられた。子のない秀吉は、三成が二十二歳となったいまも、堅い「三成」という名乗《なの》りではなく、「佐吉、佐吉」と初名で呼んでは、時にかわいがり、時にからかい、薫陶《くんとう》を与えてきた。

「万が一、堤《つつみ》が崩れればいかがなさるおつもりか、早う本陣《ほんじん》へお戻りなされ」

三成は繰り返し秀吉に向かって怒鳴った。

秀吉は再び大笑すると、三成の隣で片膝を付いている若者に問うた。

「さて崩れるかな。どう思う、紀之介は」

「はて」

紀之介と呼ばれた男は浅黒い顔を上げ、片眉《かたまゆ》を心もち上げると、鋭いまなこをおどけたふうに和《やわ》らげた。のちに大谷刑部少輔吉継《おおたにぎょうぶしょうゆうよしつぐ》と呼ばれる若者である。

「智勇兼備の武将也」

関ヶ原の大戦で徳川家康に敵対したにもかかわらず、そう江戸期を通じて庶民からも熱烈に愛されたこの名将は、三成と時期を同じくして近江で召抱えられた。秀吉は、三成と同様に、「紀之介、紀之介」と初名で呼んでは、政治上、軍事上の施策を自ら教師となって教え続けた。三成の一年年長で、少年のころからの友である。

この友は、「はて」と首をかしげると、

「しかし殿においてもらわねば、拙者《せっしゃ》は見どころを逃すことになりますな」

とぼけたことをいいはじめた。

（この野郎）

三成は吉継を睨《にら》みつけた。だが、吉継の顔からは崩れれば命に換えても殿を守る、そうあっさり腹を決めてしまっているのが見てとれた。

秀吉は吉継の肩を勢いよく叩《たた》きながら派手に哄笑《こうしょう》すると、いま一人の男にきいた。

「どうじゃ、正家は」

のちの長束大蔵大輔正家《なつかおおくらたゆうまさいえ》である。

この時期、正家は織田家で秀吉と並ぶ部将、丹羽長秀の家臣だったが、「算勘《さんかん》につきては天下無双」との評判をきき、備中高松攻めに際して秀吉が無理を言って借り受けてきた者だ。

「永楽銭《えいらくせん》にして八千貫文を投じたこの築堤は、微動だにいたしませぬ。ご案じ召されませぬよう」

正家は、微《かす》かに追従《ついしょう》の笑みを浮かべると、すらすらと答えてみせた。

（また数字か）

三成は、正家と同じく理財に明るい男だったが、この男の追従の笑みがどうにも気に入らない。

（吉継ほどの覚悟もないくせに、追従のために殿の命を危地にさらす奴）

三成がそう口を開こうとしたときだった。

「それじゃ」

秀吉がやかましくわめきはじめた。

「この世で不動の力を発揮するは銭とみよ。これからお前たちにそれを見せてやる」

そういうなり、腹いっぱいに息を溜《た》め込んだのだ。

（はじめるおつもりじゃ）

三成はとっさに秀吉の脚にしがみつき、その身体《からだ》が動かぬよう押えつけた。

「決壊させよ」

秀吉は大音声《だいおんじょう》で叫んだ。

当時、織田信長麾下《きか》の部将であった羽柴秀吉は、中国地方の平定を命じられていた。そしてこの五年の間に、苦闘を重ねながら中国の覇王、毛利家麾下の城を次々に落し、中国地方を西へ西へと蹂躙《じゅうりん》していったのである。

（いや、単に落城させただけではない）

三成は、秀吉の攻城法をそうみていた。

秀吉には意図があった。これは、という拠点となる大城には、二度と抵抗の意志などもたげることのないよう、思い出すだけでも胴震いするような戦術で敵城を攻めたのだ。

数万の大軍で完全に城を包囲し、ひたすら城内が飢えるのを待ったのである。とりわけ鳥取城では異様な事態が起った。

「餓死し人の屍骸《ししむら》を切食あへり」

餓死した屍骸《しがい》を切断しては食ったというのだ。

秀吉の軍師であった竹中半兵衛の息子、竹中重門《しげかど》は、秀吉の伝記『豊鑑《とよかがみ》』に戦慄《せんりつ》をもってそう記している。

鳥取攻めにも従軍していた三成は、落城後の鳥取城に入った。

のちに万石の大名になったとき、百姓領民をなめるが如《ごと》くかわいがったという男である。

「少ししか食してはならん。大食すれば頓死《とんし》するぞ」

このときも三成はそう叫びながら、自軍の兵どもが大釜で煮た粥《かゆ》を、敵の百姓兵に手ずから与えた。

そして鳥取城内を見た。

――餓鬼地獄じゃ。

三成は、寒気のする思いでその光景を見、一方で地獄を現出させた秀吉を畏怖《いふ》した。

鳥取落城後、秀吉は、毛利家が展開した備中の防衛線に迫っていた。これを破れば現在の広島県に到達する。

毛利家の備中防衛線は、北から宮地山城、冠山城、高松城、加茂城、日幡城、松島城、庭瀬城の七城である。このうち要《かなめ》となるのが、備中高松城であった。

ここでも秀吉は、まさに驚天動地の戦術を打ち出した。

「水攻め」

が、それである。

城を人工の堤防で囲み、そこに河川から水を引き入れ、城ごと敵を溺死《できし》させる。それが水攻めである。

備中高松城は八幡山、龍王山、三光山、石井山などの山々で三方を囲まれ、一方は平野に向かって開けている。この平野部分を人工の堤で蓋《ふた》をしてしまい、付近を流れる足守川や砂川、山々を流れる大小の谷川をも引き入れ、水によって城を沈めてしまうというのだ。

(だがそんな戦術が果して成功するものなのか)

三成にはとうてい信じられなかった。

秀吉は、この水攻めを大いに気に入り、のちに尾州竹鼻の水攻め、紀州太田城の水攻めと、何かといえばこの戦術をやろうとした。

「夫《そ》れ水攻めは六角義賢之《ろっかくよしかたこれ》を始めらる」

『勢州《せいしゅう》軍記』という伊勢（現在の三重県東部）の戦乱を記した軍記には、我が国における水攻めの発祥についてそう記されている。

義賢が息子の四郎義弼《よしすけ》と親子喧嘩《げんか》となった際、近江（現在の滋賀県）肥田城に四郎を水攻めにしたのが始まりだという。

もっとも、かつて南近江を支配していた六角義賢も、この三成の時期から十四年前に信長によって居城を追われている。

近江生まれの三成は、六角の水攻めのことを父・正継から聞いてよく知っていた。

（だが、我が殿の水攻めに比《ひ》すれば、六角の水攻めなど、児戯《じぎ》に等しい）

何しろ、秀吉がつくった人工堤は、その下底が十二間《けん》（約二十二メートル）、上底が六間（約十一メートル）の幅という、とほうもない分厚さと、三里半（約十四キロメートル）という気の遠くなるような長大さをもっていた。こんな豪壮な城攻めをやろうとした武将が古今にいたか。

（いるはずがない）

三成はそう強く思っていたが、一面不安がないわけではなかった。

三成の懸念は工期の短さにあった。わずか十二日間の突貫工事でこの人工堤は竣工《しゅんこう》したのだ。

（水の勢いに崩れはせぬか）

しかも、秀吉は城が沈んでいく瞬間を、人工堤の上で見たいなどとわがままをいいはじめたのだ。

三成が秀吉をくどいほどに諫めているのは、このためであった。

秀吉が、檻《おり》の中の獣同然の備中高松城と、その先に屏風《びょうぶ》のように広がる山々に向かって大音声《だいおんじょう》を上げると、巨大な人工堤の上にいた数万の兵たちが一斉に鬨《とき》をつくった。

山々が秀吉の大音声と兵たちの鬨の声を吸い込み、やがて静寂が訪れた。

(しくじったか)

だが、その懸念もわずか一瞬である。

三成がそう思ったとき、天地を揺るがすほどの轟音《ごうおん》が、三成の鼓膜を連打したのだ。

山々は、その至るところから河水を噴出させていた。

三成は急に顔を伏せると、人工堤にめり込ませるほどの勢いで秀吉の両脚を握った腕に力を込めた。

山々から噴き出した河水はすでに大波のごとく猛《たけ》り狂い、備中高松城の土塁《どるい》を洗い、城塀をなぎ倒し、櫓《やぐら》を根こそぎ引き抜いて、人工堤に向かって突進してくる。

「来るぞ」

秀吉は三成にかまうことなくそう叫んで、迫りくる大波に向かって挑むがごとく胸を張った。

やがて大波は爆音を伴って長さ三里半の人工堤に激突し、激突は衝撃となって三成の両脚に伝わった。

(飛ばされるなよ)

いよいよ腕に力を込めた三成を、河水が襲う。

秀吉は水飛沫《みずしぶき》を浴びながら陽気に歓声を上げた。それに応じて数万の兵たちも一斉に声を上げる。傍らでは、長身の吉継がずぶ濡《ぬ》れになりながら秀吉の肩を上から押えつけている。正家は耳をふさいでしゃがみこんだままだ。

「佐吉、佐吉。見よ」

顔を伏せた三成の肩を激しく叩きながら、秀吉は子供のように騒ぎ立てた。

三成は、その秀麗な顔を上げ、ゆっくりと立ち上がった。そしてこのときみた光景を、生涯忘れることはなかった。

人工堤から見下ろした地上が一変していた。

山々と人工堤によって囲まれた土地は一面の人工湖となり、その中心で備中高松城がわずかに本丸を残して没している。

——天下様《てんがさま》だ。

三成の明晰《めいせき》な頭脳を、おもわぬ着想が襲った。

「紀之介、殿は天下をお取りなさるぞ」

三成はいまだ続く轟音の中を、取り憑《つ》かれた者のように叫んだ。

これには、腹の据《す》わったはずの紀之介こと大谷吉継も肝を冷やした。

「馬鹿者、右大臣家のお耳に入ればどうなることか」

右大臣家とは、織田信長のことである。これより五年前に朝廷より右大臣の職を任じられて以来、「右大臣家」と尊称されていた（ただし、信長は半年足らずで右大臣の職をさっさとやめてしまっている）。いまの秀吉は、信長麾下の一部将に過ぎない。

だが、三成の耳には吉継の言葉など、もはや届かなかった。

（俺もこんな戦がしたい。俺もこんな壮大かつ豪気な戦がしてみたい）

急速に湧《わ》きあがった熱望だけが、三成の頭を一杯にしていた。

「俺もこんな戦がしたい」

三成は、渦巻く湖水に向かってそう叫んでいた。

それからおよそ一カ月後のことである。織田信長が京・本能寺で明智光秀に討たれたのは。

2

信長が本能寺で討たれてから八年後の天正十八年正月、黄金の衣装をまとった秀吉は、京・聚《じゅ》楽第《らくだい》の大廊下を大広間へと向かっていた。

(この雄姿《ゆうし》をみよ)

そう胸を張る想いでいたのは、秀吉ではない。絶えず喋《しゃべ》りちらしながら廊下をゆく秀吉に従った、三成の方である。

——我が生涯の師が天下人にお成りあそばす。

「わずか八年の間にだぞ」

三成はそう叫びたかった。

秀吉は、信長が死んでわずか八年間で、ほぼ天下を手中に収めた。

信長でさえなしえなかった四国と九州の平定《へいてい》をなしとげる一方、徳川家康をはじめとして、織田政権の簒奪《さんだつ》を狙《ねら》うかつての重臣たちのことごとくを降伏させるか殺すかした。本来、継承者の資格を有するであろう信長の次男・信雄《のぶかつ》(長男・信忠は本能寺の変で巻き添えを食って自刃《じじん》)でさえも、傘下に組み入れたほどである。

それだけではなかった。

この間、秀吉は、従一位関白に就任し、豊臣の新姓を勅許《ちょっきょ》されたのだ。ここに関白豊臣秀吉が誕生したのである。いま、この男が大騒ぎしながら歩く聚楽第も公家としての政庁であった。

秀吉が関白に就任するのに伴って、三成の身にも変化が生じた。

三成は諸大夫《しょだいぶ》十二人に選ばれ、

「従五位下治部少輔」

に、朝廷から叙任《じょにん》されたのだ。

いま、三成と並んで秀吉に従う吉継と正家も、それぞれ「従五位下刑部少輔」、「従五位下大蔵大輔」に任ぜられていた。

「刑部」

三成は吉継をこう官職名で呼ぶ。吉継もまた三成を「治部」とか「治部少」と呼んだ。

しかし「治部少」と呼ばれるたびに、三成が我が身の栄達《えいたつ》に酔ったかといえば、そんなことはなかった。この自負心の強烈な男は、

(当然のことだろう)

辺りを睨《ね》め回す気分でそう思っていた。

だが、いま聚楽第の大廊下を進みながら三成が思うのは、そんな自負心のことなどではない。

(天下統一を果すため、いまひとつ倒さねばならぬ勢力がある)

関東の王、北条氏のことであった。

北条氏は相模国(現在の神奈川県)小田原に本拠を置き、北条早雲《そううん》以来およそ百年の歴史を持つ関東の覇者である。

北条家の版図《はんと》は、初代早雲、二代氏綱《うじつな》を経て、三代氏康《うじやす》のとき、急速に拡大した。

氏康の属城である河越城（現在の埼玉県川越市）を、氏康と敵対していた当時の足利幕府の重職である古河公方足利晴氏《こがくぼうあしかがはるうじ》と、関東管領《かんれい》上杉憲政《のりまさ》らの連合軍八万六千騎が包囲したことがあった。

これに対して氏康は、小田原から急行して夜襲《やしゅう》をかけ、わずか八千騎で包囲軍を破ったのである。

この、「河越夜戦」とのちに呼ばれる大勝利で、氏康は周辺領主の信望を得て武蔵国の支配を確立し、北条家の名を一挙に高からしめた。

北条家は、三代氏康なきあとも伸張を続け、いまや上野国《こうずけのくに》、下野国《しもつけの》、常陸国、武蔵国、相模国、伊豆国、上総国《かずさの》、下総国《しもうさの》、安房国《あわの》（現在の群馬県、栃木県、茨城県、埼玉県、東京都、神奈川県、千葉県、静岡県）に勢力がおよぶ、大小百以上もの支城を持った堂々たる大家になっていた。

（だが、なにほどのものがある）

三成は見下《みくだ》すおもいで、北条家の版図を頭に描いた。

（関白殿下はその版図以外の国々を支配しているのだ）

事実、秀吉が天下に号令すれば、一地方勢力に過ぎぬ北条家など、粉々に打ち砕くことができるだろう。

北条家五代目の当主、氏直《うじなお》は、秀吉の聚楽第への再三の招きにものらりくらりと応ずることなく、小田原城に居座り続けた。聚楽第への来訪を断るのは、秀吉への臣従を拒絶するのと同義である。

いま、黄金の衣装をまとった秀吉が大広間に向かうのは、全国の大名たちに北条家討伐の軍令を発するためであった。

秀吉が大広間に姿を現し、上段の間に着座すると、全国の諸大名がいっせいに平伏《へいふく》した。

信長の同盟者であった徳川家康がいる。信長の次男・信雄もいる。秀吉とは同僚であった前田利家もいる。かつて信長を恐怖させた上杉謙信の養子、景勝《かげかつ》もいる。四国全土を征服した長宗我部元親《ちょうそかべもとちか》もいる。九州制覇を目前にして秀吉に敗れた島津義久《しまづよしひさ》もいる。八年前、信長麾下の部将として秀吉が戦った毛利家の当主、毛利輝元もいる。まさに綺羅星《きらほし》のごとき智将、猛将の数々が、この大広間を埋めつくしていた。

——天下が平伏している。

三成は、吉継、正家とともに上段下の脇にいながら、震えるおもいでこの光景を目に焼き付けた。

ちなみに、会津黒川城主の伊達政宗をはじめとして、奥州（東北地方）の大名はこのときはまだ秀吉に臣従を誓ってはいなかったが、それも時間の問題だった。

実際、後に起こる北条攻めの最中、そのほとんどが秀吉の謁見《えつけん》を求めて小田原に参陣した。

「北条こと、近年公儀《こうぎ》をないがしろにし、上洛もせず、ことに関東においては我意に任せ狼藉《ろうぜき》の数々、是非《ぜひ》におよばず」

秀吉は、彼の特徴である大音声でもって朗々と宣言しはじめた。

「よって本年三月一日をもって参内《さんだい》の上、節刀《せっとう》を賜《たまわ》り、小田原に向け出陣する」

続けて秀吉は各大名の進軍経路を指示した。

実は、各武将の進軍経路や役割分担は、前もって文書で指示は済んでいる。従って、この謁見は一種の示威行為でしかなかった。

秀吉は北条家と領土を接する家康と上杉景勝、豊臣家の柱石として重視した前田利家とは、聚楽第で直接会って戦略、政略の面から検討していた。三成も側近として臨席し、その内容は熟知していた。

だが、その三成が聞いても、秀吉が発する軍令には改めて目をみはらざるを得なかった。

――東海道からは、徳川家康の三河、遠江、甲斐、信濃、駿河の軍勢二万五千騎と、織田信雄の伊勢、尾張の軍勢一万五千騎、さらに秀吉の養子で将来天下を継承するとされていた（のちに秀吉の勘気《かんき》に触れ切腹を命ぜられるが）豊臣秀次の五畿内、南海、山陰、山陽、近江、伊賀の軍勢十二万騎の合計十六万騎が、北条家の防衛線である箱根の険を抜き、小田原表に攻め入る。

――北陸道からは、前田利家・利長父子、上杉景勝のほか、真田昌幸、小笠原信嶺《のぶみね》ら合計三万五千騎が、東山道を経て関東平野に乱入し、北条麾下の支城を攻め落とす。

――小田原城が接する相模湾は、長宗我部元親、九鬼嘉隆《くきよしたか》、脇坂安治、加藤嘉明《よしあき》の水軍が封鎖する。

――秀吉が留守をする大坂城や聚楽第は毛利輝元が四万騎を率いて上洛し、これを守備する。

このほか、九州薩摩の島津義久は甥《おい》の久保《ひさやす》に兵を率いて大坂に着陣させると約束していた。

この北条攻めの総兵力は、実際に関東に攻め入る兵だけでも二十五万騎とされ、参陣するであろう奥州の兵や、聚楽第の留守の兵など、そのほかに動員される戦力を合計すれば、五十万にもおよぶといわれた。

これに対して、『毛利家文書』には「（北条）氏直分国総人数積也」として、三万四千二百五十騎とある。北条家は本城、支城の侍どもをかき集めても四万騎に満たなかったのだ。

いわばこの北条攻めは、関東平野に籠《こも》った北条家とその麾下の各家々を日本中の軍勢がよってたかって袋叩きにするという、古今未曾《みぞう》有の大戦略であった。

「委細《いさい》は家老を発し、これなる石田治部少輔、大谷刑部少輔、長束大蔵大輔と打ち合わせよ」

秀吉は三成らを示しながら、大名たちに下知《げち》した。

三成は、天下に向かって軽く会釈《えしやく》した。豊臣家の実務を握るこの男の栄光の瞬間である。

だが、一方で、謁見を終えて大広間を後にする秀吉に従いながら、三成の心は鬱々《うつうつ》として晴れなかった。

(また奉行か)

三成は、本能寺の変から八年経ったいまも、目立った武功はなかった。

ここでいう奉行とは、いわば事務方である。三年前に九州の島津氏を攻めた際も、この男は、吉継と正家とともに兵糧の事務方を務めた。そして、九州攻めに参陣した諸将に滞りなく兵糧を分配して、抜群の吏才《りさい》を発揮してしまったのである。当時の武将は戦闘者として有能であることを至上の徳として自らを磨いていたため、この種の計算といった地味な技能を持つ者はまれで、かつ軽視されてもいた。

――三月一日をもって小田原に向け京を発する。

秀吉は大広間でそう宣言したが、これも九州攻めの出陣日が三月一日だったため、吉例をもって同日と定めたのだった。

(また兵糧を渡す役目か)

三成が九州攻めのときと役割が同じと察し、落胆したのも道理であった。

「佐吉、佐吉。ちょっと来い」

そんな三成を、秀吉は相変わらず初名で呼びながら、なにやら吃驚《びっくり》するような贈り物があるかのように何度も激しく手招きして、とある一室へと呼んだ。

（なんだろう）

紀之介、正家も来い、と言うのでけげんそうな顔をしたまま三成は、二人とともに部屋へと向かった。

「佐吉、紀之介、正家の三人は、小田原表までわしとともに行き、宇都宮、佐竹ら関東の軍勢が着陣次第、北条家の支城を攻め落せ」

秀吉は、三成ら三人が一室に入るなり、軍中にあるがごとく厳命した。

「軍勢は二万にもなろう。総大将は佐吉とする」

三成は言葉もなかった。

宇都宮とは、下野国（現在の栃木県）宇都宮城主の宇都宮国綱、佐竹とは常陸国（現在の茨城県）山直城主の佐竹義宣《よしのぶ》である。宇都宮はこの時期北条家に降伏していたが、すでに秀吉への臣従を内々に誓っていた。佐竹は長年北条家と対立を続けてきた家である。秀吉が北条攻めをやるなら、喜んで参戦するだろう。

（――俺に武将としての働きを）

三成は、無言のまま顔を紅潮させた。

「佐吉、案ずるな。北条の支城など所詮《しょせん》は田舎城に過ぎぬ」

秀吉は、三成の沈黙を緊張ととったのか、そういいながら慈父のようなまなざしを向けた。

「虎之助や市松に、いつまでも三献茶の男などと呼ばせておってはならぬ。石田治部少輔に武勇ありと奴等《やつら》に示せ。さすれば連中も佐吉を重んじ、豊臣家もひとつにまとまる」

一言一言、噛《か》んで含めるように伝えた。

――三献茶。

三成にとっては今さら思い出すのもわずらわしい、少年のころの三成の才覚を示すよく知られた挿話《そうわ》である。


秀吉が信長麾下の部将だった近江（現在の滋賀県）長浜城主時代のことだ。

このとき秀吉は、初めて万石の大名となったこともあり、やたらと領内を騎馬で走り回っては、領民たちに声をかけた。その帰りに、「観音寺」という長浜城から一里半ほどの近郊の寺に立ち寄った。

「茶をくれ」

秀吉が命ずると、一人の少年がぬるくたてた茶を大きな茶碗に七、八分目ほど入れて持ってきたという。

「うまい」

遠出の帰りで喉の渇ききっていた秀吉は一気に茶を飲み干し、

「今一服」

と茶碗を返した。二度目に少年が持ってきたのは、大茶碗に半分足らずの量で、先ほどのより少し熱めの茶である。それも飲み干し、さらに一服所望すると、三度目は暑気の強いころにもかかわらず、湯気がたって見えるほどの熱い茶を小さな茶碗に入れて持ってきた。

(──なるほど)

茶を喫しながら、秀吉は微笑を浮かべた。

(喉の渇きが和らぐに従い、茶の熱さと量を変えたか)

ためしに秀吉が少年に、「何ゆえ三度献じた茶に変化を与えたのか」と問うと、少年は秀吉が予想した通りのことを誇るように答えた。それも自ら考えてそうしたという。

秀吉は、この機転にも感心したが、むしろ自らの才覚を主張してはばからない清々《すがすが》しさと、領主であると知りながら堂々とそれをやってのけた胆力を気に入った。

(かつてのわしのようじゃ)

秀吉はそう思ったのに違いない。

「名は」

と、問うと少年は、

「石田佐吉」

と、答えた。十二歳のころの三成である。この出会いをもって秀吉は三成を召抱えることに決めた。この話は、広く世間に流布《るふ》され、三度茶を献じたことから「三献茶」と称された。

一方、尾張出身で、秀吉との血縁でもある虎之助(加藤清正)や市松(福島正則)などは、ほぼ同時期に秀吉の小姓となったが、いずれも腕自慢の男たちだけにこの話を聞いて、

――武功もないくせに小才だけはきくことよ。

そう反感を抱《いだ》いた。自然、この近江者と尾張者は仲が悪い。この仲の悪さは、のちに関ヶ原での東西分裂へとつながっていった。

かつては三成の才覚を示した三献茶の挿話も、いまでは清正らの解釈が大勢を占め、三成の小才子ぶりを示すだけの話となってしまっていた。

「石田治部少輔に武勇ありと示せ」

そう秀吉がいうのは、このためであった。

だが、三成は秀吉のこんな話になどまるで関心がない。

(虎之助や市松の馬鹿が、言いたければ勝手に言っておれ)

いま、この男の胸を占めているのは、ひとつのことだけだった。

――八年前、備中高松で覚えたあの熱望をようやくかなえることができる。

「は」

普段は言葉数の多い豊臣家の若き官僚は、ようやく一言だけ発した。

「関東の軍勢を引き連れ小田原を発したならば、まずは上州館林城を攻め落せ」

秀吉は、三成の返答をきくなりそう命じ、続けて、三成のその後の人生を決定付ける運命的な下知を与えた。

「館林城を落せば、武州忍城《おしじょう》をすり潰《つぶ》せ」

そして同時に武州忍城も、戦国合戦史上、特筆すべき足跡を残した城として、運命付けられたのだった。

武州忍城は、現在の埼玉県行田市に位置した成田氏の居城である。

成田氏はその系図をたどれば、大化の改新で功があった藤原鎌足に行き着く名族で、北は利根川、南は荒川に挟まれた行田市周辺の一帯を領していたらしい。

成田氏の業績を記した『成田記』によると、忍城は「智仁勇の三徳を備えた武将」といわれ、成田家の所領を飛躍的に拡大させた十五代親泰《ちかやす》が築城したという。本領である成田の在所（現在の埼玉県熊谷市上之《かみの》）から、忍の地を征服し引き移ったときのことだ。三成の時代から、およそ百年前にあたる。

いまは十五代親泰を経て、上杉謙信とも一戦を交《まじ》えた十六代長泰《ながやす》も四年前に死に、長泰の子、成田氏長《うじなが》が十七代目の当主となっていた。

兵力はわずかに一千騎である。三成が率いるであろう二万の兵にあらがうべくもない。

「武州忍城をすり潰せ」

秀吉から下知されたとき、三成はこの百年前に築城された忍城の絵地図（天正年間武蔵忍城之図として現存）をみせられた。

——湖に城が浮かんでいる。

三成は小さく驚いた。

忍城は、洪水が多いこの一帯にできた湖と、その中にできた島々を要塞化した城郭であった。

三成が改めて絵地図を見ると、本丸をはじめとして二の丸、三の丸、諏訪曲輪《すわくるわ》といった城の主要部分のそれぞれが独立した島であった。大きな湖のほぼ中心にそれらの島々は浮かんでおり橋で連結されていた。

本丸などの主要部分の周りは、侍たちが住む武家屋敷群が囲んでいる。これも独立したいくつかの島々である。さらに湖を出た城の東部の陸地には、一本の道が突き出るかたちで通っており、その両側に町家が立ち並んで城下町を形成していた。ただしこの城下町も湖から流れ出る水路が堀となり、城内に取り込むかたちをとっている。

(異様な城じゃな)

三成は、絵地図を凝視していた。

「浮き城ともいうそうな」

秀吉は、このとき示唆《しさ》じみたことを言ったが他意はない。ただ、この城の形状を指して言葉を発したに過ぎなかった。

1

3

秀吉が三成に北条家の支城を攻撃するよう下知してから、二カ月後のことである。

一人の壮漢《そうかん》が、町家の立ち並ぶ忍城の城下町を騎馬で疾走していた。

赤銅《しやくどう》色に焼けたこの男は、中だかの顔を持っていた。目はどんぐりまなこで愛嬌《あいきよう》さえ感じさせるが、黒目の光をみれば、猛将であるとひと目でわかる。一見すると細いその体軀《たいく》は無駄なものを極限まで削ぎ落し、動けばピシリと音が鳴りそうなしなやかな筋肉で形作られていた。

男の名を、正木《まさき》丹波守利英《たんばのかみとしひで》といった。成田家一の家老である。

（あの馬鹿が）

丹波は、怒気を発しながら馬を走らせていた。

馬蹄《ばてい》をとどろかせ東の城門、長野口に着くと、

「長親《ながちか》を見なんだか」

門番に問う、というより怒鳴《どな》った。

長親とは、成田家当主、氏長の従兄弟《いとこ》に当たる成田長親のことだ。

「のぼう様でござるか」

門番は首をかしげた。

「はてこの長野口は通っておられませぬが」

（また、のぼう様と言いやがったか）

丹波は嚇《か》っとなったが、いまは小者《こもの》を叱《しか》りつけている場合ではなかった。馬を少し進ませ、開け放たれた長野口の門から城外を見た。

のちに大谷吉継が攻め、激戦となる場所だが、いまはのどかなものである。門の外には忍川が流れ、川に架かった橋の先は麦畑が広がっている。

長親の姿はない。

（どこいきやがった、あの馬鹿は）

丹波は馬首《ばしゅ》を巡らし、小者に長親を見たら本丸に来いと告げるよう命ずると、再び城下町に向けて馬を駆った。

城下町を本丸に向かって戻り、湖にぶつかって左に道を折れると大手門に差し掛かる。

「長親は通らなんだか」

丹波は駆け過ぎざま、大手門の門番にまたも怒鳴った。

「のぼう様は通ってはおられませぬ」

（またのぼう様か）

門番の小者が発する返答を聞きながら、丹波はむしろ長親に対して腹を立てた。

丹波は、忍城の八口ある門をいちいち回っては長親を探している。

秀吉の宣戦布告を受けた北条家は、成田家当主氏長に宛て、小田原城に兵を率いて籠城《ろうじょう》するよう督促の使者を発していた。その北条家の使者に返答すべく、本丸には成田家の士分の者たちが在所から続々と集合しつつあったのだ。

（それをあの馬鹿は）

丹波は、きらきら光る湖面を右手にみながら、長親を心中で罵《ののし》った。

長親はどういう趣味か、百姓仕事の熱狂的な愛好家であった。今日もこんな大事なときにどこその村の農作業を手伝うべく、ふらふらと城を出て行ったらしい。

（馬鹿め）

丹波が長親を罵るのは、このためだった。

丹波は本来、沈毅《ちんき》な男である。

だが、幼いころからの友である長親に対しては、どういうわけか口汚く罵るのをこらえることができなかった。

大手門を過ぎると、清善寺に差し掛かる。みると、門前に老僧がいて道を掃き清めている。

丹波は、「苦手な奴に逢《あ》った」と内心舌を打った。

（明嶺《みょうりょう》の奴だ）

清善寺の六代目住僧、明嶺である。

当時、清善寺には一本の柿の木があった。

秋になると、明嶺の目を盗んでこの柿の実を盗み出すことが、士分町民百姓を問わず、悪がきどもの度胸だめしになっていた。

清善寺は城内にあるため、どこかしらの門は通らねばならない。だが、

「明嶺の柿を分捕《ぶんど》りにいく」

といえば門番の小者はにやりと笑い、門を通したものである。

明嶺は、柿の木に忍び寄る悪がきどもをとっ捕まえては、士分町民百姓のわけ隔てなく半殺し

の目にあわせた。高僧にあるまじき驚嘆すべきこのふるまいは、「さても、あの清善寺の住職はただ者ではない」との評判を生み、百姓領民はおろか、当主の氏長からもいよいよ尊敬厚い。

少年の丹波もしょっちゅう半殺しの目にあわされた。もっとも、必ず逃げおくれる長親をかばってのことではあったのだが。

この明嶺、御年《おんとし》八十という当時にしても珍しい高齢ながら、毎晩寝酒を欠かさず、寝酒のくせに朝まで飲みつづけるという、倫を絶した体力の持ち主でもある。

「和尚、長親を見なんだか」

丹波はやむなく馬を急停止させ、馬上から声をかけた。

「のぼうか、知らんな。それより丹波、高僧に向かい馬上からものを言うなど、正木の餓鬼大将も偉くなったもんじゃの」

明嶺は、今朝も朝まで飲みつづけたのか、酔眼を丹波に向けるとさっそく一喝で応じた。

丹波は渋々、馬をおりた。

「高僧なんてご大層なもんだったか」

「久しぶりに箒《ほうき》で頭ぶったたいてやろうか」

明嶺は箒をもち直した。

(相変わらずやな奴だ)

丹波は一瞬ひるむものを感じたが、苦情だけはようやくいった。

「しかし和尚、御屋形の従兄弟をのぼうのぼうと呼んでもらっては困る」

「でく、をつけんだけありがたいと思え」

(口ではかなわんな)

丹波は観念すると馬に飛び乗り、佐間口に向かって駆けだした。

「今日は下忍村総出で、たへえ爺の畠の麦踏みをやるはずじゃ。そこじゃろうて」

明嶺は、丹波の背中を追っかけるようにしてどなった。

「そうか和尚、礼を言うぞ」

「礼なら、盗んだ柿の礼を言え」

明嶺はまた一喝すると、清善寺へと姿を消した。これからようやく床に就くのだろう。

(まったくあなどられている)

丹波は疾走しながら長親をおもった。

――のぼう様
とは、「でくのぼう」の略である。それに申し訳程度に「様」を付けたに過ぎない。

長親は図抜けて背が高い。脂肪がのっているため横幅もあり身体《からだ》つきは大きいが、容貌魁偉《かいい》であるとか、剛強であるとかいった印象を一切ひとに与えなかった。

ただ大きい。

その大きな男がのそのそ歩く。

その姿はまさに、でくのぼうが、歩き回っているかのごとくであった。

長親はどちらかといえば醜男《ぶおとこ》であった。鼻梁《びりょう》こそ高いが、唇は無駄に分厚く、目は眠ったように細い。その細い目を吃驚《びっくり》したように開き、絶えず大真面目《まじめ》な顔でいる。

表情は極端に乏《とぼ》しい。めったに笑うこともないが、対面した誰しもが、この男が絶えずへらへら笑っているかのような印象を受けた。

(そんなことだからあなどられるのだ)

丹波は長親のために憤った。

「のぼう様」

家臣はおろか小者、さらには百姓領民にいたる忍領全体の者が、長親をこう呼んだ。しかも当人に向かってである。

丹波が小者たちを叱れないのは、当の長親が一向に意に介するふうがないからでもあった。呼ばれればきちんと返事をする。むしろ長親と本名で呼ぶのは、当主氏長と重臣たちくらいのものであった。

やがて丹波は、忍城の東南の門、佐間口から城外に出た。のちに、この丹波自身が長束正家の軍勢と激突する、忍城戦のうち最大の激戦地といわれた場所である。

丹波の視界が開けると、一面の麦畑の十町(一キロメートル余)先に、唐突に隆起した小山の群れがみえてきた。

現在では、国史跡に指定されている「埼玉《さきたま》古墳群」である。昭和五十三年には、この古墳群の中の稲荷山から出土した鉄剣に、大和朝廷の支配がこの関東にまで及んでいた可能性を示す文字が彫られていることが判り、考古学界を騒然とさせた。

だが、当時の丹波にそんなことは知る由《よし》もない。

丹波は、古墳群の中のひとつの小山に注目していた。

丸墓山である。

当時から誰かしらの墓という認識は人々にあったのだろう、「丸墓山」の呼称は、この丹波の時代にもあった。

丸墓山は、古墳群の中でもっとも標高が高い。それどころか円墳としては、日本最大の規模を誇っていた。隆起のない関東平野につくられた忍城を攻めるのに、これほど格好の陣所となる場所はないだろう。

いや、現にこの丸墓山に陣を張り、忍城を攻めた者がいた。

越後の竜、上杉謙信である。

いまから三十年以上も前、当主氏長の父、長泰の時代のことだ。

少年時代の丹波もこの謙信をみた。そして謙信は、のちの丹波に多大な影響を与えた男でもあった。

北条氏の武州支配を決定付ける「河越夜戦」で敗北した関東管領の上杉憲政は、次は何を思ったか、武田信玄にまで喧嘩《けんか》を売ってこてんぱんにのされた。そして、いよいよどうにも関東に居場所がなくなり、夜逃げ同然で越後へと逃れた。

憲政は酒色に溺《おぼ》れ、どうしようもない男であったらしい。越後へ逃げると、当時の長尾景虎《かげとら》に、朝廷から下された錦の御旗から、関東管領職から、果ては上杉の苗字《みようじ》に至るまで一切合財を丸投げした。

景虎は、当時ないも同然の足利幕府の権威を重んじた男であり、また俠気《きようき》もあった。足利幕府の関東管領職を追い出して、関東支配を狙《ねら》う北条氏など、盗人《ぬすつと》同然にみえた。

二つ返事で憲政の申し出を受けると、関東支配の権限を有する関東管領上杉謙信として、北条家になびいた関東の城々を軽々と落し始めたのだ。

当時、すでに北条家に臣従を誓っていた忍城にも、謙信は攻めてきた。

成田長泰は、このとき籠城策《ろうじようさく》を採《と》った。丸墓山から忍城を見下ろした謙信は、わずか数十騎を連れ、自ら忍城に迫り大物見《おおものみ》を試みた。

事件は、謙信が佐間口を過ぎ、下忍口に至ったときに起った。

関東の戦乱を記した『関八州古戦録《かんはつしゆうこせんろく》』によると、忍城の兵たちは鉄砲十挺ばかりを乱射したが、弾は謙信に一切当たらなかったという。うるさく思ったのだろう、謙信は城に背を向けその場を離れようとした。

そのとき城兵のひとりが、謙信の背に向けて怒鳴り声を上げた。

「大将のくせして、背中をみせて逃げるのか」

乱世である。

この種の侮辱《ぶじよく》に当時の武者どもは過敏であった。まして、のちに脳溢血《のういつけつ》によって厠《かわや》で倒れたほど頭に血が昇りやすい謙信のことである。即座に馬を止めると、ぐるりと馬首を巡らし、忍城に向かって不動の体勢をとった。

――撃ってみよ。

と、いうのである。

この謙信の勇姿を、崖《がけ》のように切り立った土塁から、ようやく頭を出した少年時代の丹波は目撃した。

当時の人間は敵味方にかかわらず、こういう度外れた勇気を持つ者を賞賛した。このときの忍城の兵たちもどっと喝采《かっさい》を浴びせたが、鉄砲だけは撃ちに撃った。だが、どういうことか微動だにしない謙信に、弾は一向に当たらなかったという。

城兵たちはようやく動揺した。こういう武者には軍神《ぐんしん》の加護があるとされており、討てばたたりがあると信じられていたからだ。

そこで、何のまじないか知らないが、忍城方鉄砲組の足軽大将は、「黄金の弾丸」を三つほど用意し、鉄砲の精兵《せいびょう》を選んで充分に狙いを定めて撃たせたと、『関八州古戦録』には記されている。

だが、この黄金の弾丸すら、謙信の身体をことごとく避《さ》けて通った。

(神だ)

——いくさの神だ。

少年の丹波は、土塁の上に植えた丸太の柵垣《さくがき》を力強く摑《つか》んで、馬上の軍神を凝視した。

そして同時に、

(——俺はこの男のようにはなれない)

と、観念した。

それからである。丹波が一途《いちず》に自らを鍛え始めたのは。

当時の丹波はどちらかといえば、おとなしい少年であった。だが、謙信の勇姿を目撃してからというもの日々武技を練り、兵書に親しみ、どこそこに強者《つわもの》ありと聞けば、近隣遠方、士分百姓の身分を問わず喧嘩を売り歩いて、鋼の精神と肉体を鍛え上げた。

丹波は、武者としての自分をいわば人工的に作り上げた男であった。

だが、

(あの男にはなれない)

という敗北感は、絶えず丹波をとらえ続けていた。

しかし、それも丹波自身の心の内だけの話である。他人は剛強の人としてこの男をみた。

それどころか、丹波は、成田家家中で武辺《ぶへん》の最も優れた者だけが持つ「皆朱《かいしゅ》の槍《やり》」を許された男であった。


いま、丹波が丸墓山を見ながら思うのは、そんな自らの感傷ではない。

(今度の敵は、謙信以上の軍勢を率いてくる)

天下人の軍勢は忍の地を埋めつくし、怒濤《どとう》の如く攻め入ってくるに違いない。丹波は馬を駆りながら戦慄《せんりつ》した。

やがて、馬二頭がようやく通れる細いあぜ道を右へと曲がり、下忍村に馬首を向けた。

(あの馬鹿め)

丹波は長親に思いをはせ、何度目かの「馬鹿め」を発した。

4

馬鹿はあぜ道にたたずんでいた。

南の城門、下忍口の城外、下忍村のあぜ道である。

忍領一帯は、鎌倉時代のころから一年のうちに麦と米とを作る二毛作が普及していた。天正十八年二月の下忍村でも、麦踏みの作業が村総出でおこなわれていた。

「目を合わせてはならぬ。構えて目を合わせてはならんぞ」

作業をしながら、少し離れたあぜ道の上の長親を盗み見ていったのは、下忍村の乙名《おとな》、たへえである。息子の嫁、ちよに密命を伝えるがごとく小声でいった。

「承知しております」

ちよも、野良《のら》仕事で汚れていてもそれと分かる整った顔を真顔《まがお》にして、大げさにうなずいている。

「いいじゃねえか、のぼうの奴が手伝いたいっていうなら、こきつかってやりゃ」

ちよの亭主のかぞうが、えらの張った頑丈そうなあごを不機嫌な調子で横にゆがめた。

「何をいう」

たへえは、息子のかぞうを鋭く叱りつけた。

「去年長野村の田植が、のぼう様に手伝われたのを忘れたか」

長野村は、丹波が馬で駆け込んだ長野口の城外一帯に広がる村である。

昨年初夏、のぼう様こと長親は、ちょうど今朝のように長野村のあぜ道にたたずみ、吃驚したような顔のまま、声がかかるのを今か今かと待ち構えていた。そんな長親を、遠方の村から長野村に嫁いできた百姓家の嫁が、恐らく長親の噂を知らなかったのだろう、ちらりと見てしまった。

それからである。あれよという間に話はまとまり、気が付くと長親は田んぼにずぶずぶと足を沈め、一緒に田植をやっていた。

長親は、百姓仕事を見るだけでなく、実践することも大いに好んだ。しかし、この男はわざとやっているのかと思うほど、無能な肉体労働者であった。

無論、百姓たちにとって「やめろ」と、長親を怒鳴りつけることぐらい造作もないことである。その程度の勇敢さを戦国の百姓たちは持っている。

だが、のぼう様は、全くの善意から手伝っているらしいのだ。この善意を前にしては、百姓たちもされるがままになるほかなかった。

「忘れたわけではあるまい。長野村が三日もかかって植え直したのも聞いただろうが」

たへえは、すでに興奮しきって早口でまくし立てている。

「不器用ですから、のぼう様は」

幼い娘を持つちよは、長親も同じようにみえるのか、不意に笑ってしまった。

「笑いごとではない」

たへえがちよを叱り付けていると、ちよは笑顔を消し、目を剝《む》いて一方を指差した。

「なんじゃ」

たへえが振り向くと、ちよとかぞうの娘で、今年四つになるちどりがちょこちょこと、あぜ道の長親に向かって歩み寄っているではないか。

「――――!」

たへえは、がばっと口を開けた。が、声は出ない。

「ちどりっ」

ちよは小さく、しかし激しく叫ぶが聞こえるものではない。

「おい、お侍」

あぜ道では、ちどりが長親に声をかけていた。

「なんじゃな」

長親は、大真面目な顔をちどりに向けた。さらに、ちどりの背丈に合わせるべく、ぐっとその顔を下へともっていった。

よほど不器用なのだろう。長大な体軀のうち、腰だけを大きくくの字に曲げ、おもいっきり首をのばして顔をちどりの正面に向けている。

（……のぼう様、膝をお曲げなされ、膝を）

たへえは、長親の不器用さをまざまざと見せ付けられ、これから起るであろう事態を想像すると泣きたい思いにかられた。

「お侍、やることがないならそんなとこにぼうっと突っ立ってないで手伝え」

ちどりは、あぜ道の上でそういってしまった。

（いいおったか）

たへえは、心中で叫んだ。二人の対話はここまでは聞こえてこないが、長親の顔が輝きを放っているのでそれがはっきりと分かる。普段表情に乏しい男だけに、凄いほどの笑顔になった。

「そうか、そう言われるとな、手伝わないとな」

長親は、子供相手に恩着せがましいことをぶつぶつ言っている。

「ぶつぶついってないでこっちに来い」

ちどりは、長親の手を引いて麦畑へと下りた。

たへえの目に映る大男の長親と小さなちどりの姿は、なにやら喜び勇んでやってくるいたずら好きの大鬼と小鬼のようにみえた。

「じい様、このお侍が手伝うってさ」

どうだ、と言わんばかりにちどりはたへえの元に来るなり胸を張った。

たへえは、麦畑に頭を突っ込んで耳をふさぎたい気分だったが、

「いやあ、のぼう様もったいない。城主御一門様に麦踏みなど、めっそうもございませぬ」

心にもないことを言ってのけた。

「いいよいいよ、遠慮するな」

と、輝く笑顔を向けてくる大男に、たへえの気力は早くも萎《な》えはてた。やがて、霞《かすみ》がかったたへえの瞳に、ちどりから「じゃあお侍頼んだぞ」と言われて激しく点頭《てんとう》しつつ、麦畑の中の村人たちに交じっていく長親の姿が映った。

「せえの」

たへえは泣きたいおもいで、村人たちと長親に号令をかけた。

麦踏みは、文字通り生え始めの麦の芽を踏みつける作業である。この踏む作業によって麦はかえってすくすくと育つ。このため、一列に並んだ村人たちは、倒さない芽がないようくまなく畑を踏みつけねばならない。

だが、この程度の作業でさえ長親には至難の業《わざ》であった。どたばたと不器用に大足を上げ下げしてこの上もなく楽しげに労働するものの、踏み損ねたり踏めばへし折ったりと、結果というものを一切出さなかった。

（……今日もいい天気だなあ）

もはや気力も失せ、一列だけ綺麗《きれい》に破壊されていく長親の労働の成果を見つめながら、たへえはぼんやりそんなことを考えていた。すると、ちどりが長親に近づき、なにやら苦情を申し立てている。たへえは一縷《いちる》の望みを孫に託して作業を止めた。

「お侍、まじめにやれ」

「無論まじめにやっておる」

長親は、大真面目な顔でちどりに答えた。

「オレのようにできんのか。ああやるんじゃほれ」

ちどりが自分の踏みつけた辺りを指差すと、そこは見事にすべての芽が倒されていた。長親はそれを見つめ、

「うむ」

と、厳粛な顔でうなずいた。

「のぼう様、お願いがござりまする」

たへえは何とか気力を奮い起し、長親に歩み寄った。

「お、何でも言ってくれ」

「やめてくれ」

言われるなり、生き生きと輝いていた長親の顔がみるみる光をうしなった。

「……ああ……そうね」

気の毒になるぐらいに顔全体から力が抜けていくのが分かる。やがてとぼとぼとあぜ道へと戻

っていった。

「のぼう様、百姓はのぼう様に見てもらえるだけでうれしいのでござりますよ」

ちよは慰めるように声をかけたが、その言葉にもふり向いて力なくうなずくだけで、一向に元気づくようすはない。

(何かわるいことしたな)

たへえやちよだけではない。下忍村の村人皆が、寂しげな大男の背中を見ながらそう思った。

ただし、かぞうを除いて。

「まったく、手伝うならちゃんと手伝ってほしいものじゃ」

かぞうは、大声で長親に罵声《ばせい》を浴びせたのだ。

「こらっ」

これには父親であるたへえも激怒した。馬鹿に対して何という情のないことを言うのだ。

だが、そんなかぞうにも長親は、

「……まったく面目ない」

再びふり向くとそう答えて、重たげにあぜ道へと身体を運び上げた。

そこへ、どっと馬を駆ってきたのは丹波である。

「長親」

丹波が大声で怒鳴ると、村人たちの間に緊張が走った。長親と違い、丹波は領主然とした男である。村人たちにとって丹波は、城主一門の長親などよりよほど恐ろしい存在であった。

長親は、馬上の丹波を見上げた。

「何じゃ丹波か、どうした」

「どうしたではない。早々に本丸に来いとの御屋形様《おやかたさま》のお達しじゃ、乗れ」

「うん」

というが長親は馬に乗れない。馬だけでなく、この大男は刀術、槍術、体術、あらゆる運動ができなかった。

丹波は、慣れきった作業をこなすように長親を馬上に引き上げると自分の前に乗せた。前方に大男が乗っているのは邪魔であり、また変則的でもあったが、こうでもしない限り長親はころころと馬から転げ落ちてしまうのだ。

「邪魔したな」

丹波は百姓たちを見下ろし声をかけると、鞭《むち》を上げて風のように去っていった。

(あれで幼きころからの友垣《ともがき》とはなあ)

たへえは、城の方に向かって小さくなっていく二人の姿を見とどけながら二人の仲を想った。

そして、続く考えに至るにおよんで、地面が揺らいだかとおもうほどの衝撃を受けた。

(やはり関白豊臣秀吉という男が、小田原に攻め入るとの噂はまことのことなのか)

忍城下の百姓の間にも、上方《かみがた》で豊臣秀吉という猿に似た男が天下を席巻《せっけん》しつつあるとの風聞は伝わっていた。

――忍城下に天下の軍勢が至れば、ひとたまりもなく敗北してしまう。

それは、百姓のたへえから見ても、明らかなことだった。

「何しにきた小田原は」

下忍口に向かう馬上で、北条家から発せられた使者のことをきいた長親が、後ろの丹波に不機嫌な顔を向けた。

「何を申しておる」

丹波は、小田原城に籠るよう北条家が催促にきた経緯を、改めて長親の耳元で怒鳴らなければならなかった。

実を言えば、北条家からの使者は昨年末から数度、忍城を訪れている。その度、当主氏長は返事を引き延ばしてきた。だが、秀吉の小田原発向《はっこう》が三月一日であるとの報がもたらされるにおよんで、北条家は最後の使者をつかわしたのであった。

北条家から使者が来るのに先立ち当主氏長は、家中の主だった者を本丸の御殿に集めて衆議をはかった。

衆議の席上、家臣たちはほとんど意見を発することはなかったが、

――秀吉に降伏すべし。

との座の雰囲気は濃厚であった。当然であろう。戦えば負けるのである。

しかし、秀吉に降伏することは、すなわち長年その庇護《ひご》の下にあった北条家を裏切ることを意味する。満座の中でこの主張をすることを誰もが憚《はばか》った。

丹波は、当主氏長がこうした座の空気に満足しているかのようにもみえるのが腹立たしくもあったが、そういう自身もまた、秀吉に降伏すべきと考えている一人であった。

（戦となれば、家中《かちゅう》の者どもはおろか、領民までをも地獄の底に叩き込むことになる）

このことが、丹波に降伏への意思を固めさせていた。

しかし一方で、骨になるまで関白と戦うべしとも考えていた。おそらく、いずれは関東の支城はことごとく秀吉に降伏してしまうだろう。そうなれば、

――関八州に男なし。

後の世の者は、我らをこう笑うに違いない。

戦国の男たちは、自らの怯懦《きようだ》を他人に笑われることを極端に嫌った。丹波とて、その例外ではない。丹波のそんな思いは、衆議の席上で降伏を説く語気を弱めていたのかも知れない。

だが、降伏へ傾斜する満座の雰囲気を一気に覆してしまった者がいる。

今年七十五の高齢になる成田泰季《やすすえ》である。長親の父であった。当主氏長にとっては、父・長泰の弟で、叔父にあたる。

「あのできそこないが」

泰季は、ことあるごとに不肖の息子、長親への不満をわめき散らしていた。

どうしたことか、この泰季と息子の長親は、これが血を分けた者同士かと疑ってしまうぐらい正反対の気質をもった親子だった。長親はこの老武者にだけは頭が上がらず、父の前では絶えず神妙な顔をつくり続けてきた。

泰季は、その血筋と武将としての傑出した実績から、先代の長泰亡きあと「一門の棟梁《とうりよう》」または「脇総領《わきそうりよう》」とも称された男で、この老武者の発言はあるいは当主氏長より重いとされていた。

このときも、泰季は例の気質を発揮し、

「それでも天下に名を轟《とどろ》かせた坂東《ばんどう》武者の端《はし》くれか」

と吠《ほ》えるや、座にいる者一人ひとりの首根を板敷きに押えつけるような勢いでわめきにわめいて、北条家への加担へと強引にもっていってしまったのだ。

「お前もいただろうが」

丹波は再び長親の耳元で怒鳴った。

「ああ、あれな」

長親はようやくおもい出したらしい。

「あれはうるさかった」

肝心の話は右から左に抜けてしまっている。大方、近く行われる麦踏みのことにでもおもいを巡らしていたのだろう。

（やはり馬鹿者か）

丹波は、長親の無駄に大きな背をみながら途方《とほう》にくれた。

5

長親と丹波を乗せた馬は、のちに総大将石田三成が軍勢七千余をもって攻め寄せる、南の城門、下忍口を通り抜けて三の丸へと入った。

「牙城は老杉鬱密《うつみつ》にして昼猶《なお》暗きを覚《おぼ》ゆ」

忍城下で生まれた漢学者、清水雪翁は、明治期に刊行した『北武八志』に現存していたころの忍城の様子をこう記している。

忍城は、主要部分である本丸だけでなく、二の丸、三の丸とも、密林のごとく木々が乱立しており、近年の発掘調査では、広葉樹のかけらが多数発掘されたときく。

長親と丹波を乗せた馬も、三の丸の薄暗い密林の中を疾走していった。そこに、二人の背後から突如《とつじょ》無人の馬が突進してきた。

(何だ)

丹波が後ろを振り向く間もなく、無人の馬の死角から一人の男が素早くあらわれ、木刀を高々と上げるや、丹波目がけて横殴りに振り下ろした。

この男、丹波と同じく成田家家老の職を務め、のちに石田三成の軍勢と激突する酒巻靭負《さかまきゆきえ》である。家老になってまだ一年足らずで、年も若く二十二歳であった。

「小僧」

とっさに丹波が避《よ》けると自然、木刀は長親の後頭部に行き着いた。

「――！」

長親は声にならない悲鳴を上げて、馬首にばったりと伏せてしまった。

「いけね」

靭負はそういうと、くったくなく笑顔を見せ、「正木の爺様、お先に」と馬速を上げて本丸の方へと逃げ去った。

「靭負、馬鹿者」

丹波は声を上げて靭負を追うが、二人を乗せた馬に追えるものではない。

ぐったりした長親と丹波を乗せた馬は、二の丸を過ぎ本丸へとさしかかった。

二の丸と本丸は、一本の橋で連結されている。馬は、やや地勢《ちせい》が高い本丸に向かって上るようにして橋を渡った。

「隙《すき》あらば襲えと言ったのは正木の爺様ですからね」

靭負は本丸御殿の玄関の前で待っていて、丹波が到着するなり、そう浴びせかけた。

丹波は、四十を過ぎたがどう見ても三十前半にしか見えない。同年代の長親も、始終遊びまわって気楽なせいか、同様である。

その丹波を、「正木の爺様」と、靭負はことさらにそう呼ぶ。年かさの大人を頭から馬鹿にしてかかっているのだ。

（兵書の読みすぎだな）

丹波はそう納得していた。

靭負の淫《いん》するがごとき兵書への親しみ方と、その理解の程は家中でもよく知られていた。

（兵書ですべてを知ったつもりになり、いい大人が馬鹿に見えて仕方がないのだろう）

武辺あるを最上の価値とする戦国の世においては、合戦の巧者《こうしゃ》ほど偉い。従って我こそが最も偉い。靭負はそう自負しているのだろう。

丹波にとっては笑止《しようし》なことだったが、反面、若者らしい気負いが嫌いではなかった。

だが滑稽《こつけい》なことに、この靭負はいまだ合戦を経験していないのである。

最後の合戦は、いまから八年前に起った。

中央で織田信長が勃興《ぼつこう》し、信長の代理として関東管領を称する滝川一益《かずます》が上野国（現在の群馬県）に入り北条家に対抗したが、そのわずか二カ月後に本能寺の変が起り、滝川は信長という後ろ盾を失った。この滝川を北条家と連携して関東から叩き出したのが、成田家臣団が経験した最後の戦であった。

このとき靭負はまだ十四歳で、元服《げんぷく》前でもあったことから戦場に出ることを父から許されなかったのだ。

そんな靭負に丹波は、「隙あらばわしに一発くれてみよ」とからかったことがある。以来靭負は殿中《でんちゅう》であろうがどこだろうが、ことあるごとに丹波に襲いかかった。もっとも、丹波は不覚を取ったことは一度もない。

「長親殿もそのようなていたらくでは困りますね」

靭負はまだしゃべり続けている。靭負にとっては長親など馬鹿者以外の何者でもないはずだ。

「いやまったく面目ない」

長親は怒るわけでもなく、頭をかきながら馬からずり落ちている。

「来ますかね忍城にも、関白の軍勢は」

靭負はいきいきとした目を丹波に向けた。

靭負は、北条家への加担を主張する数少ない重臣の一人である。先の衆議にも出席し、関白との決戦を説いた。

かといって、この若者に北条家への強い愛着があるというわけではない。

——我が初陣《ういじん》を、天下を向こうに回しての大合戦とする。

そんな個人的な望みに突き動かされてのものだった。

「来るさ、かつて不識庵《ふしきあん》（謙信）が攻めた以上の軍勢でな」

やや深刻に答える丹波に、靭負は、鼻で笑うようにいった。

「大丈夫ですよ、毘沙門天《びしゃもんてん》の生まれ変わり、酒巻靭負がついてますから」

（よくもまあそれで、人を小馬鹿にしてかかれるものだ）

丹波は、改めて靭負の体軀を見た。

背は小さく、武技に必須の肩から背中にかけての肉が、子供のように未発達である。目は涼しげで、鼻筋も通ったその顔は清げではあったが、男の特徴である眉部の盛り上がりが削ぎ落したように平らで、まったく女のような顔であった。

（とうてい合戦で手柄を立てる骨柄《こつがら》ではない）

丹波の靭負に対する見立てはその程度であった。

「靭負殿、毘沙門天の生まれ変わりとは何のことですかな」

長親は、さも教えてくれと言わんばかりに尋ねている。

（また訊《き》きやがったか、こいつは）

丹波は、長親がそう靭負に問うているのを何度か目《ま》の当たりにしたことがある。だが、長親は聞くそばから忘れてしまうのか、今度も同じ問いを発している。

靭負は長親に顔を向けると、

「戦の天才ってことですよ」

よくぞきいてくれたとばかりに同じ答えを発した。

（何を調子に乗せてやがる）

丹波は、さらに毘沙門天の講釈を続ける靭負に、しきりに感心したふうに何度もうなずく長親を心中《しんちゅう》苦々しく思った。

そこに、巨大な紅栗毛の馬に跨《また》がった男が、二の丸から橋を渡って姿を現した。

「よう、丹波」

挑むような眼光で馬上から見下ろす男が、丹波、靭負と同じく成田家の家老、柴崎和泉守《しばざきいずみのかみ》である。のちに大谷吉継の軍勢と長野口の攻防戦を繰り広げるのはこの男だ。

丹波は、馬上の和泉を見上げた。

馬も巨大なら、乗り手の和泉も相応の巨漢だ。背丈は長親ほどもあるが、体格は比べるべくもない。身体全体を骨格筋の鎧《よろい》で固めたその体軀は、巨大な岩石を思わせた。顔を見れば、針金のような髯《ひげ》が顔の下半分を覆《おお》い、眉、目、鼻、口のいずれも大きく、うるさいほどに各部位が主張していた。ほとんど鬼の顔である。戦場でこの男に睨みつけられれば、気の弱い敵であれば気を失ってしまったという。その武者振りはまさに、戦うために生まれてきた男であった。

(面倒な奴がきた)

丹波は喧嘩を売り歩いていた少年のころから、和泉を知っている。

「持田村に手の付けられない暴れ者がいる」

西の城門、持田口城外の持田村のはずれに、そんな者がいると、少年時代の丹波はきいた。しかも、付近の士分から百姓までの悪がきどもを豪腕でねじ伏せ、子分として従えている少年だという。それが家老柴崎家の総領息子、のちの柴崎和泉守であった。

いつものように長親に果し状を持たせて使いにやると、和泉から「諾《だく》」との返事がきた。文字を見ただけで、いかに荒っぽい者かわかる筆の運びである。

さっそく丹波が持田村のはずれに単身赴《おもむ》くと、少年の和泉が、柴崎家の屋敷の前で噂どおり多数の子分を従えて待っていた。

　子供の世界のことである。子供同士の序列は、喧嘩の強さが決めた。和泉も家老の家柄を持ち出すような真似を決してしなかった。和泉は、少年のころから自分より上に立つ者を許そうとしなかったが、その子分には度外れて優しかった。そのためか、少年の丹波が見ても子分どもは和泉に心から服しているのがよくわかった。

「おめえたちゃ手え出すんじゃねえぞ」

　少年のころから巨体の持ち主であった和泉は、武士とは思えぬ物言いで子分どもに厳命すると、丹波に素手でおどりかかった。その後、日が暮れるまで取っ組み合ったが、勝負は一向に決しなかった。

　勝負を止めざるを得なかったのは、たまたま城へと出仕していた和泉の父が、屋敷へ帰ってきたからである。

　かといって、和泉の父が止めたのではない。

　和泉の父は、息子が組み付いている相手が正木家の総領息子だと知ると、

「おっ」

と、子供のように喜色を浮かべ、ばたばたと屋敷に駆け込んでいった。やがて手の空いた家臣や女どもをぞろぞろ連れてくると、酒まで用意させ、喧嘩を肴《さかな》に一杯やり始めたのだ。

　これには二人の少年も閉口《へいこう》した。さっさと手打ちにして双方引き上げたが、その後どちらからも喧嘩を売ることはなかった。まもなく二人は元服し、合戦の場で武功を競うようになったから

である。もっとも丹波はもはや分別もつき相手にならなかったが、和泉の方は少年のまま身体だけ大人になったような男で、ことあるごとに丹波の上をいきたがった。

その丹波が、武功一等を示す皆朱の槍を許されている。剛強無双を自負する和泉にとっては許しがたいことであった。

いまもこの巨漢は、戦場でみせる眼光で丹波を見下ろしていた。

丹波もここでひるむ男ではない。

「和泉か。奥方を振り切り、またも戦の邪魔に来おったか」

表情も変えずに言った。

戦の邪魔といえば、和泉は当主氏長すら上に戴《いただ》くのが気質に合わないのか、たびたび軍令違反を起し、かつ悪びれるふうもなかった。

「何か言いやがったか」

すでに怒気を発して下馬しようとする和泉と丹波の間にふらふらと舞い込んできたのは、長親である。

「また奥方を泣かせたとな。いかんいかん」

――妙なおやじ殿だ。

和泉は、長親を溜息《ためいき》まじりに見つめた。その様は、かつての子分に接するように優しげである。

「あいも変わらずのどかなことを申される」

一転して表情をやわらげると、にょうぼの奴、わしを泣いて止めたが一喝すれば大人しゅうなり申したわ、そういって豪傑笑いを発した。

和泉が八年前に、三十半ばで二十歳以上も年の離れたおさな妻をもらったのは、忍領内でもよく知られたことである。

「おなごほど面倒なものはないわ」

妻をもらって以来、和泉は絶えずこうこぼしていた。そのくせ子供は毎年のように生まれ、六人を数えている。

「にょうぼの奴、わしが戦や喧嘩にいくのを泣いて止めおる」

和泉によると、その妻をいつも一喝して黙らせてから屋敷を出てくるのだという。周囲の者はとくに関心もないので、和泉の与太話を聞きながしていた。

和泉はいうまでもなく、関白と戦うべしという考えの持ち主である。

関白に降《くだ》れば戦はない。戦がもたらす目もくらむ高揚をこよなく愛する和泉にとって、秀吉への降伏など一顧だにできないことだった。しかし先だっての衆議には出席していない。妻に泣きつかれて一喝していたのだろう。

「血と硝煙《しょうえん》の渦巻くところ、柴崎和泉守は必ずや姿をあらわすでござろう」

亭主関白男は、胸を張るとまたも豪傑笑いを発した。

「つまんないこと言ってないで、さっさと行きましょうよ」

靭負がまたも小馬鹿にした調子で言ったが、和泉はそんな細かなことにこだわる男ではない。

「おう」と上機嫌で返事するなり、北条家の使者が待つ御殿へと向かった。靭負も続き、丹波と長親も玄関へと入っていった。

6

氏長が住む御殿の公式の対面場である大広間は、使者を迎える中央部分を除いてすでに主だった家臣でひしめきあっていた。

上段の間近くの一門の座には、当主成田氏長の弟、泰高がいる。長親の父、泰季は顔を真っ赤にさせて遅参の長親を睨みつけていた。長親、丹波、和泉、靭負の四人は、成田家一門と家老の席次である上段の間の近くに胡坐《あぐら》をかいた。

やがて、上段の間に当主氏長が現れた。藤原鎌足から続く名家の当主らしく、眉目秀麗《びもくしゅうれい》で、挙措《きょそ》動作も涼やかである。器量才気もありげであった。

（ただし十人並みの器量である）

丹波は、自らの主人をそう査定していた。

当主氏長は、政略戦略には一応の見識を持ち、それなりに理にかなったことを言うが、武将として持つべき哲学に欠けていた。

政略戦略よりも、この氏長が惹《ひ》かれてやまないのが連歌《れんが》である。

連歌は、主に貴族が好んで興行した趣味のひとつで、当時茶の湯とともにもてはやされた。数人が一座に集まり、前の者の句を受けて次の者がまた句を詠《よ》む、いわば知のリレーであった。

氏長はこの連歌の愛好家で、城内に了意《りょうい》という連歌師までも飼っており、

「こんな感じはどうであろう」

などと、始終宙に視線を浮かせてはもぐもぐと歌の文言を練り、思いつけば了意に賛意を求めた。

そんな男が、連歌で鍛えた華麗な文言で平凡な政略戦略を語る。この十人並みの器量で乱世に臨むことがいかに危険なことか、当主氏長には分かっていなかった。

氏長が上段の間に現れると、北条家の使者が案内されてきた。

『成田記』によると、北条家からの使者は山角某《なにがし》と成尾某という者である。この二人は昨年末以来数度、小田原籠城を説くべく忍城にやってきていた。

二人の使者は、度重なる氏長の返答引き延ばしに業《ごう》を煮やしているのか、成田家の家臣らが両側に居並ぶ大広間の中央を進んで氏長の正面に座るなり強い調子でまくし立てた。

「北条家におかれては、小田原城での籠城に決しております。されば支城の城主は古法《こほう》に則り、早々に兵を率い、小田原に入城されよとのお達しにござる」

さらには、

「兵数と出兵の時期を御返答願いたい」

と、具体的な返事までをも求めてきた。

当の氏長は、この期《ご》に及んで返答を渋っている。座の一同も、氏長が返答を躊躇《ちゆうちよ》する気持ちがよく理解できた。

だが丹波は、氏長の逡巡《しゆんじゆん》を苦々しく思っている。

(決めたのであれば、さっさと言え)

北条家への加担を決めた以上、名こそ惜しむべしと腹を決めているはずではないか。

「あのな」

そこに座の空気に斟酌《しんしゃく》しない、馬鹿の声が聞こえた。

長親である。

「北条家にも関白にもつかず、今と同じように皆暮らすということはできんかな」

世迷言《よまいごと》をいい出した。

あまりの暴論に、成田家臣団は一様に唖然《あぜん》とした。山角、成尾にいたっては、すでに怒気を発している。

丹波も目もくらむ思いがしたが、

(――そういえば)

と、一方で思い直した。

長親は、先だっての衆議のときにも同じことをいっていた。無論、その馬鹿馬鹿しさにだれも相手にしなかったが、なんのつもりかこの馬鹿は、今度も同じことを繰り返している。

――今と同じように皆暮らす。

誰もが望んだことである。長親は、ただそれを口にしたに過ぎない。

(だが、そんなことができるくらいなら、こんな苦労はせん)

丹波が長親の妄言を叱りつけようとしたとき、

「この大たわけが」

怒鳴り声を上げたのは長親の父、泰季である。

長親の首根を押えるや、板敷きに何度も息子の頭を叩きつけ、申し訳ござらん、と北条家の使者に繰り返し謝った。

七十過ぎの老人に、四十男がねじ伏せられている。その画《え》は、滑稽とも言いようがなかった。北条家の使者は怒りも忘れ、しきりに瞬《まばた》きを繰り返した。

だが、どういうわけか長親は頭を打ちつけられながら怒るでもなく、かといって謝るでもなく、ただ無言でいた。

(またこの感じだ)

丹波は、妙な違和感を長親に時々抱いた。それは、少年のころから長親と付き合い、何度か得てきた感覚である。なんなのだ、長親にはとうてい不似合いなこの感じは――。

だが、丹波の思いをよそに、事態はどんどん進行していた。

「兵数は古法に則り、兵力の半数五百騎を当主氏長自ら率いて入城致す。期限は本日」

泰季は長親をねじ伏せたまま、氏長を差し置いてそう返答したのだ。

先だっての衆議で決めたことだった。氏長にすら異見を差し挟むことはできない。兵どもはすでに在所から集結しており、城下の屋敷に分宿させてあった。

「よう申された」

山角と成尾は、成田家の申し出に手を打って褒《ほ》めると、「早速、小田原に報らせに参る」と言い残して、さっさと大広間を出ていった。

使者が退出した後、大広間の面々は一様に言葉を発することがなかった。

――これで御家の命運も尽きた。

座のだれしもがそう思った。北条家への加担を望んでいたはずの靭負、和泉ですら厳しい顔でいる。

「おのれら何を沈んでおる」

ひとり泰季が激昂《げっこう》していた。

「成田家が先君長泰公以来、存続できたはだれのお陰か。北条家の庇護あっての成田家であろうが。戦ぞ。関白は忍城にも必ず軍勢を発する。堀を深くし、矢来《やらい》を立て、兵糧を積み、戦の用意を怠《おこた》りのう進めよ」

座を睨《ね》めまわしながら喚《わめ》きたてた。

（無理もない）

丹波は、かつて剛強を誇った泰季が、見る影もなく痩《や》せ衰えながらも吠える姿に同情した。泰季は近頃身体も思わしくなかったのを、病身を押してこの衆議に出席していたのだ。

成田家は、先代の長泰の時代、何度か北条家を裏切った。

上杉謙信に攻め寄せられ、一度は北条家の救援を得てしのいだものの、二度目に攻められたとき、降伏した。結局一年足らずで長泰は上杉麾下から離脱したが、北条家では成田家の帰参を許している。しかしまた、謙信に攻められるや、再び成田家は上杉に降った。その後改めて成田家は北条家への帰参を願ったが、このときでさえ北条家はそれを許した。

これらの所業は、先代の長泰と、長泰を助けた弟である泰季が中心となって行ったことである。関東で上杉氏と北条氏が争奪戦を繰り広げた時代、兵力が一千騎程度の小領主は、こうした動きを取らざるを得なかったのだ。

（それゆえ、今度こそは無理にも北条家への臣従《しんじゅう》を貫徹したいのに違いない）

丹波は、老人特有の頑固さで北条家と運命を共にしようと思える泰季を、一面うらやましくも感じていた。

だが、そんな丹波の思考も一時に破られた。泰季が言葉を途切らせたかと思うと、ばったりと床に突っ伏してしまったのだ。

「父上」

横にいた長親が叫んだ。とっさに駆け寄ったが、泰季の身体に触れてよいやらわからず、手をこまねいている。

公式の対面場である表に夜具などあるものではない。丹波はすばやく泰季に駆け寄ると、和泉と靭負に、「奥へ運べ」と、鋭く指示した。和泉は板敷きを踏み鳴らして来るなり、気を失った泰季を軽々と抱き上げた。

「丹波、俺に指図すんじゃねえよ」

和泉はそういい捨てると、一切上体を上下させない足運びでするすると廊下を渡っていく。そんな和泉に、丹波は蛮勇だけでないこの男の別な一面を見たおもいがした。

すぐさま当主氏長を促すと、騒然となった家臣たちの群れとともに奥へと急いだ。

田舎城には珍しく、この忍城には「表」と「奥」があった。表は、当主氏長の公式の対面場や執務の部屋があり、いわば公人としての氏長の居館である。奥は、妻や子の住む私人氏長としての場所《スペース》だ。奥には氏長以外の男は入ることができないのが決まりであった。

この表と奥は短い橋で繋《つな》がっており、この橋が境界線となっていた。通常は奥から侍女《じじょ》が現れて小姓《こしょう》から氏長を引き継ぎ、奥へと入っていく。

いま、和泉でさえ表と奥の掟《おきて》を守り、泰季を抱えたまま立ち往生していた。侍女も橋の向こう側にいるが、思案に暮れているばかりだ。

「御屋形よろしいか」

橋にたどり着くなり、丹波は氏長に問うた。

和泉をそのまま入れていいかというのだ。丹波が氏長を伴ったのは、この許しを得るためである。

氏長は事態もわきまえず苦い顔をしている。

そこに、女の声が響いた。

「長親、何をぼやぼやしておる」

刃物のように鋭く、それでいて清流のように澄んだ声である。

声の主は、侍女たちを掻《か》き分けて姿を現した。

氏長の娘、甲斐姫《かいひめ》である。齢《よわい》十八のこの姫は傾城《けいせい》の容色として、忍領内はおろか、他領にも知れ渡っていた。

靭負など、甲斐姫をくい入るようにみつめたまま身動きひとつしない。

輪郭《りんかく》はほっそりとしているが、頰《ほお》は豊かで全体として色気に満ち溢《あふ》れている。口は多少大きめだが唇に膨《ふく》らみがあり、もぎたての果実を思わせた。鼻は小ぶりで、先が心もち上がっている様は小動物のようだ。そのくせ、目じりが上がり、眉もそれに従って上がっているところが、気性の荒さを物語っている。全体に顔の部位はちぐはぐといってよかったが、それがかえってこの娘に絶妙の魅力を与えていた。

とくに印象的なのは瞳だった。またたけば音が鳴りそうな大きな瞳である。その黒目が異常に大きいが、ほとんど輝きを持たなかった。真っ黒である。その瞳にみつめられれば、すべての思考が停止せざるを得ないほどの深さをたたえていた。

所作《しょさ》は思いきって荒っぽい。まるで野生の動物のように絶えずうろうろと同じところを歩きまわっていた。歩く歩幅は大股《おおまた》で、ともすれば形の良い脛《はぎ》が姿をあらわすほどだ。

無論、その荒々しい所作でも、甲斐姫の持つ女としての艶《つや》を覆い隠すことはできなかった。

甲斐姫は、氏長の許しも得ずに叫んだ。

「長親、早う奥へと渡り、夜具でも敷け」

長親は、ようやく行き先を知らされた者のように、奥へ通じる橋を駆け渡った。

「和泉ももたもたするな」

娘は、この無頼漢にも下知を飛ばす。和泉は意外にも、「は」と僅《わず》かに頭を下げると奥へと渡り、甲斐姫もそれに続いた。

(なんとまあ)

丹波は、甲斐姫の下知の様子を呆れるおもいで見届けながら、氏長を置き去りにして自身も橋を渡った。

7

丹波に続き、靭負と氏長のほか重臣たちが奥の一室に入ると、甲斐姫と侍女たちが手早く夜具を敷いていた。

長親は甲斐姫にどけ、とでも言われたのだろう、手を出したりひっこめたりを繰り返しながら、その周りをぐるぐるまわっているだけである。

夜具が敷かれ和泉が泰季を横たえると、長親は、「父上、父上」と繰り返し呼びながら、泰季に取り付いた。

長親はこういう男であった。当時の武者ならばおくびにも出さない、怯《ひる》みやうろたえをこの男は臆面《おくめん》もなく表に出した。

このときも長親は返事がないと知るや、丹波に救いの視線を投げかけ、あけすけに取り乱した。

「戦を前にうろたえるでない」丹波は一喝した。

「丹波の申す通りだ」

ようやく目覚めた泰季の声が聞こえた。やせ細った顔で目だけをぎょろりと動かし、夜具を囲んで安堵《あんど》する重臣らを見回している。

そこに、

「あら、お迎えはまだでしたか」

と、一同が仰天《ぎょうてん》するような言葉を発しながら、華やかな打掛《うちかけ》姿の女が現れた。面《おもて》をみれば、小さな笑みさえ浮かべている。

「これ」と、叱る氏長に構うことなく座につくこの女が、氏長の妻、珠《たま》である。

珠は多少太り肉《じし》ではあるものの、全体として小作りなせいか、もう四十にもなろうというのにどうみても三十前にしか見えない。いまだ容色衰えることなく、匂うような美しさを擁《よう》していた。

その美貌が甲斐姫にも受け継がれたのかといえば、そうではない。

この二人は、実の母娘ではなかった。

珠は、氏長の二度目の妻である。

氏長の先妻は、横瀬成繁《よこせなりしげ》という上野国（現在の群馬県）金山城主の娘（名は不詳）であった。

この間に生まれたのが甲斐姫である。

『成田記』には、氏長が甲斐姫の実母となる娘を勧められたとき、

――美人で、かつ男も及ばぬ強力《ごうりき》。

と、現代では半分が理解不能の理由で娶《めと》ることに決めたと記されている。そんな男も及ばぬ強力女の娘であるためか、甲斐姫は大いに武技を好み始終城内を駆け回りながら成長した。

この実母は、甲斐姫が二歳のときに氏長から離縁され、忍城を去っていった。代わって氏長の妻となったのが、珠であった。

珠は、在世当時から伝説的な武将といわれた太田三楽斎の娘である。

三楽斎は、江戸城を築いた太田道灌《どうかん》の曾孫《ひまご》で、北条家が関東を席巻しつつあったとき、あくまで関東管領の上杉憲政に従った硬骨の男であった。憲政が越後に夜逃げして、謙信に関東管領の職と上杉の苗字を丸投げしたのちも、越後の謙信と連携しながら関東にとどまり、長年北条氏を

悩ませ続けた。

この時、六十九歳の高齢ながら存命し、事情があって常陸国（現在の茨城県）山直城主、佐竹義重の庇護を受けていた。ちなみに、佐竹義重はのちに三成とともに忍城攻めに参加する佐竹義宣の父である。

秀吉は小田原攻めの最中、臣従を誓った佐竹家の軍中に三楽斎がいると聞き、この高名な武将に会いたがった。

『関八州古戦録』によると、三楽斎は、佐竹家の顔を立てるため招きに応じ、小田原城を見下ろす石垣山の本陣で秀吉に対面した。

対面するなり秀吉は、三楽斎に城攻めの術を問うた。

「天下治乱の成否はこの一戦にある。たとえ味方に手負い死人が多数出ようとも、力攻めに攻めて北条家を根絶やしにしてやるつもりだ。三楽、その方の思うところを包まず語れ」

秀吉にすれば、もともとそんなつもりはない。ただ小田原城を囲み、衰弱死させればよかった。だが、伝説的武将を前に、天下人としての武威を誇るばかりにであろうか、おもわずそんなことを口走ってしまった。

三楽斎はそれをきくと、天下を手中に収めるであろう男に対し、

「それは猪鹿懸りと申して、良き将が好むものではござらんな」

と、あからさまにあざわらったという。

そばで聴いていた者どもは冷汗ものである。

秀吉は、自分の失言にようやく気付き一瞬言葉に詰まったが、快活に笑って意にも介さぬふう

を示した。しかし興ざめする自分をどうしようもできなかったのか、二度と三楽斎を招くことはなかったという。

このとき、三楽斎の念頭に、秀吉の軍勢に攻められるであろう娘のことがあったのかどうかはわからない。いずれにせよ、珠とはそんな男の娘であった。

成田家当主氏長は、上杉謙信に成田家が降った当時に、謙信の勧めで珠を娶った。その後、謙信と手切れとなり北条家についても、氏長は珠を手放すことなく、いまも城内にとどめている。よほど珠を気に入っていたのだろう。

だが、珠の方は、氏長を好ましい男とは思っていなかった。

(なんとつまらぬ男)

そう思っていた。

名門の子らしく美々《びび》しいが、涼しげな顔で句を練るばかりで、男としての覇気《はき》を感じない。こういう型の男を珠は軽蔑した。

これは氏長にとっては酷な話だろう。氏長とて標準並みの男ではあった。だが珠は父、三楽斎を男の典型として伴侶《はんりょ》と比べていたのだ。

三楽斎は、その曾祖父・道灌が将軍足利義政に諮問《しもん》を受けるほどの和歌の達者であったのと同様に、氏長とは比べものにならないほど和歌に精通していたようだ。だが、なによりもこの三楽斎は、「初陣より合戦七十九度、一番槍二十三度、組打ち三十四度」(『名将言行録』)におよぶ武人であった。そして、三楽斎の中に混在する「知」と「武」は、この老巧の武者に絶妙の風韻《ふういん》を与えていた。

（なんと退屈な男）

三楽斎に比べれば、珠が氏長をこう思うのも無理からぬことであった。

むしろ珠にとっては、古武士然とした泰季の方が男の型として好みといえた。

泰季自身もこの当主の嫁とは馬が合った。「お迎えはまだでしたか」といわれ、一同が仰天する中、ただ一人その諧謔《かいぎゃく》を解してにやりと笑った。

「おう御台《みだい》か、あいかわらず美しいな」

「この分では当分この奥に居座るおつもりですね。大体が幾多の戦場で数え切れぬほどの首を挙げた泰季殿が畳の上で往生しようなど、虫がいいというものですよ」

珠も、周囲には冷酷と思えるぐらいの表情でやり返した。

「御屋形様」

泰季は、笑いながら氏長に顔を向けた。

「早う出陣の用意をなされ。我が兄長泰公でもそうなされますぞ」

そういわれ、氏長はみるみる不機嫌な顔になった。

氏長は、尋常《じんじょう》の手段で家督を相続したのではない。父である先代の長泰を城から追い出し、成田家の財産を強引に相続した歴史がこの男にはあった。氏長が二十四歳のときである。

長泰が側室に産ませた末子に家督を相続させようとしたことがある。自然、家臣らは氏長派と側室の末子派の両派に分かれた。

——古来、数々の御家騒動が踏んできた轍《てつ》である。

そう思ったのは、泰季の方であった。

長泰とともに成田家存続に命を懸けてきたこの男は、兄に心から敬服しながらも御家存続のために兄を裏切る決意をした。氏長を説得して兄が他行《たぎょう》したのを見計らってすべての城門を閉ざしたのである。

いわば氏長と泰季は、成田家の家督を簒奪した共犯者でもあった。それでも、泰季の兄長泰に対する敬服の念は終生変わることはなく、ことあるごとに先君長泰公の名を持ち出した。

だが、氏長は家督相続を危うくされた当事者である。

「父上の話など聞きとうない」

そういい捨てるなり、部屋を出ていってしまった。

丹波ら重臣たちも、氏長に続いた。

長親は枕頭《ちんとう》にいて、父を凝視したまま動こうとしない。

「早う行け」

泰季が顔だけで怒鳴ると、長親はようやく立ち上がった。

(奇妙な男だ)

珠は、目に涙すら溜《た》めてうろたえている長親をそんなふうに眺めていた。

三楽斎から受け継いだ怜悧《れいり》なまでの頭脳をもってしても、珠には長親が解《げ》せなかった。

(泰季殿から気質を受け継いでいるはずが、あのうろたえぶり)

この大男は、誰もが道理だということをよく口にした。だが大抵の場合、その言葉はこれまでの事情やいきさつを一切踏まえない突拍子《とっぴょうし》もない意見として吐き出された。

（つまりは馬鹿か）

少なくとも珠にとっては、いまだみたことがない型の男であることだけは確かであった。

その馬鹿らしき男に、継子《まま こ》の甲斐姫が下世話でいうところの、

――惚《ほ》れている。

という。

いまも、甲斐姫は長親が立つのを待ってようやく部屋から出ていった。

「長親しっかりしろ。大丈夫だ」

と、迷惑そうな顔の長親の背中をどんどん両手で押しながらではあったが。

珠は、始終猿のように駆け回るこの継子を面白がり、我が子のように愛した。きかん気の強いはずの甲斐姫もまた、珠のいうことだけはよくきいた。もっとも、珠は教育らしい教育をほとんどせず、奇異な行動をむしろけしかけてきた。

（その変なおなごが、変な男に惚れている）

そう思うと珠は、笑いが込み上げてくるのを抑えられない。


表の廊下を玄関へと向かいながら、和泉と靭負はちょうど同じことを話していた。

「それは本当ですか」

甲斐姫があの長親殿に惚れている、嘘でしょう、と靭負は何度もきき返した。

奥から続く橋を渡っていたとき一同を見送る甲斐姫に、靭負があまりに見惚《み と》れているので、和泉が「惚れるんじゃねえぞ、家臣の分際《ぶんざい》で。ああ見えてとんでもない武辺者だぜ」と釘を刺した

ときのことである。

「お前は酒巻家の部屋住みだったゆえ知らぬだろうが」

和泉は歩を進めながらそう前置きすると、こんな話を始めたのだ。

家中にある兵法者《ひょうほうしゃ》がいた。

当時の成田家では、「加勢侍《かせいざむらい》」といって、何かしらの技術を持った者に一代限りで扶持《ふち》を与えていた。その男も加勢侍であった。

「愚にもつかぬ男だよ」

和泉もよく知っていた。

当主の氏長に好まれているのをいいことに、この男は目下の者に始終乱暴を働いていた。そのくせ和泉が城内ですれ違った際、一喝を喰らわせると、卑屈に笑ってやもりのように逃げていった。

「そういう手合いの奴さ」

その後、男の狼藉はさらに邪悪さを増し、城下に出ては百姓や町人の女を手籠《てご》めにするようになった。

下忍村の乙名の嫁、ちよも手籠めにされた一人である。

和泉は、ちよの名は忘れていたが、「亭主の名は覚えてるぜ、なんせ血相変えて下忍口の門をどんどん叩いてやがったからな」と言い、その百姓の名が、かぞうであると靭負に明かした。

麦踏みのとき、長親に罵声を浴びせた百姓である。

後日、かぞうの訴えを伝え聞き、「なんだと」と顔色を変えたのは甲斐姫であった。

訴えを聞くなり勢いよく立ち上がり、小袖《こそで》の裾《すそ》を帯に挟んで二本の脚をむき出しにすると、傍にあった太刀《たち》を取って奥から駆け出し、はだしのまま玄関から飛び出した。

甲斐姫は、当主氏長との談笑を終えてちょうど退出しようとしていた男を、二の丸でつかまえた。

「覚えがあろう」

甲斐姫が大喝《だいかつ》したとき、この強姦魔は、「はて、何のことでござろう」と媚《こ》びるように笑みを浮かべながらとぼけた。実際、百姓のちよを手籠めにしたことなど忘れていたのかも知れない。ましで、当主の娘が百姓女を犯したことに激怒するともおもっていなかったのであろう。

しかし、そこは技術をもって扶持を与えられる加勢侍の端《はし》くれである。甲斐姫の気勢をみて取ると、腹を決めて抜き打ちの体勢をとった。このとき、事態を知った家臣たちが集まり始めていたがだれも止める者がいなかったというから、甲斐姫の技量が周知のもので、かつ男がいかに家中の者から軽蔑されていたかがわかる。

「ぬるい」

甲斐姫は、男が身構えるや太刀を一閃《いっせん》し、刀の柄《つか》を握った小手《こて》を叩き斬った。さらにそのまま返す刀で頸《くび》を断ち斬った。斬ったが首は落ちない。甲斐姫が刀を鞘《さや》に収め、背を向けてからようやく首が胴から離れたというから並の技量ではない。

「すごかったぜ」

和泉もそれを目撃していた。

「百姓の仇《あだ》を自身でね」

靭負は、小馬鹿にする顔も忘れて呆気《あっけ》にとられている。

だが靭負は、続く話を聞いてさらに驚かざるを得なかった。甲斐姫は、ちよが住む下忍村の乙名の百姓家へと出向き、男の首を見せながら「これで許せ」と謝罪したというのだ。ちよは驚きながらも感謝したが、亭主のかぞうは決して許そうとはしなかった。以来、かぞうは成田家の侍どもを憎みに憎んでいるらしい。

甲斐姫はこの強姦魔がよほど許せなかったのか、

「どこへなりとも捨てよ」

と、追ってきた侍女にぽいと首を放り投げたという。侍女は迷惑したことだろう。

「だがな、討たれたそいつの門人どもは収まらねえ」

和泉は続けた。

門人どもが男の屋敷へと集結し、成田家に対して敵対の気勢を示したのだ。

「それを収めたのが、あの長親殿よ」

長親は夜中ひとりきりで、のそのそと男の屋敷に出向くと何やら話し込んでいるふうであったが、やがて屋敷から出てきて城に帰ると、「もう平気」と、甲斐姫にいったという。

事実、翌朝には屋敷から門人は消え去っていた。よほど動転したのか、家財道具から当時としては貴重なはずの衣類まで置き去りにしての逃散であった。

屋敷で長親が何を言ったのか和泉は知らない。『成田記』にも、その記録はない。

「長親殿がね」

靭負は、意外な事実にとうてい信じられないという顔である。

「俺も信じられねえよ。だがな、これだけはほんとだぜ」

和泉はおもわず羨望《せんぼう》の眼差《まなざ》しになった。

「以来、姫は長親殿に惚れぬいてら」

8

当主氏長と、その弟泰高が率いる成田家臣団の半数五百騎が、忍城の沼橋門が設置された小島に集結したのは、北条家の使者が来た同日の真夜中である。

いうまでもなく、小田原城に出張する軍勢である。すでに武装しての進発《しんぱつ》であった。

小田原へ向け出発するのに先立ち、氏長は意外な人事を発表した。

――正木丹波、柴崎和泉守、酒巻靭負の三家老は忍城留守居《るすい》のこと。

小田原城へ発向《はっこう》する兵は、成田家の主力兵団であるはずだった。

――なぜだ。

和泉などは激昂した。

城代は、病身ながらも泰季が務めるが、これは先代長泰のときからの慣例である。

――長親殿は、問うまでもなく留守居だ。

和泉は、沼橋門までのんきに見送りにきていた長親に目を向けた。長親が小田原城にいったところで、せいぜい城内の掃除ぐらいでしか役に立たないはずだ、というのが家中の一致した見解である。

――だが、なぜ俺が留守居なのだ。

和泉は、追ってきた丹波が制止するのもきかず、まさに出発しようとしている馬上の氏長に摑《つか》みかからんばかりに問うた。

「御屋形なぜじゃ、なぜわしが城に残らねばならぬ」

靭負もすでにいて、「何卒《なにとぞ》、靭負を陣にお加えくだされ」と、必死の形相で懇願している。

「考えあってのことじゃ」

氏長は深刻な顔つきで言った。さらに人払いを指示し、

「近《ちこ》う寄れ」

そう四人に命じた。そして驚くべき事実を洩《も》らした。

――わしは関白に内通する。

「なんのことじゃ」

和泉はとっさには理解できず、そう怒鳴ってしまった。

「うろたえるな」

氏長は、和泉を制した。

「小田原表に着き次第《しだい》、わしは山中長俊殿を通じ、関白に内通の意を知らせる」

(山中長俊か)

丹波は、山中の名を聞いたことがあった。

山中長俊は、秀吉の祐筆《ゆうひつ》である。秀吉の命に従って文書を作成するのがその役目だ。

山中にはのちにこんな話がある。

秀吉旗下の武将・加藤嘉明が朝鮮攻めで手柄を立てたとき、秀吉はこの働きを激賞し、

「日本無双の剛の者」

との文言を盛り込んだ感状を下すようこの山中に命じた。ところが秀吉はこれに先立つ九州攻めの際に、宮部善祥坊《ぜんしょうぼう》にも「日本無双」という文言を記したものを出している。

秀吉はこういう男だった。褒めるときには大げさに褒めまくり、「日本無双」や「天下一」を連発した。

――殿下の日本無双はいったい何人いるのだ。

山中はそう呆れたのに違いない。秀吉に対し「その文言はいかがなものでござりましょうか」と進言すると、秀吉は「何か文言を考えろ」と、苦笑しながら命じた。そこで山中は、

「不可勝計」

との文言を感状に盛り込んだと、『武辺咄聞書《ぶへんばなしききがき》』には記されている。不可勝計とは、「あげていちいち数えることができない（ほどの手柄だ）」といった意味である。簡単にいえば、「すごい手柄」ということになろう。秀吉は、「それならば何人にでも用いることができる」と、喜んだという。山中がいかに秀吉に近い男であったかよく分かる挿話だ。

この山中長俊と成田家当主の氏長は、連歌を通じての知り合いであった。直接の面識はないものの、氏長は季節ごとの消息も送り続けている。山中ならば、秀吉に内通の意を知らせることなど簡単なことであろう。

「それゆえ」

氏長は小声で続けた。

「関白の軍勢が攻め寄せれば、すみやかに開城せよ」

一同は呆然とした。

「一戦も交えず、開城せよというのか」

和泉が怒鳴りたいのを抑えながら声を殺して言うと、氏長は、「そうじゃ」と明言した。

(あの衆議は何だったのだ)

秀吉に降るべし、と考えている丹波もこれには嚇っとなった。北条家への加勢は衆議にて決したことではござらぬか、と氏長に迫った。

「知れたことを」

氏長は冷笑を浮かべた。

「あれは叔父上への遠慮から出たことに過ぎぬ」

氏長は、頑固老人の泰季が、強引に北条家への加担を決定してしまうであろうことを予測し、すでに別の手も打っていた。

昨年末――といえば、秀吉が諸将に対し北条攻めの軍令を文書で発したころである――に、成田家で飼っていた連歌師の了意を上洛させ、連歌界の重鎮・里村紹巴《じようは》に面会させた(ちなみに氏長は、できた句を紹巴に送って添削を求めるといった、現在でいう通信教育のようなものまで受けていた)。そして紹巴を同道の上、秀吉に謁見を求めさせ、謁見がかなうや「内々に忠節を尽くす」と伝えさせていたのである。

（何という小細工《こざいく》を）

丹波は、氏長の小才子《こさいし》ぶりに胸が悪くなるおもいであった。

「ならば、初めから関白に降ると決すればよい」

「小田原に籠城せずして天下の大名どもが納得するか。北条家の庇護を受けてきた我らが、義理も果さず関白に降るなど、その後の成田家はいかなる扱いを受けると思う。関白に相対《あいたい》したが、大軍を前に抵抗ままならず、開城したとの形を取らねば世は納得せぬわ」

氏長は、怒りを露《あら》わにしながらも、声を抑えて丹波にまくしたてた。

氏長がいうことにも一理あった。

裏切りの横行する戦国の世とはいえ、武将どもはこの種の汚さを大いに嫌った。裏切り者の中には命はつなげても、軽く扱われたり非業《ひごう》の死を遂《と》げる者も少なくない。このため、裏切りの際にも諸将は体面や大義名分を求めた。

こうした裏切りの呼吸を知らぬ丹波ではない。言葉に詰まった。

だが、和泉はおさまらない。「一矢《いっし》も報いず開城などできるか」氏長に詰め寄った。

和泉に限らず忍城の重臣たちは、当主に対してぞんざいな口のきき方をする。

戦国の男たちは、その主《あるじ》が気に入らなければ喧嘩を売って一戦交えるか、さっさと主を見限り所領を捨てて出ていった。所領を捨てる際も、主が発した討手と戦うべく厳重に武装して白昼堂堂出ていったものである。いわば一種独立した気分を、この時代の男たちは持っていた。忍城の重臣たちにおいては、この傾向がはなはだしかった。

氏長が説きに説いている相手は、そんなぞんざいな男たちだ。

「そんなことゆえ、おのれらは小田原に連れてゆけぬのだ。勝てるのか。北条家は天下を敵に回すのだぞ。関白は忍城にも数万の兵を割くことができる。忍城の兵五百騎でそれを迎え撃つというのか」

氏長は、危うく怒鳴り声を上げそうになりながらそう返した。

氏長は、主戦を説く者どもを内通の邪魔になるとして小田原行きから外した。秀吉に降るべしとためらいながら主張する丹波もまた、氏長には主戦派にみえていた。

「負ければどうなる。おのれらの家臣も路頭に迷うぞ。少しは家臣の者どものことも考えよ。どうじゃ丹波、和泉、靭負」

氏長は、釘を刺すように三人と長親の顔をぐいと見つめながら、たたみかけた。

そう言われれば、ぐうの音《ね》も出なかった。

——関白と戦えば負ける。だから戦わない。それも成田家の身の立つやり方で。

氏長は、子供にでも分かる理屈を説いているに過ぎない。

丹波たちは一様に言葉を失った。

(この小才子の言うとおりだ)

氏長のいう道理に丹波は屈した。

「仰《おお》せのこと、もっともにござる」

丹波は、まだ何か言おうとする和泉を抑え、一の家老として氏長に頭を下げた。

「構えて関白と戦ってはならぬ」

氏長はそう繰り返すと、門を開けよと大声で言い、続けて進軍を命じた。

門が開くと、湖の中に騎馬が二頭も通ればいっぱいの細い一本道が現れた。道の両側には松明《たいまつ》を持った兵が点々と並んでおり、道の先の大手門までを照らしている。

闇に浮かび上がった一本道を、軍勢の先頭がしずしずと進んでいく。

「小田原に入城すれば、御屋形はどうなりまする」

丹波は、進む軍勢を見つめながら、氏長に並んでいまだ進まぬ中軍で留《とど》まっている氏長の弟泰高に問うた。

「関白に内通しておれば、城は落ちても兄上の身は無事じゃ。だが、落城の前に北条家に内通が洩れてみよ。兄上もわしも無事では済まぬ。構えて内通のことは家中に内密にせよ。叔父上にも知らせてはならぬ」

泰高は命じた。北条家への加勢を言い張って頑として譲らぬ泰季が知ればどうなるか。

「承知し申した」

丹波は答えた。

氏長は、戦をするなというほかに、今一つのことを命じていた。

「戦の用意は怠りなくせよ」

北条家は支城の内通を懸念していた。このため、必ず支城の備えを検分にやってくるというのである。

「北条家に疑いを抱かせるな」

氏長はそういい捨てると馬を打たせて一本道を進み、やがて大手門へと消えていった。

「丹波よ」

去りゆく軍勢を見つめながら、和泉が傍にきて呼んだ。

「おのれの朱槍、とうとう奪うことができずに終わりそうじゃ」

戦がなければ、丹波を超える武功を立てることは、もはや和泉にはできないだろう。

「つまらぬことを」

丹波は吐き捨てるようにいうと、長親を見た。

(こいつこんな顔だったか)

長親は、氏長の話をききながら結局一言も発することはなかった。いまも大人しく氏長の軍勢を見送っている。

松明に照らされた長親の顔は、ことさら表情に乏しいようにおもえた。

それは馬鹿者の顔のようにも見えるし、何やら考えが頭を駆け巡っている顔のようにもおもえる。そんな摑みどころのない顔を、長親はしていた。

『成田記』によると、成田氏長、泰高の兄弟が忍城を発したのは、天正十八年二月十二日のことである。成田兄弟は、その翌日には小田原に着いた。

「なんと巨大な」

弟の泰高は、ため息まじりにそう洩らした。

成田家の軍勢五百騎は、百姓家の集まる村を過ぎ、町家の連なる城下町も過ぎ、武家屋敷群に差しかかろうとしていた。それでもまだ、遥か先に見える本丸が一向に近づいてくる様子はない。

だが、城郭を守る水堀はもう渡ったはずだ。とすれば、これはすでに城郭の内なのである。

「これが噂の惣構《そうがま》えか」

泰高は、またため息をついた。

「大森式部《しきぶ》から分捕って以来、北条家が磨き上げてきた城だからな」

氏長は、北条麾下の名家の当主らしく、小田原城の成り立ちについてはよく知っていた。

小田原城は北条家創業の早雲が、いまからおよそ百年前に大森式部少輔という武将から分捕って以来の本拠である。

だが、大森氏の時代と城の規模は比べものにならない。

北条家は、五代におよぶ歳月をかけてこの城を拡張していった。いまでは、北は酒匂《さかわ》川、南は早川、東は相模湾と城の三方を天然の要害としながら、その内側の地域一帯の百姓家、町家、武家屋敷を水堀と空堀ですっぽりと囲んだ「惣構え」の形をとり、さらにその惣構えの中心部に、幾重もの水堀で厳重に守られた本丸、二の丸、三の丸などを配置していた。そしてその規模は、戦国時代最大級ともされる城郭に成長していたのである。

「兄上、この分ではひょっとすると北条家は勝つやも知れませぬぞ」

「戯言《ざれごと》を」

氏長は一蹴《いっしゅう》した。

「山中殿に渡りはつけたか」

「は」

すでに泰高は、入城前に密使を発し、改めて内通の意あることを秀吉の祐筆山中長俊に伝えている。

そんな成田家の軍勢が武家屋敷群の中を進んでくるのを、本丸の高地から見下ろしている者がいた。北条家五代目当主氏直と、その父で先代の氏政である。

このとき北条氏直は二十八歳、氏政は五十二歳。氏政は、十年前に家督を息子に譲ったとはいえ、いまだ実質上の当主であった。

現在でも目にすることができる氏政の絵像は、威厳のある顔をもっている。だが、その器量は外見とは正反対のものだった。

「猿面郎めが」

氏政は、昨年末に秀吉から事実上の宣戦布告状が届いたとき、そう吐き捨てるようにいったとされる。江戸幕府の奥儒者、成島司直《もとなお》が改撰《かいせん》した『改正三河後風土記』の記述だ。

秀吉が攻めてきたとしても、籠城策を採りさえすれば、

「猿面郎めが長陣して、兵糧も尽きたところを我が軍で追い払えば、掌《たなごころ》の中の物を取るよりもやさしいわ」

そう豪語《ごうご》し、ろくに防戦の備えもしなかったとも伝えられる。

氏政が籠城策に自信を持つのには根拠があった。

この城はかつて、戦国屈指の名将、武田信玄と上杉謙信が攻め、ついに落すことができなかった堅城《けんじょう》なのである。このときも北条家は籠城策をとり、戦が長期におよぶのを嫌った敵を跳ね返していたのだった。

それゆえ、

（今度も籠城策を採れば勝てる）

氏政は、秀吉を軽くみていた。

だが、秀吉は信玄、謙信とはケタ違いの男であった。

信玄にしろ謙信にしろ、小田原への侵攻は自らの領国からの「遠征」であり、ひとたび領国から離れれば、背後の敵が自国に乱入しかねない状況の中での軍事行動だった。

秀吉は、あるいは局地戦においては信玄、謙信に劣るかも知れないが、戦を大局的に運営する戦略政略の点で傑出した名将だった。九州までを配下に従えた秀吉には、後顧《こうこ》の憂《うれ》えなどまずはなかった。

それだけではない。

この「猿面郎」は、米二十万石（およそ三万トン）を駿河国（現在の静岡県東部）の江尻湊、清水湊に集めて小田原攻めに参加する諸将に配り、さらには両湊に絶えず米を集積しておくために、黄金一万枚をもって各地で米を買い集めていた。その事務作業を行ったのが、「算勘につきては天下無双」といわれた長束正家である。

秀吉は、大軍をもって小田原城を包囲するだけでなく、その五十万人にもおよぶといわれる大軍に、絶えず栄養補給する手はずも整えていたのだ。

氏政が豪語した、

「長陣して兵糧も尽きる」

という事態は、もはや起り得るはずのないことなのであった。

この氏政の無用な自信には、当時の北条麾下の武将も呆れ果てたという。

秀吉の宣戦布告状が届いて小田原城で軍議が開かれ、秀吉との決戦に決まり、愚策ともいえる籠城策がとられることになったとき、「これにて北条家の運も極まったわ」と、議場を退出しながら聞こえよがしに叫んだ者もいた。

北条家の運が極まったといえば、こんな事態になるはるか以前にこれを予見した者がいる。氏政にとっては父、北条家当主の氏直にとっては祖父、「河越夜戦」で北条家の武蔵国支配を決定付けた、北条氏康がそれだ。

『名将言行録』にはこんな話が記されている。

氏政がまだ二十歳のころである。氏康が家臣らを交え、息子の氏政と食を共にしたことがあった。このとき氏康は息子の食べ方をみて、突如涙を流し始めたという。

家臣らは驚き、訳を尋ねると、氏康はよくわからないことを言った。

「今のを見たか、飯に汁を二度かけた」

家臣らがさらに問うと、

「聞きたいか」

ようやく理由を説明しはじめた。

氏康がいうには、飯は一日に二度食う（この時代の関東では昼食の習慣がなかったのだろう）。一日に二度も食えば、どの程度汁をかければよいか会得していて当たり前ではないか。それを我が息子は案配《あんばい》がわからず、不覚にも二度かけた。それはつまり、

「愚昧《ぐまい》ナリ」

といい、俺が死んだら北条家はしまいだ、と予言したという。

予言の根拠はともあれ、氏康の正しさは歴史が証明した。

いま、成田氏長の軍勢が入城するのを見下ろす氏政は、この五カ月後に自刃し、息子の氏直は、高野山へと追放され、この翌年死ぬ。

「氏直よ、気を許すな。あれは幾度も北条家を裏切り、上杉へと寝返った成田長泰の嫡男《ちやくなん》じゃ」

五カ月後には死人となる氏政は、三の丸に入りつつある成田氏長の軍勢を見下ろしながら、いうべきでないことを息子に言った。籠城は大抵の場合、味方同士の疑心暗鬼から破れてしまう。息子に対してでもこんなことをいうべきではなかった。

「万一、関白に内通のことあらば、ためらうことなく殺せ」

とまで氏政は命じた。

「は」

氏直は、父親と同じ威厳に満ちた顔をせわしげに何度も傾けた。

成田氏長は、入城当初から北条家にその去就《きよしゆう》を疑われていたのだ。

9

北条家への加勢が決まって以来、忍城では防戦の用意がようやく整えられようとしていた。

「長親、お前も働け」

丹波は、城の東南の城門、佐間口に急造された櫓《やぐら》の上に泥のついた顔を出した。櫓のすぐ下で、百姓と共に土塁を掻き揚げていたのだ。

櫓の上で胡坐をかいていた長親は、仲間外れにされた子供のような顔を丹波にねじ向けた。

「わしが手伝おうとしたら皆よせよせと申す。こうしておるより仕方がない」

「へっ」

丹波は身体を持ち上げ、長親の横にどかりと座ると籠城戦に向けた工事を見下ろした。

眼下には関東平野が広がっている。その田の中の極端に細いあぜ道では、武器や兵糧を満載した百姓たちの荷車が連なり、佐間口の門まで続いていた。

櫓の真下に目をやると、何百人もの百姓たちが水堀を堰《せ》き止め、底にちょうど障子《しょうじ》の桟《さん》のような格子状の凹凸《おうとつ》をつけている。敵が水堀に飛び込んだとき、水の深浅をつけることで動揺を誘うつもりなのだろう。掘った土は土塁を掻き揚げるのに使っていた。

(しおらしや)

丹波はやりきれない思いであった。

「偽《いつわ》りの戦の備えと知れば、皆どうおもうか」

丹波は問うともなく、つぶやいた。

「丹波」

長親は、平野を見下ろしたまま声をかけると、

「御屋形の申す通りじゃよ。関白に降ることで戦が避《さ》けられるなら、それで皆喜ぶさ」

むしろ朗《ほが》らかといってもよいような調子でそういった。

(そうかも知れぬ)

百姓にとって成田家は、百年におよぶ領主とはいえ、所詮は米の収奪者に過ぎない。成田家が

このまま居座ろうが、新たな領主があらわれようが、頭がすげ替わるだけで百姓たちの営みはこの先もずっと続いていくはずである。

(命を危きにさらす戦など、しないに越したことはないのだ)

丹波はそうおもうと、

「わしはな、長親」

と、決して言うまいとおもっていたことが口をついて出た。

「戦が怖い」

初陣《ういじん》を飾って以来、丹波が絶えず思い続けてきたことである。

「最前まで手足を動かしていた者が、半刻《はんとき》もせぬうちに屍骸《しがい》となって帰ってくる」

——武辺ではない。武運の差なのだ。

丹波は、謙信がかつて持っていた、幾十もの弾丸が避けて通るような武運を自分は持っていないことを知っていた。

「わしは父上より受け継いだ、この運任せの稼業がいやでいやで仕方がない」

丹波はいい終えると、改めて長親の顔をみた。

——戦が怖い。

侍ならば、とりわけ戦国の侍ならば、決して口にしてはならぬことを丹波はいった。

だが、長親はまるで関心がないかのごとく、今は空を見上げている。やがて、

「だからか」

いいことに気付きました、という得意げな顔を丹波に向けた。

「だから丹波は戦場であれほど恐ろしいのじゃな」

長親がいうことも一面事実であった。

丹波は、戦場でのわずかの差が命の続くか否《いな》かの違いにつながると痛感しているからこそ、極限まで自らを鍛錬し、戦場では持てる能力を総動員して働いた。そしてこのことが丹波に鬼神の働きをさせ、必ず目立つ功名を立てさせていた。

(そんなことを言っているのか)

丹波は、長親の意外な言葉に小さく驚きもしたが、それも一瞬である。

「きいたふうなことを抜かすな」

一蹴した。

そこに櫓の下から「正木様はおられませぬか」と、小者のせっぱ詰まった声が聞こえてきた。

「なんじゃな」

長親が上から顔を出したのをみると、小者は、「あ、のぼう様。駄目じゃのぼう様では。正木様はおられませぬか」と、余計な口を挟むなとでもいう調子で問い返す。

長親にとってはいつものことである。

「ほ」

機嫌よく顔を引っ込めると、代わってすぐに丹波が降りてきた。獣《けもの》のような素早さである。

聞けば、三の丸で和泉と靭負が斬り合いをするといって騒ぎになっているという。

(何をしておる、あやつらは)

丹波は、内心舌打ちしながら三の丸に急いだ。小者が到底追える速さではない。長親はなおさらである。

「抜け」

三の丸では、百姓や家臣の者どもが取り巻く中、小兵《こひょう》の靭負が抜き身の太刀を持って、巨漢の和泉に対峙《たいじ》していた。

「やめとけ」

和泉は、子犬が吠えている程度にしかおもっていないのか、ごりごりと髯をかきながらそっぽを向いている。

「なら作業に戻れ」

「馬鹿らしい、御免だ」

和泉がようやく靭負をみて一喝したときに、丹波は三の丸に駆け込んできた。

「なにがあった」

近くの家臣にきくと、理由はこうである。

和泉が靭負とともに蔵へと兵糧を入れている最中、突然「やめだ、おめえたちゃもう帰っていいぞ」とわめきだし、百姓どもを追い払いはじめた。しかし靭負は作業の続行を命じ、やがて和泉と喧嘩になったという。

(馬鹿者どもが)

丹波は苦い顔になりながらも、二人のおもいが痛いほどわかった。戦を放棄したにもかかわらず、戦の用意をするなどという馬鹿馬鹿しさが鬱屈《うっくつ》となり、こんな形で噴き出している。

長親もようやく三の丸に到着し、息も絶え絶えに止めに入ろうとする。

「大丈夫だ」丹波はつまらぬ座興《ざきよう》でもみるような調子でいった。「和泉に任せろ」

丹波は、和泉の技量を知り尽くしていた。

靭負は上段から斬りかかった。

「ふん」

和泉は、常人にとっては太刀ともいうべき脇差《わきざし》を無造作に引き抜くと、靭負の太刀を跳ね上げた。と、おもう間もなく太刀は靭負の手を離れてかなたへと飛んでいく。

「え」

驚く靭負の顔面を、和泉の岩のような拳《こぶし》が襲った。

「——!!」

和泉は吹っ飛んだ靭負の胸ぐらをつかんで引き起した。

「それで戦の天才か、笑わせるな」

靭負は、足を宙に浮かせながらも口だけは負けてはいない。

「武技など申しておらぬ、軍略の才じゃ」

「戦をせぬのに兵糧米を積み込むがおのれの軍略か」

(——あの馬鹿)

丹波はとっさに二人に駆け寄り靭負の身体を突き飛ばすと、和泉の頬を強《したた》かに殴りつけた。

「御屋形は死んだぞ、おのれらがたった今亡き者にした」

丹波が二人を交互に睨みながら、小さいが鋭くそういったときにはもう遅かった。

「戦がないじゃと」

百姓、家臣らがざわめき始めた。その中には下忍村の乙名、たへえとその息子のかぞうもいた。下級の侍どもは純真なものである。「戦がないとはいかなることにござるか」怒気を発して丹波に詰め寄る者もいる。

「ちっ」とふて腐《くさ》れたようにその場を離れていく和泉を一瞥《いちべつ》して、丹波は一同に向かい、厳命を下した。

「皆の者、今聞いたこと他言《たごん》すれば命はないものと心得よ」

猛将丹波のひと言に、百姓はおろか侍どもも震え上がったときである。

「あのな、みんな」

長親が場の雰囲気にまったくそぐわぬ声を発した。

(何を言う気だ)

丹波は長親に向き直り、正面から目でそう問うた。

「すべて話そう」

長親はいった。

「ならん」

丹波は素早くとどめる。

「隠せば噂は広がる。洗いざらい話せばみんなわかってくれる」

長親は当然のことのようにいう。

脅《おど》しあげて口を封じるからこそ、噂は真実をもって人から人へと伝わる。すべてをぶちまければ家臣や百姓らは自ら口を閉じる意味を知り、内通の噂が北条家にまで洩れることはなくなるだろうと長親はいっているらしい。だが家臣どもはともかく、秀吉の支配下に入ってもなんら問題のないはずの百姓など、信用していいものか。

やがて丹波は、

(――わかった)

と、長親に目でうなずくと、百姓らに向き直った。

「御屋形様は小田原城に籠ったが、関白に内通する腹だ。成田家は関白と戦はせぬ。ただし、これが北条家に露見《ろけん》すれば御屋形様の命はない。それゆえ皆、籠城の用意を続けよ」

すべてを明かした。

家臣たちはともあれ、百姓たちは命が永《なが》らえて安堵した。だがその一方で、降伏してしまうのか、と一種諦《あきら》めにも似たおもいを抱きながら作業を再開していた。たへえもそんな気分の中、かぞうを偽りの戦の備えへと促した。

長親は、靭負のもとに歩み寄り、突き飛ばされて座り込んだままの若者に問いかけた。

「痛かったかな」

靭負は泣いていた。

肉体の痛みにではない。自らの才を信じる者だけが感じる胸の痛みにである。

この若者は、酒巻家の三男として生まれたときから矮小《わいしょう》な体軀をしていた。

(わしはとうてい武技に達する男ではない)

少年の靭負が兵書にのめり込んだのは、そんな思いがあったからだろう。

靭負の兵書への傾倒は尋常ではなかった。二十《はたち》を過ぎるまでほとんど屋敷を出ることなく兵書を読みふけり、「六韜《りくとう》」「三略」「孫子」「呉子」「尉繚子《うつりようし》」「司馬法」「李衛公問対《りえいこうもんたい》」のいわゆる「七書」を読破すること百余度を数え、かつ理解した。その理解のほどには軍事に関心がないはずの当主氏長も舌を巻き、靭負が少年のころからしばしば講義を求めたという。

その後、二人の兄が相次《あいつ》いで病死した。やがて兄の死の悲しみが去り、勃然《ぼつぜん》と湧き起ったのが、

(——我が才が試されるときがきた)

というおもいであった。

靭負は思いがけず酒巻家を継いで家老となり、戦時においては侍大将を任される身分となったのである。

だが、時すでに遅し、であった。秀吉が天下を平定《へいてい》すれば、もはや戦の種は尽きてしまうだろう。靭負の信じる才が戦場で試されることは永遠にない。自らの才を信じる者にとって、これほどの苦痛はなかった。

(わしほどの男がこのまま何をなすこともなく、ただ棺桶《かんおけ》へと入っていくのだ)

そう思うと涙が出た。

「わしに場を与えよ。天才の働きを見せてやるわ」

靭負は、長親に向かって摑みかからんばかりに叫んだが、どうにもならない。

長親は何もいわなかった。

靭負も、吃驚したように目を見開いている長親のいつもの表情から、何も読み取ることはでき

なかった。

（騙《だま》し続けねばならぬ）

その夜、丹波は表から続く橋を奥へと渡りながら、そう腹を決めていた。

三の丸での騒ぎを城代である泰季がききつけ、丹波に報告を求めたのである。

奥に渡るなり、甲斐姫が血相を変えて丹波に詰め寄ってきた。

「上方の猿めに降るとはまことのことか」

（城内に知らぬものはないのか）

丹波は内心ぞっとしながらも、「城代には構えてお洩らしあるな」といい捨て、泰季の病室へと向かった。

病室の泰季は、床に就いたままになってからというもの、衰弱の度を増している。

「なにやら騒ぎがあったか」

「士気に弛《ゆる》みがみえましたゆえ、手綱《たづな》を締め直し申した」

丹波は表情も変えずに答えた。言葉の終わりに病室まで付いてきた甲斐姫の目をみつめ、その言葉を封じた。甲斐姫ですら事態を承知しているのか、この場は我慢して黙っている。

「すまんな」

泰季は、これだけは変わらぬ強い眼光を天井に向けた。

「戦を前に斯様《かよう》な情けなきざまをさらして」

「仰せになられますな」

丹波が静かな調子でいうと、泰季は丹波にとって意外な提案を申し出た。

「丹波よ、長親はあの通りのうつけじゃ。わし亡きあとは、城代は丹波、お前が引き継げ。幼きころよりの友垣じゃからと申して長親を立てることはない。わかったな」

丹波にとっては意外だったが、一の家老で智勇に優れた丹波を城代に据《す》えるのは、家中の者にとって何ら不思議のない措置である。こうした家中の気分のためか、のちに起る忍城戦を記した古文書の中には、丹波を城代として忍城の家臣団は戦ったと誤記するものもあるほどだ。

「城代、わしはあの馬鹿者の持つ得体《えたい》の知れぬ将器《しょうき》を見極めたいのでござる」

丹波は暗にそれを断った。

――長親に将器。

丹波はそう言った。

家中の者が聞けば大笑いするであろう。だが、丹波にとっては偽らざる心情だった。

丹波は、長親の言動に絶えず失望し続けてきたが、一方であの大男の持つ一種の吸引力を、得がたいものと感じていた。

決して人を許さぬ和泉が長親には気安く声をかけ、靭負は長親に話し始めるとますます調子が上がり、言葉の留まることを知らなかった。家中の者や百姓たちは、長親をあなどりながらも、かえってそのためかあけすけに腹を割って話しかけた。

この得体の知れぬ一種の人気を、丹波だけは「将器」ととらえ、信じ続けてきた。

だが泰季は、単に丹波の我が愚息への好意ととらえ、重ねての申し出を控《ひか》えた。

甲斐姫ですら、妙なことをいい出す丹波を不思議な顔でみているほどである。甲斐姫にとって長親は格別の男だったが、それは決して将器がもたらす格別さではない。

丹波が病室を出ると、甲斐姫が待ち構えていたかのように「上方に降るとはまことか」と、再びきいてきた。

（またか）

丹波は、家中の者どもが騒ぎたてるこの当主の娘の魅力がさっぱりわからない。

（うるさい小娘だ）

そんなふうにしかおもっていなかった。

いまも丹波は、「北条家に上方への内通が知れれば、御屋形様の命がない」といいながら、迷惑そうな顔を甲斐姫に向けた。

「それゆえ侍女どもにも泰季殿には洩らさぬよう、お命じくだされ。泰季殿に知れればどんな事態が引き起るかわかりませぬゆえ」

甲斐姫はそれをきき、

「ならばいっそ秀吉と戦え」

とはいわなかった。

この小娘も、天下を向こうに回しての戦において、北条家にとうてい勝ち目のないことぐらいは承知している。言葉を発することなく不承不承《ふしょうぶしょう》うなずいた。

（やれやれ）

丹波が息をついたとき、侍女が足早にやってきて、「小田原から御使者が参られたようにござります」と、知らせた。

「わかった」

丹波は表に向かおうとしたが、使者は追われるように籠城の用意を検分し終えると、さっさと小田原に引き上げたという。

「なんだと」

城代に目通《めどお》りも願わずにか、と丹波は不快になりながらも、秀吉への内通が北条家の使者に洩れなかったことに安堵した。

（あの馬鹿の申す通りだったか）

あえてすべてを明かし、家中の者や領民に理解を求める長親の姿勢は間違っていなかった。

（しかし、なにゆえこれほど使者は急ぐ）

と、丹波がおもううち、侍女はさらに使者の口上を伝えた。

「関白の軍勢が、伊豆山中城を目前にしているとのことにござりました」

（いよいよきたか）

丹波は眉間《みけん》にしわを寄せた。

伊豆山中城。

北条家の支城のうち、箱根の山中に築いた小田原城の西の最前線基地である。

2

10

北条家は、小田原城の西の防衛線を、北から、駿河と相模の国境に位置する足柄《あしがら》城、伊豆山中城、伊豆韮山《にらやま》城、伊豆下田城を結ぶ南北の線上に展開していた。

その中でも、恃《たの》みとしたのが箱根の天険である。大小十以上もの城を配置して、西から攻め寄せる秀吉の軍勢をせき止めるつもりであった。この箱根の防衛線のうち主力となるのが、小田原城から西方およそ二十キロに位置する伊豆山中城である。およそ五千の兵力でこれを守備していた。

公言通り三月一日に京を発した秀吉は、同月二十八日に、伊豆山中城の南西およそ十キロの、駿河と伊豆の国境に位置する長窪《ながくぼ》城に入った。そこで先発していた徳川家康や、故信長の次男織田信雄、甥の羽柴秀次らと軍議の上、翌朝をもって箱根防衛線への総攻撃を実施するよう命じたのである。

「猿面郎に翼でもないかぎり、箱根の山は越せまい」

北条氏政は、軍議の席でこうも豪語したという。

だが、秀吉には翼があった。

なにしろ東海道筋の軍勢だけで十六万騎の大軍である。いくらでも軍を分割して攻撃を仕掛けることができた。

翌朝、秀吉は、秀次を三万五千騎の総大将として伊豆山中城を攻撃させ、与力《よりき》の大名・中村一氏旗下の猛将渡辺勘兵衛《かんべえ》の一番乗りにより、わずか半日でこれを落城させた。勘兵衛は、このときの一番乗りを終生自慢とし、死の間際に書いた『渡辺勘兵衛武功覚書《ぶこうおぼえがき》』という自慢話集にも、大いに筆をふるってこれを記述している。

のちのことだが、伊豆山中城の守将であった北条氏勝（北条氏直の再従兄弟《またいとこ》）は、城を落ちてのちに降伏し、三成の忍城攻めに加わった。

伊豆山中城攻めと同じ日、伊豆韮山城も、織田信雄を総大将に三万余騎をもって攻撃させている。秀吉は、韮山落城に時間がかかるとみるや、これを抑えさせるにとどめた。この間に、家康をもって箱根山中の大小の城を次々に落城させ、箱根を越えて小田原表に乱入するや小田原城の重包囲を完成させた。秀吉自身は小田原城から西方十キロの箱根湯本に本陣を敷いた。

この間わずか、四日間である。

「まさか」

箱根の城々から小田原城へと兵が逃げ帰ってくるとの知らせを受けたとき、氏政はこう叫んだ。本丸御殿を出て城外を望むと、箱根方面から大軍が洪水のように押し寄せている。

氏政が相模湾に目を移すと、海上でも驚くべき事態が起きていた。

「数万の兵船《へいせんこ》漕ぎ連《つら》ねて海上俄《にわ》かに平地の如く」（『改正三河後風土記』）

長宗我部元親、九鬼嘉隆、加藤嘉明ら数万の水軍が、北条家の海上の守りである伊豆下田城を落城させ、小田原城が東面する相模湾を封鎖したのだ。

小田原城内の竹の鼻口を守備していた忍城主成田氏長も、弟泰高とともにこの光景をみた。

「やはり上方への内通は間違いではなかった」

氏長は、我が策略に満足する余裕もなく、ただ恐怖していた。

北条家の危機はそれだけに止まらない。

関東の支城を攻める前田利家、上杉景勝らの別働隊三万五千騎は、このひと月前には信濃国（現在の長野県）から碓氷峠《うすい》をらくらくと越え、上野国（現在の群馬県）に乱入し、松井田城（忍城からみると西方およそ七十キロ）の攻撃を開始していたのだ。

北条家の命運は、開戦直後からいきなり風前の灯となったのである。


三成は、箱根湯本の早川沿いの道を、長束正家を同道して早雲寺へと向かっていた。

秀吉が箱根湯本に本陣を敷いて、約ひと月後のことである。

（まるで遊山《ゆさん》だったな）

三成は、突如軍勢であふれかえった箱根湯本の集落を眺めながら、もはや呆れるおもいでいた。

秀吉は、箱根の防衛線の突破こそ怒濤の攻めをみせたが、それまでの道程《みちのり》はほとんど遊びであった。このふた月前の二月二十八日に参内《さんだい》の上、馬と太刀を賜ると、京・聚楽第を出発した。三月一日の出発当日は、秀吉の出陣を見物しようと洛中洛外に加え、大坂、伏見、奈良、堺からまでも、貴賤《きせん》の男女が群れをなして押し寄せたという。

何事もお祭り騒ぎにしないと気のすまない男だ。聚楽第から馬に乗ってあらわれた秀吉の出《い》で立ちに、見物人は一様に度肝《どぎも》を抜かれた。

『関八州古戦録』によると、当日の秀吉の出で立ちは、

「唐冠《とうかむり》の首鎧《かぶと》を被《かぶ》り、金札緋縅《こんざねひおどし》の鎧《よろい》に紓《ゆる》（付け）の太刀二振《ふたふり》、金にて濃《のう》たる大弩俵《おおどひょう》の空穂《うつほ》の上に

「征矢一筋刺して……」

と、わけが分からない。

　唐冠のかぶとを被り、金色の小札を緋（赤）色の紐《ひも》でつなげた鎧に、太刀を二本ぶら下げ、金で塗った矢入れに矢を一本刺して……、といった、全身金と緋で覆われた異様な姿で登場したのだ。顔をみると、つくり物の髭《ひげ》を貼り付け、お歯黒《はぐろ》まで塗っている。

当時の人は、秀吉の異様な風体を、「大魁《たいかい》美麗の粧」とか「天下希代の壮観たり」などと激賞したというから、この時代の豪華趣味はよくわからない。

秀吉は、聚楽第を出発すると、ほとんどひと月をかけて東海道をゆるゆると東進した。単にゆつくり進軍しただけではない。

「宿所では茶会を開くぞ」

とまで秀吉は命じた。

このために千利休も連れてきている。この一泊一回の茶会のために、東海道沿いに領地を持つ徳川家康などは、秀吉が泊まるであろう宿場宿場にいちいち茶亭をつくらなければならなかった。

こうして秀吉は茶飲み話を続けながらのんびり箱根山に至り、箱根突破後四日のうちに小田原城包囲を完成させていたのだった。

三成は、早雲寺に着いた。北条家初代、北条早雲をはじめとして、二代氏綱、三代氏康が眠る、北条家の菩提寺である。現在もこの早雲寺は、箱根登山鉄道箱根湯本駅から徒歩数分のところにあるが、規模は当時に比べてはるかに小さくなっている。二代氏綱が建立したときの早雲寺は、山門、仏殿、法堂、鐘楼、食堂を備え、五百人からの僧徒《そうと》を置き、一千貫の寺領を持つ一大寺院であった。

秀吉はここに本陣を敷いたのだ。

かといって、別にいやがらせというわけでもない。

箱根湯本は奈良時代から温泉が湧き出ていたらしく、鎌倉時代には宿場町も形成されていたようだ。鎌倉時代の坂東の武士たちも湯治にきたりしたが、戦国当時にいたっても、秀吉の本陣を求めるとすれば早雲寺ぐらいしかなかった。

秀吉は、早雲寺に腰を据えると諸将を招き、どんちゃん騒ぎに興《きよう》じ、能を舞い狂い（この男は自ら能を舞った）、連日遊びに遊んだという。

この放蕩《ほうとう》ぶりには、諸将のうちにもさすがに苦々しくおもう者があったらしい。

『名将言行録』には、宇喜多《うきた》秀家旗下の部将で偏屈者の花房助兵衛《はなぶさすけのひようえ》が本陣の前を通りかかったとき、

「戦場において能をして遊ぶ様《よう》なる戯《たわけ》気なる大将に下馬《げば》すべきか」

馬上のまま本陣の方を向き、べっと唾《つば》を吐いて通り過ぎたという話が記されているほどだ。

だが、いま早雲寺の山門を見上げる三成は、花房のように怒るというよりも、不安であった。

秀吉は、早雲寺に腰を据えてひと月経ったいまも、一向に館林、忍城攻めのことをいい出すそぶりもみせないのである。

（もしや忘れてしまったのではあるまいか）

そう苛立《いらだ》ちさえもしていた。

三成が山門を固める番兵に秀吉から呼ばれた旨《むね》を伝えると、番兵は案内を立てて三成と正家を

先導させた。

秀吉は、箱根湯本のいたる所で湧きでている温泉にいた。周囲に幔幕《まんまく》を張りめぐらし、兵卒が温泉に背を向けて、厳重に警護に当たっている。

三成は兵と幔幕を掻き分けて、温泉を見た途端《とたん》、

（こらっ）

と、おもわず秀吉を怒鳴りつけるところであった。

秀吉は、遊女ら数十人との混浴に興じていたのだ。

混浴だけではない。のちに秀吉は、小田原城の包囲陣の中に遊女屋を建てさせ、諸将には妻や側室までもを呼び寄せるよう勧めた。さらには自分自身が手本となろうというのか、前年嫡男鶴松を産んだ側室の淀殿と、松の丸殿を寄越《よこ》すよう、正室のねねに対して拝み倒すような依頼の手紙を書いている。

「うおっ」

正家などは、ずらりと並んだ全裸の女に圧倒され、おもわず声を上げている。

「佐吉、お前も入るか」

秀吉は大笑を発した。

「遠慮致しまする」

三成は、あからさまに不機嫌に答えた。『甫庵太閤記』に、

「諸事、姿あるを好みし者なり」

と、わざわざ記されているほどの男である。自分にも他人にも不真面目な態度を許さなかった。

こういうところは、三成は秀吉と正反対の男といえた。

だが、秀吉は遊びに熱中しながらも軍略を練られるという奇妙な体質の男であった。正家に兵糧米の廻漕《かいそう》に滞《とどこお》りがないことを確認すると、

「笠懸山《かさがけ》は」

と、三成にきいた。

秀吉は、本陣をさらに小田原城へと接近させるべく、小田原城から南西五キロの笠懸山の山頂に築城するよう命じていたのだ。

「材木の類はすでに山頂へと運び上げ、野づら積みのための石材は山中より掘り出した分でまかなえるかと存じまする」

「完成の時期は」

「あとふた月もあれば」

三成は不機嫌な顔のまま答えた。

およそ三カ月で、聚楽第にも匹敵する城を笠懸山の山頂に建設するというのだ。実際このときから二カ月後の六月下旬、秀吉は淀殿らをともなって、後の呼称で「石垣山一夜城」に入る。

「雷神の速さで築城する。度肝を抜かすぞ北条の奴ら」

秀吉が三成の返答にそういって満足したとき、

「おお、目が洗われるようじゃ」

そういって遊女のひとりひとりを眺めながら乱入してきた男がいる。吉継である。

「紀之介、入るか」

秀吉がからかうと、

「されば」

一瞬の躊躇もなく、くるくると衣装を脱ぎはじめたところが三成とは違った。長身の吉継は遊女の注目の中、全裸になって無駄のない浅黒い肌の筋骨を誇ると、勢いよく湯へと飛び込んだ。

(紀之介らしい)

三成は、吉継の振舞いにようやく心を和《なご》ませながら、「されば我らはこれにて」と、場を去ろうとした。

すると秀吉は、「佐吉」と微笑しながら三成らを呼び止めた。

「佐竹義宣、宇都宮国綱らの軍勢が着陣した」

「――それでは」

という三成に秀吉はうなずいた。そして三成が待ちに待った下知を発した。

「奴らを連れ、館林、忍に向かい出陣せよ」

(来たか)

それから三成は、どうやって自分の宿に戻ったか記憶していない。下知をきいた三成は、もはや正家に構わずいきなり駆け出していた。やがて宿に飛び込むと、

「出陣じゃ」

荒武者のように叫んだ。

三成と正家が去った後、湯の中に残った秀吉は遊女どもを去らせると、

「佐吉は理財には長けておるが軍略の才には乏しい」

と、妙なことをいい始めた。

「しかし、あの果断《かだん》なまでの正義漢を好む者も多うございまするぞ」

吉継は、諸刃《もろは》の剣ともいうべき友の美点をあげた。

「おのれがその筆頭か」

秀吉はにやりと笑うと、次いで吉継にとって驚くべき事実を洩らした。

「すでに忍城の成田家は、内通の旨を知らせてきておる」

「何と。されば忍城はすでに降っておると」

吉継はのちに、「兵を進退させること手足の如し」といわれたほどの戦巧者に育つ。秀吉も、このとき戦の経験がほとんどないこの長身の男に軍才ありとみていた。

「頼むぞ」

秀吉は、吉継に懇願するようにいった。

「おのれが後見し、必ず武功を立てさせてやってくれ」

「治部少が聞けば怒るでしょうな」

吉継は、三成が嘘と方便《ほうべん》をもっとも嫌う男であると熟知している。知れば、陣を払ってさっさと京に帰ってしまうに違いない。

「構えて佐吉には洩らすな」

秀吉はそういうと、勢いよく湯から上がった。

三成は館林、忍の攻城軍の総大将として、二万の軍勢に小田原城外、南方の平原へと勢揃《せいぞろ》いするよう命じた。

（なんのことだ）

三成は、集結した二万の軍勢を馬上から眺めながら、首をかしげるおもいでいた。

右手をみると、諸将が厳重に包囲する小田原城、左手には、秀吉が築城を命じた笠懸山がみえる。ただし、笠懸山は築城の様子を小田原城から隠すため、小田原城側の木々を残したままである。このため、この山は一見青々としたただの山であった。

「はなむけに紅葉を見せてやる」

秀吉は湯の中で吉継にそういったと、三成はきいた。

（なんのことだ。今はようやく夏になろうかという時ではないか）

そんないぶかしげな顔の三成の軍勢を、秀吉は建築中の笠懸山の櫓から見下ろしていた。

秀吉の眼下に広がった十六万騎の大軍による包囲陣は、まさに前代未聞のものである。

「神武《じんむ》より以来のかくのごとき不思議の御威風《ごいふう》、いまだこれを聞かざるところに候《そうろう》」

当時の武将も、この包囲陣には驚嘆したらしく、徳川家康の部将榊原康政《さかきばらやすまさ》は、肥後《ひご》（現在の熊本県）隈本で九州を警備していた加藤清正宛ての手紙にこう記している。ちなみに榊原は、息子の康勝が清正の娘をもらっていた縁で手紙をしたためた。

包囲陣には縦横に路《みち》が通され、全国の諸将が鶴翼《かくよく》、魚鱗《ぎょりん》の思い思いの陣をはって小田原城外を埋め尽くし、各所に小型の城まで構築していた。路には、日本中から集まった商人が市《いち》まで立てており、国々の名物から唐土《もろこし》、高麗《こうらい》の珍物《ちんぶつ》まで手に入らないものはなく、さらには京をはじめ全国から遊女も集まり、公許による色町まで出現したという。

「しからばすなわち、この御陣中に生涯を送るも、退屈あるべく候とも覚えず」

榊原は、同じ手紙で感嘆のため息まじりにこうも記している。

いわば小田原城は、日本そのものを濃縮した「包囲国」ともいうべき陣にとり囲まれていたのだ。

秀吉は眼下の光景に大いに満足すると、

「旗を挙げよ」

と、大音声で命じた。

するとそれに呼応して、笠懸山の斜面に陣取った諸将の兵数万が鬨を作り、それぞれが持つ旌《せい》旗《き》を一斉に高々と挙げた。色とりどりの旌旗は、深緑の山を一瞬にして紅葉に変えた。

「紅葉とはこれか」

三成は、突如出現した秋の景色に目をみはった。

この紅葉を、先ほどの榊原も目撃し、手紙に記した。

「吉野、竜田《たつた》の花紅葉、これに喩《たと》えれば物の数にもあらず――」

三成は時ならぬ紅葉に、秀吉の自らに対する慈父のようなおもいを明確に感じ取った。だが、ここで涙するような甘い男ではない。

「殿下らしきはなむけよ」

辺りに響き渡るような大声で陽気に叫ぶと、

「進軍」

自軍に下知を飛ばした。

「必ず勝つ」

三成はそう決意を新たにした。

――水攻めで勝つ。

しかし、これだけは友である吉継にすら打ち明けていない。

総大将三成の軍勢が、小田原を発した。

三成、吉継、正家の軍勢に佐竹、宇都宮らの東国勢、速見、野々村らの上方勢を加えた、総計二万の大軍である。

「佐吉、勝てよ」

秀吉は進む大軍を見送りながら、陽気な笑顔を真顔に変え、そうつぶやいた。

11

「のぼう様」

忍城下の下忍村で、たへえは長親に呼びかけていた。またも長親はあぜ道の上にいて、しかも踊っている。

下忍村では麦刈りが終わり、例年より遅い田植の時期を迎えていた。

あぜ道に面した田では、村の田植女たちが一列になって苗を植えている。その後ろでは、烏帽《えぼ》子《し》をかぶった村人たちが、手には笛、太鼓《たいこ》、鼓《つづみ》、編木《びんざさら》（木板を紐でつなげた楽器）を持って、田植女の歌う田植歌に合わせて演奏していた。

　演奏に合わせて踊る踊り手もいる。踊りは、忍城下に平安鎌倉のころから伝わる田植田楽《たうえでんがく》という豊作祈願のための神事である。

　たへえが呼ぶのをきくと、長親は踊り手の身振りを真似ていた手を止め、身体ごとたへえの方に向き直った。

「手伝おうか」

「いや」

　たへえは表情も変えずに断ると、

「関白に降れば、のぼう様はどうなるのじゃ」

と、訊いた。

　長親は、敵が迫ろうというのにいつもと変わりなく田植田楽などにうつつを抜かしている。そんな様子に百姓のたへえの方が、かえって身を揉《も》むほど心配になっていた。

「じい様たちは平気さ」

　長親はいつもの通り、的外れなことをいう。

「そんなことではない」

　たへえは目を剥いた。

「のぼう様はどうなるかときいておるのじゃ」

　成田家は関白に降ると、たへえはきいた。北条家には洩れなかったものの、忍城下の領民のことごとくが内通の事実を知り、知ったからこそ今年も田植を行っていた。降伏するなら滞りなく忍城は明け渡され、村も戦渦《せんか》に巻き込まれることはないからである。だが、成田の名を冠する成田家一門の長親が、無事で済むはずがない。

「さあなあ」

長親はさほど関心がないのか、田植田楽を横目でみながら、

「百姓でもやるかな」

朗らかにいった。

「そりゃ無理でござりますよ」

田植女の列にまじって苗を植えていた嫁のちよが、長親の暢気《のんき》な調子に合わせた。

「のぼう様は不器用ですから」

そう、いたずらっぽく笑う。母親に並んで作業していた娘のちどりもケタケタと笑った。

「そうなんだよなあ」

長親は、心底困ったように頭を抱えた。その姿に村人たちは一斉に哄笑《こうしょう》した。

しかし、かぞうだけは違った。

——こいつら馬鹿か。

この侍どもは、いざとなれば百姓を楯《たて》にして自分だけは命を永らえる、そんな奴らなんだ。百姓の命など、虫けらほどにもおもっていない奴らなんだぞ。

かぞうからすれば、ここにいる長親など「そんな奴ら」の親玉でしかない。

たへえはたへえで、今さらながらに長親の呆《ほう》けぶりに圧倒されていた。

——このお人は自分の運命がわかっておらぬのか。

たへえが、みなの笑い顔に応えてへらへらしている長親に唖然としていたときである。三の丸の半鐘櫓《はんしょうやぐら》の鐘が、けたたましく鳴り響いた。

村人たちは、急調子で連打される鐘の音をききながら、覚悟した事態がいよいよ起きるのだと一様に顔色を変えた。

たへえも不安の面持《おもも》ちで城の方をみると、丹波が騎馬で迫ってくる。

「長親」

丹波は駆けながら馬上で怒鳴ると、長親の目前で馬を止めた。

「またこんなところで遊んでおるのか」

「どうした」

長親は、馬上の丹波を見上げてそんなことをきく。

(こいつは)

丹波は、危機感の見当たらない友の馬鹿面に内心舌を打ったが、いまはそれどころではない。

「館林城より使者がきた。関白の軍勢が館林に攻め入った。もはや四里に迫っておる」

館林城は、忍城から利根川を挟んで北方およそ十五キロに位置する平城である。

城主は北条氏政の弟氏規だが、この時期は小田原城西方の防衛線である伊豆韮山城に籠っていたため、南条因幡守《いなばのかみ》という者が城代をつとめていた。武士はおろか、百姓領民までをも掻き集め、六千余で城に籠った。

『改正三河後風土記』によると、三成らの軍勢二万が館林城を包囲したのは、天正十八年五月二十二日のことだ。

「使者を発する。和戦いずれかを問おう」

戦端を開く前に、使者を発して戦するか降伏するかを敵に問いかけ、降伏の考えがなければ、そこで初めて戦いの火蓋《ひぶた》を切るのが一般的な戦の仕掛け方である。

「使者には紀之介が行くか」

三成が、そう吉継に話しかけたときである。

大手門が開き、城内から転げ出るようにして飛び出してきた者がいた。

「撃たんでくだされ、撃たんでくだされ、館林城はただちに開城致しまする」

その者は、包囲する軍勢のあいだを駆け回っては土下座し、繰り返し同じことを叫んでいる。

この男が、館林城城代の南条因幡守であった。

「和戦を問うまでもなく落城とは」

三成は、助命を嘆願する南条を中軍からみつめながら、ほとんど呆然としてそうつぶやいた。

「無理もない。この数で攻められればな」

吉継は、三成の横顔に目を向けた。

絶壁頭の多い現代の日本人には珍しい、前後に長い西洋人のような横顔である。『日本人種論変遷史』によると、実際、この三成の頭蓋骨は明治四十年に、京都大徳寺三玄院にある墓から掘り起され頭蓋骨のほか、大腿骨（太ももの骨）、上腕骨（二の腕の骨）なども発見されたという。破損の激しかった頭蓋骨を、京都帝国大学解剖学教室の足立文太郎博士がつなぎ合わせたところ、前述の西洋人のような長頭形《ちょうとうけい》の頭が現出し、顔の幅が最大のところでも十三・三センチと、細めの顔の優男《やさおとこ》であったことがわかった。大腿骨などは、男女のいずれであるか判別が難しいほど細いものであり、背丈は低いながらも全体として調和のとれた体軀をしていたとみえる。『名将言行録』などの諸書にも、三成が年少のころから美麗な子であったと記されている。

「刑部よ、人とはこんなものなのか。銭と武力で圧倒すれば、これほど簡単に性根を失うものなのか」

三成は、三十歳になっても変わらぬその端正《たんせい》な横顔を吉継にみせたまま、そうつぶやいた。

(好漢《いいおとこ》だ)

吉継は、三成の横顔をみながらおもった。

吉継のみるところ、三成はその容貌《ようぼう》とはうらはらに、とてつもなく激しい気性の持ち主である。かつ、強い美意識で自らを律する男でもあった。

三成のまずさは、そうあることを自分にだけではなく、他人にも求めたことにある。そして、他人が自分の規範に合わないとみるや、天下で五本の指に入る頭脳から繰り出される言葉でもって、その者を正面から罵倒し面目《めんぼく》を失わせた。そのことは、身内にも多くの敵を作らせたが、吉継だけは三成の心の置き所を快とし、同時に、「数多い敵からこの男を守ってやらねばならぬ」と、自らの役割を決していた。

いま、三成の目の前で起きている出来事は、とうていこの男の美意識にかなうものではない。

それどころか、

(なぜ命を張って戦を仕掛けぬのだ)

攻城軍の主将にあるまじき心情すら抱いている。

吉継は、三成の言葉を美意識の発露《はつろ》として受け止めたが、一面現実家のこの男は、

「勝利者のみが抱ける甘美な感傷じゃな」

と、その心中とはまったく逆の言葉で三成を諫めた
三成は黙っていた。ただ、心の内でおもっていたことがある。

――忍城の者どもも、こうなのだろうか。銭を積めば尻尾《しっぽ》を振り、殴るぞと脅せば尻尾を垂れる。人間とは、そんな他愛のないものなのか。

そうなれば、人間全体を見限ってしまうであろう自分を、三成は容易に想像できた。


三成らの軍勢が館林城に迫ったときいても、一部の町民や百姓を除いて、領民たちのほとんどが平穏を保った。

下忍村のかぞうは、違った。

「でくの坊のいうことなど嘘だ」

かぞうは、そう叫びながら父親、女房、娘と住む乙名の百姓家から飛び出してきた。

「戦はあるんだよ」

続いて屋敷から出てきて止めようとするたへえに繰り返しいった。

かぞうにとっては、成田家の侍の全員が、嘘つきの、弱い者いじめの、強姦魔であった。そんな者どものいうことなど信用できるか。

「いく当てなどないぞ」

「今死ぬよりましだ」

かぞうはそう怒鳴ると、続いて出てきた女房と娘に、「早うこい」と手を伸ばした。

「一人でいきなされ」

ちよは、かぞうを睨みながらいった。

「なに」

「あんたは戦があるから逃げるんじゃない。お侍が憎いから逃げるのよ。お侍に手籠めにされた私が憎いから逃げるのよ。私は、私の仇をとってくれた姫と、姫を救ったのぼう様のお城を離れませぬ」

「俺は忘れたといったじゃないか」

「忘れてなんかない」

ちよはかぞうを見据えて鋭くいった。

かぞうの心の内を探れば、それは紛《まぎ》れもない事実であった。

かぞうは、成田家の侍どもを憎んだ。だが、その憎悪を掻き立てるのは、絶えず自分のそばにいるちよであった。

かぞうはちよを愛していた。その一方で、ちよを愛すれば愛するほど、ちよに対する憎悪が同じだけ大きくなっていくのを、どうすることもできなかった。

「もう忘れたよ」

かぞうは、ちよが手籠めにされた当初、そういって慰めた。だが、ちよが日常に戻るにつれ、忘れるどころか、気付けばちよにそれを思い出させるような冷酷な態度をとっていた。そして、そんな態度に傷ついていたのは誰でもない、自分自身であった。

「――ごめん」

謝って気持ちを話せばよかったのかも知れない。だが、かぞうはそんな器用な部類の男ではなかった。いまも、ちどり、と、娘に向かって怒ったように手を伸ばしただけである。

ちどりは、母にしがみ付いて拒否の意を示した。

「勝手にしろ、みんな勝手にしろ」

庭に放し飼いにされた鶏を蹴飛ばしながら去っていくかぞうを、ちよは何もいわず見送った。

その夜、忍城本丸では、重臣たちがなす術《すべ》もなく大広間に集まっていた。在所から出てきたときに使う城下の屋敷にも帰らず、ただ沈鬱《ちんうつ》な表情を並べて座しているだけであった。

――敵が来れば、城を明け渡すのだ。

そんなおもいが、いよいよ現実味をもって重臣らの肩にのしかかっていた。

「敵が迫っているってのに、こうして酒をかっくらっているしかないとはね」

靭負は、ぐいとやけ気味に盃《はい》をあおると、長親をじろりと横目で睨んだ。

「長親殿、降るがそんなに愉快か」

「はん?」

そう心地よさそうにこたえる長親は、酒にさほど強くもないのか、すでに酔っ払って駘蕩《たいとう》とした心地になっているようにみえた。

「じたばたしても仕方がない。大人しく降ればお猿さんも悪いようにはせぬよ」

酔漢は、へらへらと笑ってさえいる。

――百姓領民どもに災禍《さいか》の降りかからぬよう、城を開けると覚悟していなさるのじゃ。

賢《さか》しらぶった者ならば、この長親の態度をそう評するかもしれない。

だが、この大男の酔態はどうみても、そんな覚悟のある者のそれではない。

――なんて奴だ。

靭負が半ば怒気を発しながら再び盃に手を伸ばしたころ、丹波が襖《ふすま》を開けて入ってきた。

「さて、降る手筈《てはず》を整えるか。靭負、一杯くれ」

わざとぶっきらぼうにいう丹波に、「みな手酌《てじゃく》ですよ」と、靭負がふて腐れたように答える。

「そうかよ」

丹波はそういって広間を見回すなり、顔色を変えた。

「和泉は」

「知りませんよ」

（……野郎、まさか）

丹波は急に立ち上がると、襖に手をかけた。

「どうしたんです」

「おのれらは大人しくしてろ」

丹波はそういい捨てるや、再び廊下へと飛び出した。

12

「他家は知らず、我が柴崎家だけは坂東武者の心意気を示す」

松明一本ない暗闇で、和泉が叫んだ。

和泉は、夜陰にまぎれて自らの武装兵団を沼橋門のある小島へと集結させていた。

この巨漢は他の重臣らには知らせず、五十騎に満たない自らの家臣だけで城を突出しようとしていたのだ。利根川べりの川俣《かわまた》の渡《わた》しで、北から来襲する上方の大軍を待ち構えて決戦を挑むつもりであった。

和泉の家臣どもは、主人に似て荒くれ者の腕自慢が揃っている。全員、和泉のためなら命など捨ててかかっていた。和泉の叫びに「応」と力強く応えると、凶暴な目をぎらつかせた。

「門を開けろ」

和泉が下知すると、門番の小者を抑え込んでいた和泉の家臣らが、沼橋門を開けはじめた。門が開くと一本道があらわれ、その先に大手門がみえるはずである。

だが、大手門の前には、和泉らを阻《はば》むように一本の松明が燃えていた。

「む」

和泉は門のところに馬を進め、松明に向かって目を凝《こ》らした。

松明の主は、丹波である。

丹波は、諏訪曲輪から帯曲輪をまわり、大手門へと先回りしていた。片手に朱槍と手綱を握り、一方の手で松明をかざしている。

「……野郎」

和泉は握り太の槍の柄を握り直し、小さくみえる丹波をにらみつけた。

「和泉、本丸に戻れ」

大手門を背にして、丹波は怒鳴った。

「腕で来い。朱槍の真の主が柴崎和泉だと、おもい知らせてやらあ」

和泉はそう吠えるや、どっと馬を駆った。

「馬鹿野郎」

同時に丹波も松明を捨て、馬腹を蹴った。

一本道を勢いよく駆け出した丹波と和泉の馬が、急速に距離を縮めていった。

だが、両者とも一切相手を避ける気配がない。

馬も馬である。俄《にわ》かには信じ難いが、平安・鎌倉時代のころには、人を喰う馬もいた。丹波の時代の馬もまた、現在の馬とは比べものにならない猛獣である。

丹波は和泉に迫る直前、槍を手元でくるりと回して穂先を大きく旋回させるや、怒号をあげて一気に繰り出した。

(味な真似しやがって)

和泉も怒号をあげて同時に槍を繰り出す。

両者の穂先が頬をかすめた。瞬間、馬は闘牛のように頭をかち合わせ、拍子に丹波と和泉も空中で激突し、一本道に叩きつけられた。

平装の丹波は素早く立ち上がり、武装の和泉に襲い掛かった。咽喉輪《のどわ》を左手で押さえつけ右拳を高々と上げるや、力任せに和泉の頬に叩き込んだ。

――組打ちの功は最上。

弓、鉄砲、刀槍、数ある敵の討ち取り方で、最も価値があるとされたのが、肉弾戦で敵を組み伏せ、戦闘不能にし、鎧通《よろいどお》しで首を掻き切る「組打ちの功」であった。このため、日本における体術は、まず敵を地面に叩きつけることを目的とし、現在の柔道へと受け継がれていった。丹波と和泉は、この組打ちの功を幾度もあげた、歴戦の巧者であった。

「おめえたちゃ手え出すんじゃねえぞ」

べっ、と口中の血を吐き飛ばしながら、和泉は家臣に向かって叫ぶと、上体を起して丹波に覆いかぶさろうとした。だが、丹波は和泉の力を利用して体《たい》を入れ替え、再び和泉にのしかかる。

「この大馬鹿野郎、おのれが抜け駆けすれば、成田家に逆心《ぎゃくしん》ありと関白に取られるがわからんか」

丹波は叫びながら和泉を再び殴りつけた。

和泉は、殴りつけられながらも、咽喉輪を押える丹波の左腕を小手返《こてがえ》しにひねり上げ、仰向けに叩きつけると馬乗りになった。

「わかってらあ。だがな、俺は頭を下げて命を永らえるなんざご免なんだよ」

豪腕でもって、丹波の首をもぎ取らんばかりに殴りつける。

めきっ、という頬骨の鳴る音をききながら、丹波は殴りつける和泉の右腕を両手で取るや、内側に捻《ひね》って腕を極《き》め、地面に叩きつけて再び馬乗りになった。

「ならば御屋形はどうなる、家臣どもはどうなる、領民どもはどうなる。おのれのために皆死ねと申すのか。無念なのはおのれだけだとおもうのか。勝手なことを抜かすな。わしは許さんぞ」

丹波はそうわめきながら和泉を殴り続けた。

やがて和泉の頰を、丹波の血が濡らした。

だが血にしては変だった。和泉がみると、丹波はほとんど血を流してはいない。

(――泣いてやがる)

和泉は拳を左右に浴びながら、丹波の泣き顔をみた。

(そうか)

和泉はようやく理解した。

(抜け駆けしてえのは、むしろこいつの方なんだ)

そうおもうと、行動の早い男である。

「――すまん」

和泉は、殴られながらそう謝った。丹波が力を抜くと、「俺が悪かった」と、丹波の身体を押しのけてさっさと立ち上がり、何事もなかったかのように本丸に向かって歩いていった。

――変な奴だ。

丹波はしばらくぼんやりと和泉の後ろ姿を見送っていたが、やがて急ぎその後を追った。

「避けなかったな」

二の丸で和泉に追いついた丹波は、横に並んで歩きながら問いかけた。

「ん」

「槍をだよ」

馬上の敵と一直線に相対する場合、臆《おく》して先に避けた方が負けである。丹波は幾多の戦場の中でそれを発見し、理屈として頭に叩き込み、体得した。

だが和泉は産湯《うぶゆ》をつかったそのときから、この武の呼吸を身につけていた。

「避けりゃ槍の餌食《えじき》じゃねえか」

今さらなにを当然のことをいいやがる、といった調子でそっぽを向きながらいう。

（わかってやがる）

丹波が内心舌を巻いたときである。二人の足元から、小さく地響きが伝わってきた。二人がとっさに歩みを止めて耳を澄ますと、やがて、

——エイエイ、エイエイエイ。

と、武者押しの声が繰り返し小さくきこえてきた。声はどんどん大きさを増してくる。

館林城を攻め落した三成らの大軍が、忍城に来襲したのだ。

（——来た）

丹波は急に向きを変えると、三の丸へと駆け戻った。


武者押しの声は、本丸にも届いた。

靭負は、ぱっと盃を捨てると大広間を飛び出した。靭負が広間を出るや、重臣たちも弾《はじ》かれたように立ち上がり、後を追った。

城内は敵の来襲にわかに騒然となった。家臣から小者、はては侍女にいたるまで、城に仕え

る者たちが、「敵じゃ」とわめきながら城内を駆け回っている。そしてその多くは、櫓のある三の丸に集まった。

長親だけは、大広間から動かなかった。

(どういうつもりなのだ)

そういぶかしくおもったのは、同じく三の丸へ向かう途中で長親を目にした甲斐姫である。

甲斐姫が盗みみると、長親は虚空《こくう》に目をやり、広げた膝に両手を置いて端然《たんぜん》と座したまま身じろぎひとつしない。その姿は覚悟を決めた男の姿のように、この小娘にはみえた。

やがて長親は盃を手にとり、ぐいとあおった。

むせた。

(なんだ)

甲斐姫は、はなはだ落胆し、

「長親」

と、怒鳴りつけるや、この勇怯《ゆうきよう》定かならぬ大男を広間から引きずり出して、ともに三の丸へと向かった。

丹波は、三の丸に着くなり半鐘櫓に駆け上って城外を見渡した。櫓の下には家臣たちが続々と集まり、深刻なまなざしを櫓の上に向けている。

「丹波、みえるか」

和泉が櫓の下から怒鳴った。

「みえん。だが田を避け、遠巻きにして進軍しておる」

城外を見渡しても、どういうわけか敵の軍勢は松明ひとつ点《とも》すことなく、武者押しの声と大軍の地響きだけを撒《ま》き散らしながら進軍しているのである。その底響きするような重奏は、まるで闇夜に巨人が咆哮《ほうこう》しながら城外をうろついているかのようだ。

靭負も三の丸に到着した。駆けつけるなり、和泉の殴られた面相を目ざとく見つけた。

「どうしたんです、その顔」

敵の来襲を忘れたかのような、いきいきとした顔で訊いている。

「うるせえ」

和泉が靭負の半身を呑み込まんばかりに叫んだころ、長親も甲斐姫に引きずられるようにしてやってきた。長親は、武者押しの声をききながら櫓を見上げていたが、やがて櫓のはしごに手をかけた。

「長親殿、そこ、はしごですからね」

酔った長親を危惧《きぐ》しながら、それでも小馬鹿にする調子を失わずに、靭負が注意をうながした。

「うん」

長親はそう答えながら、意外にもするするとはしごをのぼっていく。

「なんだ、お前か」

のぼってきた長親を一瞥すると、丹波は再び城外に視線を移した。とはいえ、月明かりもなければ城外はまったくの闇である。

「なんで松明をつけないんだ」

長親はきいた。

行軍中の三成に、自らの軍から馬を飛ばしてきた吉継も、長親と同じ問いを発していた。

「なぜ灯火を許さぬ」

闇夜に紛れて夜襲をかけられれば、大軍といえども四散するのは古来例のないことではない。吉継はそれを指摘した。

「恐れを抱かせる。声のみが響き、姿はみえぬ。敵は怯え、士気を失う」

(なんだと)

だとすれば、三成は敵を軽視している、と吉継はおもった。それどころか、これは明らかに敵に対する侮辱である。こんな行軍をしても、所詮敵は抵抗する気もないはずだと決め付けた、大いなる侮辱であった。

(それにしても妙だ)

吉継の知る三成は、弱者をいたぶるような恥知らずの行いをことさら憎む男のはずである。それが弱き敵を虚仮《こけ》にしたかのような行軍を指示している。

(どういうことだ)

吉継は三成の顔を覗《のぞ》きみようとしたが、暗闇のためはっきりとは表情を読み取ることができない。

とはいえ、吉継は忍城が降伏しているのを知っている。忍城の者どもに武者らしい哀れみこそ感じたが、それ以上三成を諫めようとはおもわなかった。そして、このとき強く諫めなかったことを、吉継は後悔することになる。

「怖いな」

櫓の上の長親は、こんな際にもあからさまに自らの怯みを面に出した。

「それだ」丹波は長親に顔を向けると自嘲《じちょう》気味に微笑んだ。

「脅してんだ、上方の奴ら。大軍を自負する者にしかできぬ行軍よ」

丹波には、三成の意図がありありと伝わっていた。

（なめてやがる）

闇夜に行軍したところで、夜襲をかけられることはないと、たかを括《くく》ってやがる。だが、いかに馬鹿にされたとて、地に頭を擦《こす》り付けてでも上方の軍勢に恭順《きょうじゅん》の意を示さねばならない。

丹波は改めてそう腹を括ると、長親の背中を平手でどん、と打ちつけた。

13

忍城の面々は、その多くが三の丸で夜を過ごした。

「朝だ」

三の丸に生い茂る木々の間からかろうじてのぞいた空が白々としてきたとき、靭負は、豪胆《ごうたん》にも高いびきをかいて寝入っている和泉を叩き起した。

「お」

目を覚ました和泉は、「丹波、夜が明けるぞ」と、櫓の上に叫んだ。

「起きておる」

櫓の上の丹波は、そう下に怒鳴ったが、ここにも豪胆とも何ともいえぬ大男が、邪魔な置物のようにすやすやと眠っている。

「長親起きろ」

置物は半身を起すと、しばらくの間呆けたような顔でいたが、俄《にわ》かに櫓から身を乗り出すようにして城外をみた。

ようやく関東平野のかなたから顔を出した朝日が、長親の瞳に飛び込んできた。

おもわず目をつぶった。

そして、再び見開いた。

「あっ」

とっさに声を上げた。

城外の風景が一変していた。

城外には、城とその周辺の田を囲んで、夥《おびただ》しい数の軍勢が犇《ひしめ》いていた。大軍でたなびく無数の旌旗《せいき》が、まるで城外の平野に極彩色を施したかのごとく一帯に広がっていた。

三成の軍勢が、忍城を包囲した。

この日、『成田記』によると、天正十八年六月四日のことである。

「敵は何千じゃ」

櫓の下から和泉が怒鳴った。

「桁《けた》が違う、二万はいるぞ」

丹波はそう答えたが、それすら違った。館林城の降兵を合わせた三成の軍勢は、二万三千に膨《ふく》れ上がっていたのだ。

「五百に二万か」

和泉がうめくように勘定すると、周りにいる家臣どもは一様にどよめきの声を上げた。

(――無理だ)

丹波は、巨大な敵を目の当たりにして、改めてあらがうべくもない相手だと思い知らされた。

「城を開こう」

だが降伏の前に、いま一人説得しなければならない相手がいる。

「城代にはわしから話す」

丹波は長親にそういい残すと、確かな足取りで櫓のはしごを降りていった。

長親も、丹波に続いた。降りる直前、丸墓山にたなびく紺地に朱で大書された「大一大万大吉」の軍旗をみた。だがこの大男は、それが誰の旗標《はたじるし》であるかを知らなかった。


丸墓山に本陣を敷いたのは三成である。丸墓山の麓《ふもと》に陣屋を急造させ、「大一大万大吉」の軍旗を山の頂上に立てた上で諸将を招いた。

諸将を待ちながら、三成は小さくみえる忍城に目をやった。

秀吉にみせられた絵地図と同じ湖島の要塞が、眼下にうずくまっている。

だが三成には、関東七名城のひとつに数えられるこの城が、ひどく野暮《やぼ》ったいものにみえた。

そのはずである。

三成は、大坂城や聚楽第などを擁した城郭の先進地帯ともいうべき中央出身の者であった。そんな三成からみると、土塁を掻き揚げただけで石垣はなく、天守閣もなく、櫓といえば材木を組み上げた積み木のようなものがあるだけの城など、城郭というより湖を唯一の要害と恃んで人が集まった単なる島のようにしかみえなかった。

城の堀端に柵《さく》を結い回し、棘《とげ》のような逆茂木《さかもぎ》も差し並べているようではあるが、これも取り立てていうほどのものではなく、ごく普通の城の守りであると三成は知っている。このため三成の目に映る忍城は、木々の生い茂るままにした、洗練さのかけらもない田舎城でしかなかった。

興覚めしたのか三成は、吉継が丸墓山にのぼってきたときも、

「この山、古《いにしえ》の貴人の墓じゃそうな。謙信めも忍城を攻めた際、ここに本陣を据えたというぞ」

などと忍城ではなく丸墓山についての無駄話をはじめた。とはいえ、三成はすでに忍城のことを調べつくしてはいる。少年期の丹波が戦慄した上杉謙信の忍城攻めも知っており、謙信が忍城を水攻めにしようと画策しながら実行に移さなかったことも頭に収めていた。

「へえ」

さほど謙信に関心のない吉継は、そんな気のない返事しかしなかったが、次の三成の言葉をきいて、ぎょっとなった。

「軍使は正家にいってもらおうか」

そう三成はいうのである。

「待て」

吉継は、正家も含めた諸将から三成を遠ざけるや、小声ながらも鋭く三成を諫めた。

「お前ほどの知恵者が何ゆえ人選を誤る。正家は殿下の威を借る男だ」

吉継のいう通りであった。

正家は秀吉の直臣《じきしん》となり事務方の重役となるや、高飛車な態度が目立つようになった。

「わしのようにか」

生まれついて不遜《ふそん》な三成が自らを評してそういった。

「違う。弱き者には強く、強き者には弱く出る。正家はそういう男だと申しておるのだ」

吉継は、誰に対しても傲慢《ごうまん》な三成との違いを明確に指摘してみせる。

正家が使者となれば、弱き忍城の者どもなど高飛車どころかなぶりになぶってそれを楽しむに違いない。

古来、降伏を勧告する軍使は、容儀を正して敵将に相対し、相手の立場を重んじた上で降伏を説いた。敵将は、「それならば」と軍使の情誼《じょうぎ》に打たれ、降伏を承諾するものである。

だが、正家のような者が行けばどうなるか。

「不測の事態すら起りかねんではないか」

成田家の降伏を知る吉継は、むしろ忍城の者どもへの哀れみから三成を脅し上げた。

「その手でいくんだよ」

しかし三成は、不敵に笑うばかりである。

三成から軍使の役目を言い渡された正家は、副使二人を従え、丸墓山からもっとも近い佐間口へと向かった。

「軍使のしるしを」

細いあぜ道を進みながら正家が馬上で命ずると、副使の一人が太刀を引き抜き、頭上でくるくると旋回させた。

「なんじゃ、ありゃ」

佐間口に設置した櫓の上で、城兵の一人がそう眉をひそめた。編み笠をかざすことで使者であることを示す手法しか知らなかったのだ。だが、櫓の上には物識りの城兵もいて、

「関白の使者が参り申した」

と、下に向かって叫んだ。

櫓の下で待機していた伝騎の侍は、「何騎じゃ」と、問い返す。

「三騎にござる」

伝騎は本丸に注進すべく、どっと馬を駆った。

佐間口では、伝騎とは別に、成田家重臣の別府尾張守《べつぷおわりのかみ》という老人が待っていた。別府は、家臣に命じて佐間口の門を開け放すと、丁重《ていちょう》に辞儀して正家を迎えた。

「別府尾張守にござりまする」

「お前など知らん」

正家の弱者へのいたぶりは、すでに始まっていた。

別府は、遠い過去に成田家から分かれて臣下に列した親戚筋である。しかし、正家はそんなことをきいても態度を改めはしなかっただろう。

「案内《あない》せよ」

正家は、馬上から別府をみもせずに命じた。

(おのれ)

この年になってこんな恥辱《ちじょく》を受けようとは、と老人は歯嚙《はが》みしてくやしがったが、ここで怒っては家中の者にどれほどの迷惑がかかるかわからない。

「は」

馬丁《ばてい》のように馬の轡《くつわ》を取った。


長親、丹波、和泉、靭負ら重臣は本丸の奥へと渡り、城代泰季の病室の前にいた。

そこに、伝騎から注進を受けた侍女を連れて、甲斐姫がやってきた。

「猿めの使者が入城したぞ」

「早《はえ》えな」

和泉などはそう顔をゆがめたが、丹波のやることとは決まっている。

「広間にて待たせるよう伝えよ」

侍女の方にいい捨てるなり、「御免」と病室の襖を開けた。

病室の泰季は眠っていた。むしろ気を失うとでもいうべき眠り方で寝ては覚め、を一日に幾度も繰り返す、と丹波は侍女からきいている。

「父上」

泰季を起すのを躊躇していた重臣一同と甲斐姫の間に入って、長親がこの頑《かたくな》な老人をゆり起した。

泰季はようやく目を覚ました。

「関白の軍勢が参り申した」

丹波は静かに知らせた。

「うむ」

泰季は力なくうなずいた。

「城代、申し上げたき儀がござる」

丹波がすべてを明かそうとしたとき、泰季は、それをさえぎるように再び口を開いた。

「丹波、和泉、靭負、そして重臣一同、皆ようやってくれたな。兵糧を積み、堀を穿《うが》ち、柵を結い、戦の用意を怠りのうようやってくれた」

こういいながら、一同の顔を目だけで認めると、意外な言葉を口にした。

「御屋形は関白に降るおつもりじゃな」

泰季は、視線を宙に浮かせながらそう言ったのである。

顔を伏せつつあった丹波は、はっと顔を上げて泰季の顔をみつめた。

（――知っていたのだ）

侍女の誰かが洩らしたのかもしれない、とは思わなかった。

上杉と北条との狭間《はざま》で成田家を存続させてきた泰季が、気付かぬはずはなかった。むしろ、関白に降るべきだと腹の底から知る者は、この老武者をおいて他にいないはずではないか。

「よいのだ」

泰季は、そう言うと丹波に向かって微笑んだ。

「城を開け。わしが頑固なばかりに皆に苦労をかけた。天下の軍勢を敵に回して勝てる道理はない。かつての成田家も、北条家優勢とみて臣従を誓ったのだ。おのれらは関白に臣従を誓い、所領の安堵を願い出よ」

目をつぶり、

「わかったな」

と、念を押した。

――これで誰もいなくなった。

丹波の心の内で、崩壊寸前の一家を支える最後の柱が、ぼきりと折れる音がきこえた。

丹波にしてみれば、泰季が最後の抵抗の砦であった。泰季があくまで抵抗を叫ぶからこそ、丹波は何とか開城を推し進めようと努めることができた。だが、いま泰季が承知した以上、なんの滞りもなく城はすらすらと敵に渡ってしまうはずである。

「申し訳次第もござらぬ」

丹波はなにを謝るのかもわからず、ただそういうと声を上げて泣いた。和泉も泣いた。靭負も泣いた。重臣らすべてが泣いた。甲斐姫も、この勝気な小娘が、ぽろぽろと涙をこぼした。

だがこの中で、ただ一人涙をみせない者がいた。

長親である。

丹波は、何気なく長親の顔を見やった。その途端、この大男に対してこれまでに感じたことのないほどの甚だしい失望を覚えた。

（怯えてやがる――）

丹波には、長親が泣くのも忘れ、ただ怯えているようにしかみえなかった。拳を握って肩を震わせながら泰季を凝視はしているが、その瞳には明らかにこの病人が映っていない。

（この期におよんで、お前はまだうつけか）

丹波は、「御免」と泰季に告げるなり憤然として座を立った。

丹波ら重臣一同は表へと渡り、関白の使者が待っているであろう大広間へと向かった。

「上段の間には誰が着く」

廊下を行きながら和泉がふと、丹波にきいた。

城代の泰季は病床にある。とすれば、

「長親じゃ、決まっていよう」

丹波は怒りに顔をゆがめたまま、そう答えた。

（――こんな奴）

降ると伝えることぐらい、こんな奴にもできるだろう。丹波は、凍りついた顔で一同に続く長親を一瞥すると、吐き捨てるようにそうおもった。

一同は、長親を大広間の上段の間に通じる襖の前に残し、下座へ通じる襖の前に来た。そこに遅れて駆けつけてきたのは靭負である。

「なにしてきた」

和泉が降伏の前だというのに、にやにや笑いながら靭負にきいた。

大広間に至る前、奥から表に通じる橋を重臣らが渡っていたときのことだ。

「姫よ」

靭負は橋の上に残って、見送りについてきた甲斐姫に、そう声をかけていた。

当主の姫に声をかけるなど、あってよいことではない。丹波は止めようとしたが、和泉がその肩を押えながら目でそれを制した。

(いいじゃねえか、言わせてやれ)

和泉の目はそう訴えている。成田家が降伏すれば、成田家臣団はばらばらになってしまうかも知れぬ。そうなれば、靭負も二度と甲斐姫に会うこともできなくなるだろう。

無論、靭負が何を言いだすのかは知れている。

(だが、それを見逃すのがいい大人ってもんだぜ)

和泉は丹波にうなずいてみせた。

丹波は小さくため息を洩らすと、重臣らを促して大広間へと向かった。

橋の上に残された靭負は、甲斐姫の目をみつめて小さく笑みを浮かべると、

「酒巻靭負は姫に惚れておりまする」

そう爽《さわ》やかに告げた。

どよめく侍女たちの間で甲斐姫は、わずかに驚いた顔をしていたが、やがて靭負が終生忘れることのなかった笑顔を浮かべた。

「承知した。ありがとよ」

そういうと、踵《きびす》を返して奥へと消えていった。

――これでいい。

靭負は甲斐姫の後ろ姿をみつめていたが、やがて向きを変えると大広間へと急いだ。

「そんで、どうなったんだよ」

大広間の襖の前にいる和泉は、靭負に小さく体当たりしながらまだいっている。

「六人の子持ちにはいえぬことですよ」

靭負がおちょくるようにいうと、重臣たちにようやく笑顔が戻った。

「さあ皆、胸を張れ」

丹波は小さな明るさを小さな威厳に変えるべく、ことさら厳しい表情で言った。

――もはや我らにできるのは、せめて胸を張って降伏を述べることぐらいではないか。

丹波はそう意を決するや、勢いよく大広間の襖を開けた。


「遅い」

正家は、丹波ら重臣が下座から上座の定位置に進んで着座するなり、そう一喝した。

広間では、すでに主だった家臣たちが居並んでおり、正家は副使二人を従えて中央に座している。

「殿下の使いを饗応《きょうおう》するでもなく、広間でただ待たせるとは何事じゃ」

正家は重臣らから目を移すと、今度は長親に向かって居丈高《いたけだか》にそう叫んだ。

長親は青ざめたまま、正家の顔をみつめている。

丹波はとっさに辞を低くして、口上を述べた。

「田舎者と思《おぼ》し召し、至らぬ点は平《ひら》にご容赦くだされ。城代は病身にて床を離れられませぬによって、事の次第を伝えるに少々時を食いましてな。失礼仕《つかまつ》った」

「お前は誰じゃ」

田舎大名の重臣ごときが口をきいていい相手ではないぞ、この俺は、という調子で正家がいう。

丹波はあくまで、身を低く保った。

「は、某《それがし》は、成田家一の家老を務めまする正木丹波守利英と申す者。あれなるは」

と、上段の長親を示して、

「成田家一門にて城代成田泰季が嫡子、成田長親にござりまする」

慇懃《いんぎん》にこたえた。

「長束大蔵大輔正家じゃ」

驚いたか、というふうに正家はぞんざいにいった。長親はいまにも泣き出しそうな顔でいる。

そんな長親の姿が、正家をますます増長させた。

「しかし、この大事に寝ておるなど、のん気な城代もおるものじゃな」

あからさまに鼻で笑った。

戦国の男たちはこうした侮辱に過敏であった。とりわけ武《ぶ》の本場である関東の男たちにおいて、この傾向ははなはだしい。それでもこの成田家の家臣たちは、耐えに耐えた。

「和戦いずれかを訊こうか」

正家は、歯噛みして耐える関東人どもの姿を存分に堪能すると、ようやく本題に入った。

「降るなら、城、所領ともに安堵してつかわすが、小田原攻めに兵を差し出せ。戦と申すなら、我が二万三千の兵が揉みつぶす。当方としてはどちらでも構わぬが、腹は決めていよう。早う返答せよ。わしは朝飯を食うておらぬ」

薄ら笑いすら浮かべながら、正家はいった。

——これよこれ。

正家は内心歓喜に沸いた。上段の間の田舎者は、恐れに恐れて言葉も出ぬではないか。

正家はそうおもうなり、忘れていたかのように最後の要求を突きつけた。

「それと、成田家には甲斐とか申す姫がおるな。それを殿下に差し出すよう」

家臣どもは無言で色をなした。一様に怒りで顔を紅潮させ、小刻みに身体を震わせた。

だが、長親だけは、違った。みるみる怒りで表情を変える家臣らのなかで、この男はただひとり何を考えているのか一層わからなくなった。

「腹は決めておらなんだが、今決めた」

長親はようやく言葉を発した。

「なら早ういえ」

正家がそういった次の瞬間、のちの忍城城代にして忍城方総大将、成田長親は、この田舎城を戦国合戦史上、特筆すべき城として後世に位置付けさせる、決定的な一言を発した。

「戦いまする」

長親は、そういったのだ。

家臣どもは皆、唖然となった。言葉は誰からも発せられなかった。

ひどいものである。

人の上に立つ者の発する言葉ではなかった。

百姓仕事をことのほか愛し、百姓たちとも軽口を交わしてきたこの大男が、百姓はおろか、忍領全体を地獄に叩き込む一言をいとも簡単に吐いたのだ。人の上に立つ者ならば、決して口にしてはならない言葉を、この馬鹿は吐いた。

だが、馬鹿者はこのとき、侍でもなければ成田家の一門でもない、ただの男になり果てていた。強者の侮辱にへつらい顔で臨むなら、その者はすでに男ではない。強者の侮辱と不当な要求に断固、否《いな》を叫ぶ者を勇者と呼ぶのなら、紛れもなくこの男は、満座の中でただ一人の勇者であった。

「何と申した」

「戦場にて相見《あいまみ》えると申したのでござる」

長親は再びいい放った。

「それが成田家の返答じゃな」

正家は、二万余の軍勢を背景にそう凄《すご》んだつもりだが、座から浮き上がってしまう自分をどうすることもできなかった。

大広間の空気が一気に圧せられ、同時に熱を発した。丹波も瞬時にして激しいまでの血のたぎりを覚えたが、そんなことはあってはならないことだ。

「暫時《ざんじ》、暫時」

丹波は正家にそう叫ぶや、上段に駆け上がって長親の襟首《えりくび》を鷲《わし》づかみにすると、

「長親ちょっと来い」

怒声を上げてその巨体を引きずっていった。

勇者は無抵抗のままずるずると引きずられながら大広間を出て、やがて廊下へと姿を消した。長親が姿を消した途端、家臣の者どもは騒然となった。夢から覚めた者のように勢いよく立ち上がり、関白の使者などにもはや目もくれず、どたばたと一斉に長親の後を追った。

14

丹波は、長親を納戸《なんど》に叩き込んだ。

板敷きの床をするすると滑《すべ》っていく長親に、丹波が足を踏み鳴らして続いた。和泉や靭負をはじめ、追ってきた家臣どもも狭い納戸に押し寄せた。廊下にあふれた家臣どもは、伸び上がって中のようすを見ようとやっきになっている。

「乱心《らんしん》したか」

丹波は満杯の家臣どもの中で、長親を怒鳴り上げた。

長親はふて腐《くさ》れたように黙っている。

「何とか申せ」

「いやになった」

「なにがじゃ」

「降るのがだよ」

長親は、そっぽを向きながらいった。

「今になって何を申す。さんざに申し聞かせたではないか。関白には敵《かな》わぬ。それゆえ降るとおのれも承知したではないか」

「だからやになったんだ」

長親は珍しく声を上げていう。だが、それはまるで子供がだだをこねているような調子であった。

「餓鬼みてえになんだ」

丹波はまた怒鳴った。

長親は、ぐい、と丹波に顔を向けると、唾を飛ばしながら叫び返した。

「二万の兵で押し寄せ、さんざに脅しをかけた挙句《あげく》、和戦いずれかを問うなどと申す。そのくせ降るに決まっておるとたかを括ってる。そんな者に降るのはいやじゃ」

まったく、だだをこねていた。

丹波は、こんな顔の長親をみたことがない。小さく驚きはしたが、いまは長親を説き伏せねばならない。

「我慢せよ。今降れば所領も城も安堵される。長親、我慢するのだ」

一語一語に力を込めていった。

「いやなものはいやなのだ」

長親は大喝して丹波の言葉をさえぎった。さらに、狭い納戸で息をつめる侍どもをぐるりと見回すと、再び吠えた。

「武ある者が武なき者を足蹴《あしげ》にし、才ある者が才なき者の鼻面《はなづら》をいいように引き回す。これが人の世か。ならばわしはいやじゃ。わしだけはいやじゃ」

強き者が強きを呼んで果てしなく強さを増していく一方で、弱き者は際限なく虐《しいた》げられ、踏みつけにされ、一片の誇りを持つことさえも許されない。小才のきく者だけがくるくると回る頭でうまく立ち回り、人がましい顔で幅をきかす。ならば無能で、人が良く、愚直なだけが取り柄《え》の者は、踏み台となったまま死ねというのか。

「それが世の習いと申すなら、このわしは許さん」

長親は決然といい放った。その瞬間、成田家臣団は雷に打たれたがごとく一斉に武者面《づら》をあげ、戦士の目をぎらりと輝かせた。

(――そうだったのか)

丹波は、長親と自分との違いを、まざまざと見せつけられたおもいがした。

なんの武技もできず聡明《そうめい》さのかけらも感じさせないこの大男が、余人《よじん》が捨てたただひとつのものを持ち続けていた。

(――この男は、異常なまでに誇り高いのだ)

丹波は、少年のころから長親に感じ続けてきた違和感の正体がこれだと確信した。

家中の者どもが事情やいきさつを考慮して降伏に収束していく中で、長親だけは一切それを無視して抵抗を叫んだ。強者を目の前にしたとき、馬鹿者の本性ともいうべきものが剝《む》き出しになった。

思えば丹波が怯えと読んだ長親の表情も、全く意味の異なるものであった。

(この男は、自らの抗戦の着想に戦慄し、身を震わせていたのだ)

丹波がそう黙していたとき、和泉が喧嘩に臨む悪餓鬼のごとく、にやりと笑った。

「やろうぜ」

「酒巻家も乗りますよ」

当然、といったふうに靭負も続く。

だが、丹波はここにきても熱くなりきってはいなかった。

「おのれらは戦がしたいだけだろうが」

しかし、丹波の一喝も、もはや戦士と化した男たちの耳には届かない。

「別府家も乗りますぞ」

そう言ったのは、正家を佐間口から案内した老人である。家中きっての名族である老武者が名乗りを上げるなり、「当方もじゃ」と、侍どもが次々に声を上げた。

「落ち着け、早まるな。強き者に服するは世の習いではないか」

一の家老として丹波は、これを抑えようとした。丹波とて多数の家臣を従える正木家の当主である。これからやろうとしていることが、自らの家臣たちをどれだけ悲惨な目にあわせるか、痛いほどに熟知している。

そんな丹波に、和泉が、

「おめえはどうすんだ。丹波」

平静とは異なる静かな語調できいた。

丹波は返事をためらった。この決断に富んだ男が、あからさまに動揺した。

「長親、本当にやるのか」

「さっきから申しておる」

何いってんだ、というふうに長親は、丹波の顔をみもしないでいった。

丹波は考えた。息をするのも忘れるほどに考えた。一同のいうことは、丹波にとっても一面、望んだことではある。だが、そんなことがいいはずはない。

しかし、主戦と非戦との間を幾度も往来した挙句、丹波に飛び込んできた思いはこれであった。

「やるか」

そう自分につぶやいてみた。

「やろう」

心を固めた。

「やろう」

顔を上げ、皆に叫んだ。

「やろうぜ」和泉が丹波の肩をぽんと叩く。

「やりましょう」靭負が小馬鹿にしたように丹波にいう。

「やろう」「やろう」廊下にあふれ出た者どもまでが、四方を向いて叫び合った。


成田家臣団は、長親を先頭に廊下を大広間へと向かった。

先ほど降伏のために大広間に向かったときとは、まるで別人の集団である。四肢《しし》に力をみなぎらせ、足は床を踏み鳴らし、腰はすわり、胸は高々と張り、肩は怒らせ、その面《つら》といえば、すでに戦う者のそれであった。だが、その先頭をいく長親が、相変わらずのそのそと、うだつの上がらぬ中年男のようであるのが奇観をなしていた。

上座、下座に通じる襖を勢いよくぴしゃりと開けて、成田家臣団はどっと大広間になだれ込んだ。

(どうなったのだ)

正家は、どかどかと座についていく武者どもを見回しながら恐怖さえおぼえた。そしてその刹《せつ》那《な》、思い起した言葉がある。

——坂東武者。

——日本国をもって関八州に対すべし。

こう称された坂東武者の末裔《まつえい》どもが、戦士の面をずらりと並べて正家を凝視している。

広間に入ってきた長親は、上段の間にのそりと座った。その馬鹿者のごとき所作までもが、いまの正家には、人殺しが微笑しながら話しかけてくるかのような不気味なものにおもえた。

それでも正家はかろうじて威儀を正して、

「その者は了見《りようけん》したか」

長親を示しながら、丹波に問うた。

「左様」

丹波はうなずいた。

「重臣一同、重ねて諫め申したが、この者存外頑固者にござりましてな。一向に言うことをききませぬ」

大真面目な顔で語りはじめた。

「されば」

と、一拍おいて正家に固唾《かたず》を飲ませるや、語気を静めて言葉を継いだ。

「この馬鹿者の申す通り、戦うことと致した」

(――なんだと)

「二万の軍勢を相手に戦すると申すのか」

立場は逆転していた。正家はもはや完全に狼狽《ろうばい》しながら長親に顔を向けた。

長親はあごを引いて正家を見据えると、

「坂東武者の槍の味、存分に味わわれよ」

そう言い切った。


正家は、転げ出るようにして本丸御殿をあとにするや、馬に飛び乗り一散に駆け去った。副使二人が追いつかないのにも構わず、猛獣の檻から逃れるように忍城を飛び出すと、丸墓山に向かって駆けに駆けた。

その様子を丸墓山からみていたのが、三成と吉継らの諸将である。

猛烈な勢いで一頭の馬がこちらに駆けてきており、二頭の馬がそれに追いすがるように続いている。

「あの様子では、和議にやぶれたな」

そういいながらも、三成は驚く様子をみせない。

微笑すら浮かべている。

(あり得ぬことだ)

このときの吉継は、そうおもっただけだった。ただ、三成の笑みが気に入らない。

「なにがおかしい」

恐い顔でたしなめた。

三成の真の狙いを、吉継でさえ察知してはいなかった。

忍城の家臣たちは正家を叩き出すと、そろって奥へと向かった。病室にいる城代の泰季に、一同の決意を伝えるためだ。

廊下をゆく皆が笑っていた。正家のうろたえぶりを笑っているのではない。この時代の男たちは敵の狼狽を憎みこそすれ、嘲弄《ちようろう》するような行いを下卑《げび》た振舞《ふるま》いとして好まなかった。

彼らの笑いは、自らの決断に満足した者が発するそれである。

そのことだけではない。彼らを陽気にさせる小さな事件もおきていた。

正家が逃げ去ったあとのことだ。家臣たちが奥へ向かおうと立ち上がっても、長親は上段の間を去ろうとしなかった。だが、やがて一同は、長親がずるずると腕だけで這《は》っていくのを発見した。

(腰が抜けやがったか)

丹波がそう呆れると同時に、一同は長親を指差して笑った。長親は床についた両腕を小きざみにふるわせながら、救いを求めるような顔を一同に向けた。

和泉は笑いながら長親の脇に手を入れると、丹波をあごで呼んだ。丹波は反対側の脇に手を入れ、二人で長親をかかえて大広間から出た。その三人に、大広間の一同が従った。それはまるで、祭りの神輿《みこし》を先頭に歓声をあげながら従う者たちのようであった。

「こんな体たらくで、ようもあんな勇ましいことがいえたもんじゃ」

和泉が脇をささえながら笑う。

「まったく面目ない」

長親は和泉を見上げていった。

そんなとき奥から駆けつけてきたのは甲斐姫である。特徴ある真っ黒な瞳に涙をいっぱいにたたえながら、家臣らの行進をさえぎった。

一同は、何ごとかと笑いをおさめた。

——まさか。

真っ先に気付いた靭負がとっさに奥へと駆け込んだ。


奥では、亡骸《なきがら》となった泰季が一同を迎えた。

甲斐姫の継母、珠が、冷然ともいえる所作で泰季の遺体に白布をかけた。

「同年（天正十八年）六月忍城之内病死、七十五歳、法名義鶴居士」

『成田系図』という、藤原鎌足から続く成田家の血脈を記した系譜には、成田泰季の最期がこう簡単に記されている。成田家存続に生涯を懸け、戦いに明け暮れたこの老武者は、その最期も戦の中で迎えたのだ。

長親はもはや泣かなかった。一同の中にも涙をみせる者はいなかった。

悲しくないかといえばそんなことはない。しかしいま、戦を宣言した一同の心を占めていたのは、このことである。

——闘って死ぬ。

彼らが特殊なのではない。武強に最上の価値を置く戦国の男たちは、灰になるまで戦い続け、できるだけ多くの敵を討ち取ることで、自らの価値を後世に示そうとした。

べつに死を望むわけではない。簡単に命を落したり、さっさと自殺してしまう武者を、乱世の男たちは悪しき武者として馬鹿にした。ただこの男たちは、より多くの敵を倒すためには命を惜しまなかったのだ。この点で、死そのものに価値を置き、命ぜられれば簡単に切腹してしまう江戸期の陰惨な武士たちとは隔絶した気分の中にいた。

「皆、城代に誓え」

そんな激しくたぎるがごとき気分の中で、丹波が泰季の遺体を示しながら一同にいった。

「何をです」

靭負が、この男らしからぬ真顔を向ける。

「これより長親を城代と仰《あお》ぎ、我ら軍勢の総大将とすることをじゃ」

「いいですよ」

なんだそんなことか、というふうに靭負があっさりと答えたのには、丹波も驚いた。他の者たちも皆、「諾」とうなずいている。

「いいのか」

もう少し考えた方がいいんじゃないのか。丹波は座も忘れてきいていた。

「おめえが言ったんじゃねえか」和泉はいうと、一同を見回して言葉を続けた。「長親殿の下知なら俺は聴くぜ」

「似合わぬことを申す。なぜだ」

そう疑問の顔を向ける丹波に、和泉は不敵に笑み返した。

「下知しそうもねえからよ」

人の風下に立つことを好まぬ和泉にとって、長親のような男は得がたい将領であった。

丹波はそんな和泉を鼻で笑うと、泰季の亡骸に目をやった。

(城代、言いつけには従わず長親を城代となし申した)

心中で詫《わ》びた。

ここで丹波は長親に向かって居住まいを正し、鯉口《こいぐち》を切ると脇差を少し引き抜いた。丹波に習って一同も、長親に向かい鯉口を切る。そして一斉に柄頭《つかがしら》を勢いよく叩いて、再び脇差をおさめた。小気味よい金属音が室内にひびく。誓いの金打《きんちょう》である。

――これが忍城の男たちか。

甲斐姫は心地よい金属音をききながら、男に生まれていればと悔やんだ。

金打をきく長親は薄ぼんやりした顔でいたが、甲斐姫にはその姿は粛然とした首領であるかのようにみえていた。

「戦に決しましたか」

珠が長親にいった。

「御屋形の言いつけには背くんじゃが」

長親は困ったような顔でいる。

「あの腑抜《ふぬ》けの話など聴かずともよい。後は奥にまかせ、すぐに軍議を」

そう珠がいったところは、やはり伝説の武将、太田三楽斎の娘であった。

「うん」

長親は父の亡骸を見下ろしながらうなずいた。

『成田記』の記述では、泰季の亡骸は戦の最中に明嶺のいる清善寺へと運ばれ埋葬された、とされる。

筆者は、泰季の墓を求めて清善寺へとお邪魔し御住職にも話を伺ったが、残念ながら泰季の墓を探し当てることはできなかった。なお、『成田記』にある泰季の戒名「月巣義鶴居士」は誤りで、「成願院殿随應泰順大居士」というのが正しい戒名だそうだ。

15

「何だと、なにかの間違いではないか」

——成田家が戦を宣言した。

丸墓山で正家からの復命をきいた吉継は、おもわず大声をあげていた。

「何が間違いじゃ」

三成がいぶかしげな顔を向けた。

「——いや」

吉継は口をにごすほかない。

「なにやら初めはもめておったが、最後には戦うと言い切りおった」

正家はさもいまいましげに告げる。

吉継にとって意外なことには、三成はそれをきくなり、

「そうか、戦うと申すか」

と、清々しい笑顔をみせたのである。

「おのおの方、ふもとの本陣にてすぐに軍議じゃ」

その笑顔のまま、諸将に命じた。

正家と諸将は丸墓山をおりていったが、吉継は友の態度に不審をいだいて残っていた。

「これよ」

三成は、吉継と二人きりになるなり、忍城を熱くみながら大声で叫んだ。

「こうでなければならぬ。これが人というものよ。わしは人というものに、たかを括ってしまうところであったぞ」

(――そうだったのか)

吉継は、心中でうめいた。

三成は忍城の侍どもの性根をためしたのだ。

闇夜に無灯で行軍し、正家のような男を軍使にやり、愚弄《ぐろう》に愚弄を重ねることで忍城の侍どもの誇りをためした。他人にも強く美意識を求めるこの男は、どうか俺に抵抗の意を示してくれと願うような気持ちでこんなことをしたのに違いない。

(だからあんなことを)

吉継の考える通りであった。

奇妙なことだが、三成は京からはるばる武蔵国の田舎城にきて大いに語り合うべき知己《ちき》に出会った気がしていた。

――見事な奴だ。

三成は、まだみぬ長親をそう評価したことになる。

が、その結果が戦である。

「おのれは初めからこうするつもりだったのだな。正家を使者につかわしたのも戦を引き出すための策か。戦は遊びではないのだぞ」

吉継は三成を怒鳴りつけた。

だが、三成にとっては戦とはこういうものである。おのれが認める者とこそ、雌雄を決する戦がしたい。くだらぬ者どもと交わす戦にどんな価値があるというのか。


白昼のほぼ同時刻、双方の陣営で軍議が開かれ各部将の配置が決められた。

忍城戦の記録、『忍城戦記』や『関八州古戦録』などによると、八つある忍城の守り口の部将と、これに相対する寄せ手の部将は以下の通りである。

〔東の門長野口〕
――守り手・柴崎和泉守以下、吉田和泉守、鎌田次郎左衛門、成沢庄五郎、吉田新四郎、三田次郎兵衛、秋山惣右衛門ほか、足軽三十人。

——寄せ手・大谷刑部少輔吉継以下、堀田図書ほか、館林城の兵など総勢六千五百人。この軍勢は北東の門北谷口も担当。

〔東南の門佐間口〕

——守り手・正木丹波守利英以下、福島主水、長谷部隼人正、内田三郎兵衛、桜井文右衛門、内田源六ほか、足軽四十人。

——寄せ手・長束大蔵大輔正家以下、中島式部少輔、速見甲斐守など四千六百人。

〔南の門下忍口〕

——守り手・酒巻靭負以下、矢沢玄蕃、手島采女、桜井藤十郎、堀勘五郎、青木兵庫ほか、足軽百人。

——寄せ手・石田治部少輔三成以下、北条左衛門太夫氏勝、佐竹義宣、宇都宮国綱、伊東丹波守、鈴木孫三、など七千余人。この軍勢は南西の門大宮口も担当。

〔北東の門北谷口〕

——守り手・西木十郎兵衛ほか、足軽三十人。

——寄せ手・前述の通り、大谷吉継ほか。

〔南西の門大宮口〕

——守り手・斉藤右馬之助、布施田弥兵衛など。

——寄せ手・前述の通り、石田三成ほか。


〈北西の門皿尾口〉

——守り手・篠塚山城守ほか、足軽二十五人。

——寄せ手・中江式部少輔など五千人。


〈行田口（大手門）〉

——守り手・島田出羽守ほか、足軽百二十人。

——寄せ手・外郭の城門を破って到達する口であるため、担当なし。


このほか、八つ目の〈西の門持田口〉は、長塩因獄《ひとや》などのほか足軽二十五人が守っていたが、三成が、「持田口とやらは、敵の逃走を誘うため、無人とする」としたため、寄せ手は軍勢を配置しなかった。べつに三成の好意ではない。城攻めの際に一方を空けておくのは、ごく一般的な手法であった。三成もこれに従ったに過ぎない。


軍議の最中、忍城の大広間で和泉がわめいた。

「俺は鉄砲組はいらん。丹波、おめえにやるよ」

飛道具《とびどうぐ》なんぞ俺はいらんが丹波ならいるだろうが、と他の部将にきかせたつもりなのだろう。

（あいかわらずな奴だ）

丹波はそんな和泉の子供っぽさがおかしかった。

「受けるよ」

快く受け取った。

軍議を主導するのは丹波である。軍事などさっぱりな長親は、次々と発言する部将の顔を順繰りに黙って見ているだけだ。

「丹波、俺の軍略に口を挟むんじゃねえぞ」

和泉はそういって丹波に凄んだりもした。

（これしかない）

そう丹波も腹を決めていた。

それぞれの守り口の主将に全権を与え、死守させるしかない。これが、ことさらに独立した気風をもつ成田家臣団にもっとも適したやり方であろう。下手に統率を図ろうとすれば、かえって士気を低下させることになりかねない。一見無責任ともいえるこの方針を貫く上で、唯一ふさわしい総大将が長親といえた。

「よいか」

丹波は、一同を見回した。

「兵の数こそ少ないが、地の利、人の利は当方にある。数ある利を縦横に駆使し、我らにしか取れぬ軍略で勝利をつかむ」

だが、ここで一人忘れ去られている者がいた。

「わしはどこを守ろうか」

と、長親がいい始めたのだ。

一同はぎょっとなった。

こんなのに来られたらえらいことになる。一勢に顔を伏せた。靭負などは、「じゃ私はこれで」

と、さっさと逃げを打っている。

「総大将はおとなしく本丸におれ」

丹波は一喝した。

「ん」といいながら、長親はしぶしぶうなずいた。

一同は救われた。


丸墓山の麓の陣屋では、三成が諸将に向かって、

「必ず勝つ」

と、宣言していた。

「小田原に兵を出しておるゆえ城の兵数はわずかじゃ。明朝をもって総攻撃をかけるゆえ各々《おのおの》陣に戻られよ」

勝って当然である。

「要害の一人は十人に向かう」

『改正三河後風土記』などの諸書は、城攻めの難しさをそう強調している。

だが三成は、兵力差からいって十人どころか四十人以上をもって一人に向かおうとしていたの

だ。

　その夜、成田家の重臣らは城を出て八方に散った。

（兵数が足りぬ）

　丹波は、木々が生い茂る三の丸を馬で駆け過ぎながら悔やんだ。

「いいんですか、長親殿に内緒で」

　丹波と併走する靭負が、馬蹄のとどろきの中で叫んだ。

「かまわん」

　丹波は、長親に無断で百姓らに動員をかけようとしていた。このため、重臣らを領内の村々に発し、自らもいくつかの村に向かっていた。長親などが村にいって動員をかけたとて、百姓らに突っぱねられてすごすご帰ってくるのがおちだろう。

「あいつに百姓どもの徴発《ちようはつ》などできるかよ」

　丹波はそう叫びかえした。

「よいか、村に敵がおれば引き上げよ」

　もともと降伏する予定の成田家は、戦の前に当然城に籠らすべき百姓領民を徴発してはいなかった。村々には、すでに敵の軍勢が宿営しているやも知れない。

「わかってますよ」

　靭負は小馬鹿にしながらいうと馬速を上げた。

「和泉」

丹波は後ろを振り返った。

「百姓どもに甘い顔するな」

そこは封建時代の男たちである。百姓の命など軽かった。領主が戦闘員として領民らを駆り出したり、戦闘に参加させないまでも兵糧や武器を戦場に運ぶ陣夫《じんぷ》として徴発することなど当たり前のことであった。丹波もそんな領主となんら変わりない。

(拒むようなら首の二、三も刎《は》ねて、是が非にでも入城させる)

ごく自然に心を決していた。

和泉も同然である。

「わかってらあ」

そう言い捨てると大手門の方に分かれていった。

下忍口を出ると、丹波と靭負も二手に分かれた。丹波は、たへえが乙名を務める下忍村に馬首を向けた。


この動きを、三成側が察知しなかったはずがない。だが三成は、哨兵《しょうへい》から報告を受けると、床から半身を起しながら意外なことを言った。

「捨て置け」

そう、関心のないようにいうのである。

三成は、自軍の兵が敵領内の百姓らに狼藉《ろうぜき》をはたらくことを極度に嫌った。このため、忍領内の寺などに自軍の兵に禁じた行為を記した「禁制《きんせい》」を発布して、敵領民に安堵するよう周知徹底をはかった。

武蔵国で発布された公文書を収録した『武州文書』には、忍城攻めのとき、上方勢が発した禁制が掲載されている。成田家の菩提寺で、忍城から西方およそ五キロの龍淵寺に発せられたもので、「乱暴狼藉《ろうぜき》」「放火」「地下人《じげにん》百姓に無理難題を吹っかけること」の三つの禁止事項と、「これを違反した者は速やかに厳科《げんか》に処するもの也」との文言が盛り込んである。

忍領内の百姓たちが敵が迫るというのに村を逃げなかった理由には、ひとつにはこの禁制があった。

三成は禁制を発布する一方、領内の村々を周辺から監視するにとどめ、自軍の兵どもが百姓家に入り込むことを厳禁した。反すれば厳罰にも処した。

このため攻城軍の兵どもは兵舎を急造せねばならず、戦にはつきものの強奪や強姦もできなかった。三成直属の兵は普段からこの男の厳格さに触れているため、こうした決めごとには忠実に従った。だが合力《ごうりき》の武将らの兵たちの中には、不満をもつ者もいる。

いま三成の家臣に案内されて飛び込んできた哨兵も、三成のやり方に不満をもつ他家の家臣であった。

「百姓どもが入城するままとせよ」

三成はそんなことまでいう。

――やはり戦というものを知らぬわ。

哨兵はそう三成を軽侮《けいぶ》した。

だが、これは三成が正しい。

秀吉に付き従って幾多の攻城をみてきた三成は、落城するほとんど唯一の理由を知っていた。

(籠城は内より崩れるのだ)

無駄な数の籠城兵は、兵糧を喰い散らす。兵糧が減るにしたがって裏切りの噂が噴出して城内は疑心暗鬼となり、裏切り者とされた者はどんどん粛清されてしまう。やがて籠城方の大将はこの状態では開城やむなし、と城を明け渡すのである。

(百姓に士気はない)

三成はそうみていた。

百姓は、いやいや戦に加わるものである。忍城の侍どもが百姓たちを入城させるなら、ただの大飯喰らいを抱えるだけのことではないか。

三成は哨兵の軽侮する顔を見逃さなかったが、

「城に人多ければほころびも増すというものよ」

咎《とが》めもせずにいうと、再び横になってしまった。

(こんなこともわからぬのなら、忍城の総大将も大したことはないな)

三成は小さく落胆した。

古来、籠城の固さは、その総大将の器量が決めた。だが、もしも百姓たちを入城させて城を固く守るなら、その総大将の器量の大きさは尋常なものではないということになるであろう。

丹波が下忍村にやすやすと潜入でき、乙名たへえの屋敷に入れたのは三成の見逃しがあったからである。

「村の者どもを集めよ」

土間《どま》で平伏するたへえを前にして、丹波は厳命した。

やがて下忍村の村人たちが集まり、ちよとちどりも土間に膝をそろえて座った。

「成田家は関白と戦することに決した。されば百姓のことごとくは城に籠れ。一刻待って入城せぬときは村を焼き払う」

村人たちが土間に座るなり、丹波は有無《うむ》をいわさぬ調子でいい放った。

村人たちは、一様にざわめきはじめた。

たへえは意を決すると、厳しい顔つきで丹波の申し付けを非難した。

「戦はせぬと仰せになったではござりませぬか」

「文句があるのか」

猛将正木丹波が、ぎろりとたへえをにらみ付けた。

百姓たちは震え上がった。だが、たへえとて武の本場、武州に産湯をつかった者である。

「籠城のことお断りいたす」

そう明言した。

「百姓とて馬鹿ではない。城方の負けは目にみえておる。柴崎様か正木様が、家中の皆々様を一か八かの賭けに投じているのではありませぬか」

「百姓の分際で、その物言いはなんじゃ」

丹波は顔中に怒気をみなぎらせた。

たへえも負けてはいない。

「違うなら違うと仰せになられませ」

「違う」

「ならば何様が戦をしようなどと仰せになられた」

「長親だ」

丹波がそう怒鳴りかえすと、たへえは虚をつかれたような顔をした。百姓らも同様である。

わっ。

直後、百姓屋敷は爆笑に包まれた。

こんなうまいシャレはねえや、とでもいうように笑死寸前で身体をけいれんさせながら笑いに笑った。ちよも笑った。子供のちどりでさえケラケラと笑っている。

「しょうがねえなあ、あの仁《じん》も」

たへえは、ひいひい言いながら笑いを呑み込み涙を拭《ふ》くと、ようやく言葉を発した。

「のぼう様が戦するってえならよう、我ら百姓が助けてやんなきゃどうしようもあんめえよ。なあ皆」

そうたへえが一同に呼びかけると、皆、「ああ」とか「ったくよお」などと、とうてい領主の徴発に応じる百姓とはおもえない態度で返している。

赤子が泣いている。どう諭《さと》しても泣き止みそうもない。しょうがないから望みのものを与えてやる。そんな調子であった。

恐ろしい領主に引きずられて城に行くのでもなければ、領民を慰撫《いぶ》する物分かりのいい領主を慕《した》って入城するのでもない。それらはいずれも下から上を仰ぎみる思考である。彼らを突き動かしたのは、そんな従属から発する思考ではなかった。

——俺たちがついてなきゃ、あののぼう様はなにもできゃしねえ。

そんな馬鹿者を守ってやるという一種の義侠心《ぎきょうしん》が、彼らを突き動かしていた。

「城に籠るというのか」

丹波は訳の判らない思いで訊いていた。

「そりゃもう」

たへえは、豹変《ひょうへん》ともいうべきにこやかな笑顔でいうと、甲冑《かっちゅう》や刀槍のたぐいを忘れるな、と村の者どもに命じた。戦場に引っ張られて働かされる百姓の楽しみといえば、戦死体から金目の物をはぎ取る略奪行為である。百姓どもは武器を差し出すよう命じられていたにもかかわらず、したたかにもその多くを隠しもっていたのだ。

「おのれら、そんなものをまだ隠しておったか」

丹波が小さく怒気を発しながらいうと、たへえは向き直っていった。

「いまは百姓といえども、元をただせば坂東武者の血を受け継がぬ者などおらぬ」

多少の誇張はあったが、事実であった。忍領内の百姓の多くが、武者の末裔《まつえい》であるとの口伝《くでん》を、その家の伝説としてもっていたのだ。

「されば」

たへえは息を整えた。

「態度を改めてもらおう」

百姓ともども、胸を張って言い切った。

「おう」

彼らの威に圧《お》されたのか、丹波が思わずそう答えてしまったのは、この猛将には珍しい不覚の出来事であった。


丹波が一足先に城へと戻ると、佐間村から帰ってきた靭負に三の丸で出くわした。

「首尾《しゅび》は」

丹波が馬を急停止させながら訊くと、

「いや、どうもこうもありませんよ」

と、はじまった。

「おい、どうなってる」

和泉もやってきて、巨馬を止めながらいう。

「村の二つとも初めは断るなどと申しておったが、長親殿の名を出した途端に加勢するとはしゃぎおったぞ」

「あ、私と同じだ」

靭負が不思議そうな顔でいった。

「わしのところもだ」

丹波もそう明かした。

さらに続々と帰城してきた重臣らにきくと、どう脅しあげても一向に言うことをきかなかった百姓たちが、長親の名を出すとすんなり入城を快諾したと口々にいう。

「どういうお人なのだ、あの仁は」

和泉などはまったく解せぬ顔である。

『忍城戦記』によると、士分百姓らを合わせた忍城の籠城兵の総計は、三千七百四十人だったという。

百姓だけでなく、町人、寺法師など各階層の者たちが入城を快諾し、夜陰《やいん》にまぎれて城に集結した。

女子供までが入城した。実は総計の三千七百四十人のうち、十五歳以下の童《わらべ》と女が一千百十三人含まれている。この計算でいけば、戦力となるべき十六歳以上の男は、二千六百二十七人ということになる。領民たちが入城を快諾したとはいえ、忍城方はようやく三成方の十分の一程度の兵数を確保したにすぎなかったのである。

(だが士気は高い)

吉継は、長野口城外から忍城をみてそう直感した。

武の才に恵まれたこの男は、秀吉に従ううちに、士気の旺盛《おうせい》な城は独特の気を発することに気付いていた。

いま吉継には、森の木々を透《す》かして無数の松明が垣間見える忍城の頭上に、籠城兵らの士気が炎《ほむら》立つように立ち昇っているのがありありとみえた。

忍城の本丸と二の丸には、松明をもった三千七百四十人の籠城兵が充満していた。本丸の玄関前で長親らとともに整列していた丹波からみると、城が一面、炎と化したかのごとくである。

気付くと、長親はずいと一歩前に出ていた。しばらく黙していたがやがて、妙なことを言い始めた。

「ごめん。戦にしてしもうた」

（この野郎は）

丹波は、冷ややかに長親をみていた。本当に謝る気でいるのか、この野郎は。

（ならば戦になど持ち込むな）

丹波がそう思う間にも、長親は言葉を続けた。

「父上は開城せよと最期の言葉を残したが、わしが無理言って戦にした。皆、ごめん」

泰季の死を、ここで初めて明かしてしまった。

「百姓どもの士気が下がる。何を言いだすのだ」

丹波は、心中の思いとは別なところで長親を叱りつけた。もはや戦時である。支柱ともいうべき城代の死を明かしてどうする。総大将が戦う決意を示さないでどうする。そう思いながら長親を改めてみて、小さく驚いた。

長親は、「父上」とつぶやくなり、大声で泣き始めたのだ。

——この御仁らしい。

長親と丹波の横に並んでいた和泉と靭負はそう心打たれていた。長親が父親にこの上もなく敬服していたことを知らぬ者はない。この二人も、大声で泣く長親の姿を父親を失って悲しむ者の姿として解釈した。

だが、丹波だけは違った。

(こいつ本当に泣いているのか)

長親が子供のように大泣きする姿は、そう疑問を抱く丹波でさえ胸にせまるものがある。

それでもなお、

——何か狙いがあるのではないか。

丹波はそんな思いをぬぐい去ることができない。

長親に訊いても、この男はこの種の問いかけにまともに答えることはないだろう。

しかし、百姓どもの反応をみれば、丹波はそう思わないではいられなかった。長親の泣き姿に、百姓どもは表情を一変させていた。その面は、士分の者どもと同じ、戦士のそれである。

「泣いてる。大人のくせに」

二の丸の群衆の中では、ちどりが不思議な顔で母親のちよに小さく訴えていた。

「父上が死んだの。のぼう様の」

ちよは涙を拭きながらいった。男ほど単純でないはずの女までもが、長親の大泣きに涙した。

たへえなどは、しわだらけの顔をさらにくしゃくしゃにしている。

「あの野郎は」

と、飛び出したまま戻らない息子をなじりつつ泣いた。かぞうは結局、屋敷には帰らず、入城することもなかった。

「皆、何をしみったれてやがる」

やがて、ちよの隣にいた百姓の男が声を上げた。次いで右拳を高々と突き上げるなり、

「エイエイ」

と、鬨を作りはじめた。

返事がないまま、「エイエイ」は幾度か繰り返され、やがて、「応」との掛け声で総軍が応じた。

「エイエイ」と「応」との掛け合いは、繰り返されるに従ってどんどん大きさを増していった。

(これがわしの予感した将器というものなのか)

鳴り響く鯨波《げいは》の中で、丹波は戦慄しながら長親の姿を凝視した。あるいは丹波の深読みが過ぎるだけなのかも知れない。だが丹波は、なにか底のみえない古井戸をのぞき込んでいるかのような心地がしていた。


(この城、敵に廻したは間違いか)

城外に響く鬨の声をききながら悔やんだのは吉継である。そして、この悪い予感は翌日、現実のものとなった。

3

16

夜更けになって部将たちは各守り口に就き、新たに入城した百姓たちも数百人ごと各口に配置された。『忍城戦記』にはこのほか、女と童が一日三度の飯を炊いて各守り口に運ぶこととし、十五歳以上の少年は旗を持って城内を駆け巡り擬兵《ぎへい》とすることに決めた、と記されている。

各部将らが配置についたころ、甲斐姫が奥から表へと渡ってきた。丹波ら重臣が、長親に臣従を誓って表に帰っていったあと、開戦を宣言した長親のようすを侍女から洩《も》れきいたのだ。

（あの長親が、開戦をいい出したとはね）

甲斐姫は意外なおもいがしたが、次の侍女の言葉はこの小娘をさらに驚かせた。

「のぼう様は、姫を猿めの側女《そばめ》によこせときいた途端、戦すると申されたそうにござりますよ」

（本当かな）

甲斐姫がいくら熱愛の態度を示しても、いつもへらへらと意にも介さないふうの男が、そんな理由で戦を始めたのだという。

（確かめてみよう）

あれこれ考えるのは苦手な方だ。ついてくるなと侍女に命じると、さっさと奥を出て長親をさがしにいった。

長親は大広間にいた。

襖《ふすま》から垣間見ると、大男はひとり大広間でぼんやり天井をみつめている。

（様子のいい男だ）

余人には馬鹿が呆然《ぼうぜん》としているふうにしかみえないその姿も、甲斐姫には、常識も慣習も屁《へ》ともおもわぬ孤高の男のたたずまいにみえた。

「猿めの使者が、わしを側女によこせと申したそうじゃな」

甲斐姫は大広間に乱入するなり、そう切り出した。

「そうですな」

孤高の男は、関心なさげにそう答える。

「戦すると申したのはわしのためか」

「そんなわけないでしょう」

甲斐姫はもともと気の長い方ではない。長親の正面にまわると、

「そうなんだろう」

と、凄《すご》んだ。

「だから違いますって」

「そうだと言え」

大喝《だいかつ》するや、長親に飛び掛かっていった。孤高の男をねじ伏せるつもりである。長親など甲斐姫の相手になるはずもない。軽々と腕をねじ上げられると、「姫、いたい痛い」と悲鳴をあげた。

「言え」

暴力女は何度もわめいたが、ようやく自分の馬鹿らしさに気付いたのか、

「ばか野郎」

そういい捨てると、大広間を飛び出していった。

(あのうすら馬鹿)

甲斐姫は廊下をかけながら、何度もそう罵《ののし》った。わしを誰だとおもうておる。容色並びなしといわれた甲斐姫だぞ。天下人でさえ、わしを所望しておるというではないか。

(それをあいつは、でくの坊の醜男のくせしてわしを歯牙《しが》にもかけぬのか)

そう罵れば罵るだけ、自分の心にどんどん隙間が空いてくるのがわかった。気付けば下忍口に向かっていた。下忍口の守将は酒巻靱負だと、この娘は知っている。


靱負は、下忍口の土塁《どるい》の上から身を乗り出して城外を観望していた。

(この一戦で我が才を知らしめる)

城外で燃え盛る無数の松明《たいまつ》とかがり火をみつめながら、靱負は今すぐにでも飛び出していきたい気分でいた。

靱負がみているのは、この口を攻める予定の総大将三成の軍勢である。だが、このときはまだ敵の名は知らない。

下忍口を守るおよそ六百七十人の兵たちは、士分《しぶん》から百姓にいたるまで、どうしたことか皆、老人であった。軍議のときに、靱負自身が望んだのだ。靱負の直臣のうち、働き盛りのものは皆、他の守り口に与力《よりき》として貸してやった。

「いいのか」

軍議の席上、丹波はそう訊きかえした。

しかし靭負は、

「それのがいいんですよ」

と、小馬鹿にしたように笑って答えただけだった。

「靭負殿、ここは我らにまかせ、お休みくだされ」

城外を観望する靭負に、年老いた足軽が声をかけてきた。

「とても眠れませんよ」

靭負は振り返って土塁からおりると、老足軽に微笑しながら爽《さわ》やかに答えた。

靭負は、丹波らに接するのとは異なり、老人たちには身分の上下にかかわらず優しく接した。老人たちも孫をみるような気分で初陣を飾る靭負に接し、「この若者に必ず手柄を立てさせてやろうぞ」と、あれこれと世話を焼いて軍陣での心得を教えようとした。そのいずれもが愚にもつかぬ教訓であったが、靭負はそれを機嫌よくきいてやった。

「十文字槍《じゅうもんじやり》はいけませぬぞ」

そんなことをある老兵は教えた。

その言によれば、十文字槍では乱戦の中で自らの馬の目を傷つけるおそれがあるのだという。

「なるほど」

靭負にとってはとうに承知していることだったが、大いに喜んでみせた。靭負は一面、多感な若者でもあった。この若者は教訓自体よりも、老人らの自分を思いやる気持ちに涙が出るおもいでいた。

本丸の大広間を飛び出した甲斐姫が老兵らを掻《か》き分けて姿をあらわしたのは、靭負が再び土塁から身を乗り出したときである。

「靭負」と呼びながら、ずかずかと歩みよると、土塁からおりる靭負の正面で立ち止まった。

「どうかしましたか」

靭負は微笑みかけた。もともと女のような靭負の顔が一層優しさを帯びる。だがこの笑顔は、甲斐姫が別の男に求めていたものだった。

老兵たちが注目する中、甲斐姫は両の腕《かいな》を靭負の首に巻きつけると、いきなり口づけをした。

(――!!)

靭負は唇を奪われながら、飛び出さんばかりに両の目を剝《む》いた。

「おおっ」

老兵らは、深いどよめきの声をあげると、

「皆、えらいことじゃ。冥土《めいど》のみやげにこれをみよ」

口々にわめきながら、眠りこけている仲間たちを叩《たた》き起した。眠っていた者が起き、どよめきがさらに大きさを増しても、甲斐姫は靭負の唇をはなさない。

甲斐姫の唇がようやくはなれたとき、靭負はすべての生気を吸いとられた者のようであった。

「しっかりな」

そう、くったくなく言って去っていく甲斐姫の後ろ姿が靭負の目に入っていたかどうか。

「靭負殿、靭負殿」

にやつきながら肘《ひじ》でつっつく老兵に、靭負は「は」とか「うん」とか、あの世にいきかけた人の目を向けながら返事をしていたが、やがて、

「少し寝る」

そういい残すと、森の中にふらふらとさまよっていった。

朝になった。

白々と明るさを増す空の下、三成は家臣を従えて丸墓山へと登ってきた。

いま、眼下には、長野口の大谷勢六千五百、佐間口の長束勢四千六百、下忍口の石田勢七千余が、忍城と周辺の田を取り囲んで布陣している。それはさながら、色とりどりの絵具をぶちまけたかのような、鮮烈な色彩を発していた。

それらはすべて、三成の下知ひとつで大波のように押し寄せる、巨大なる手足である。

「さあ、天下人の戦をしよう」

三成は清々しくいい放つと、四方に伝令を発して総攻撃を命じ、自らも下忍口へと向かった。

17

佐間口では、丹波が、七十騎の騎馬武者と和泉に借りた鉄砲足軽や百姓など、あわせて四百三十人余りを従えて待機していた。

「始めるぞ」

馬上の丹波は静かにそういうと、足軽に命じて門を開けさせ放胆にも単身城門の外へ出た。

(これが、天下の兵か)

門を少し出たところで馬を止めた丹波の視界いっぱいに、敵が広がっている。丹波は朱槍をにぎりしめ、敵の大軍を凝視した。寄せ手との距離はわずかに二百間（およそ三百六十メートル）ほどである。

この丹波の姿が、寄せ手の中軍《ちゆうぐん》にいた長束正家にもみえた。

――この田舎者ども。

正家は、自らを恐怖に陥《おとしい》れた忍城の者どもを憎悪しきっている。小さくみえる丹波の姿を認めるなり、下知《げち》を飛ばした。

「掛かれ」

先鋒《せんぽう》の鉄砲足軽が一斉に田へと足を踏み入れ、早苗をどんどん踏み倒していった。

忍城にたどり着くにはわずか二間（およそ三・六メートル）程度の細道を進まなければならない。だが、正家はこれを一切無視して田といわずあぜ道といわず、同時に前進を命じた。

丹波は、ゆっくりと迫りくる大軍に身じろぎもせず、しばらくの間それをみつめたままでいた。

丹波は伊達者《だてしや》である。黒漆塗《くろうるし》りの具足《ぐそく》を好んで身につけた。この日も全身黒ずくめの具足に、馬も鉄驄《くろくりげ》を選び、馬具まで黒一色で統一していた。この漆黒《しつこく》の装《よそお》いに、槍の朱色がよく似合っていた。

――あの男はもしや。

馬上で微動だにせぬ丹波をみて気付いたのは、長束家の家中で槍仕《やりし》として知られた馬廻役《うままわりやく》の山田帯刀《たてわき》である。

「あの皆朱の槍の騎馬武者、敵が迫るというに臆《おく》するそぶりもみせぬ。あれはもしや、高名《こうめい》な正木丹波ではござるまいか」

山田は、馬を並べて横にいる正家にそう注意をうながした。

「正木丹波だと」

正家は、丹波の名をありありと憶《おぼ》えている。だが、田舎家老の名などこの俺がいちいち憶えているとでもおもうのか、とでもいいたげに丹波の名を問い返した。

「八年前の戦の折、滝川一益殿を自ら追い詰めたは、あの男にござる」

滝川一益が、信長の代官として関東制圧にやってきた二カ月後に本能寺の変が起き、北条家はこれに乗じて滝川と一戦におよんだ。成田家も北条家に加勢して戦ったが、このとき丹波は全軍に先立って敵陣に突入し、滝川に何度か肉薄しながらついにこれを取り逃がした。

――漆黒の魔人をみた。

血塗られた槍をたずさえた漆黒の魔人をみた、と命からがら居城の伊勢長島城に戻った滝川は、何度もそうつぶやいて、歯の根も合わない様子だったという。

この話が故信長の重臣らにも伝わり、武《ぶ》の心ある者たちの間で、正木丹波の名は一時に上がった。

そんなことも知らぬのか――。

槍の遣《つか》い手である山田は、武をさほど重んじぬ長束家の家風を苦々しくおもっていただけに、吐き捨てたいような面持ちで正家を睨《にら》みつけた。

一方、丹波は、敵の布陣の甘さを見抜いていた。

（芸のねえ）

敵は鉄砲組を一列に長々と配して、攻め寄せているのである。それも忍領名物とでもいうべき深田に足を取られて隊伍《たいご》は乱れ、波線を描くまでになっている。

（まずはここからか）

丹波は冷ややかに意を決すると、城門の内へと戻るなり鉄砲足軽たちに向かって下知を飛ばした。

「おのれら、種子島《たねがしま》をもったまま騎馬組どもに相乗りせよ」

常識外の下知である。

鉄砲を持つものは、徒立《かちだ》ちと決まっている。騎乗《うまのり》の士は、刀槍をもって敵を討ち取ることを名誉とした。そんな名誉の馬上を足軽の尻で汚すなど、もってのほかではないか。騎馬武者たちは鉄砲足軽が近付いても、「誰が足軽など乗せるか、寄るな」と、槍で突き殺さんばかりの勢いで怒鳴り上げている。

（馬鹿め）

丹波は、怒鳴り上げる騎馬武者に、朱槍の穂先をぎらりと突きつけた。

「騎乗の士の誇りなんぞつまらぬものにこだわるなら、わしがこの場で叩っ斬る」

いまにも槍を繰り出さんばかりの顔つきで、声低くいった。

騎馬武者たちは、怒気をあらわにしながらも片手に鉄砲を受けとり、次々に鉄砲足軽を馬上に引き上げた。やがて奇妙な二人乗り七十騎の騎馬隊ができあがった。

丹波は足軽を乗せていない。

「正木様は」

槍を突きつけられた騎馬武者がそれをなじった。

「わしはいやだ」

丹波はにべもなく断ると、

「わしに続け」

どっと城外に飛び出した。

「――なんと騎馬鉄砲じゃ」

丹波らの騎馬隊を目撃するや、山田帯刀が叫んだ。

――騎馬鉄砲。

成田家の武者どもは知らなかったが、ないわけではない。通常は馬上にいるのは一人で、その者が鉄砲を撃ったのちに刀を抜き放って突進するのだが、山田からみえる騎馬鉄砲には、武者が一挺《いっちょう》、足軽が一挺と計二挺の種子島が搭載《とうさい》されている。

山田はとっさに丹波の意図を見抜いた。と同時に、横にいる正家を危うく殴りつけそうになった。

――あれほどいったのに、鉄砲組を一列に配するからだ。

再三の忠告にもかかわらず、正家は広範囲に城を攻めようと、鉄砲組を横一列に長々と配していた。

――一斉射撃をもしも外せば、あの騎馬鉄砲が一挙に距離を縮める。

山田は、みすみす的になる自軍の兵をおもい、戦慄《せんりつ》した。

その間にも丹波らの騎馬鉄砲は、あぜ道を一列になってどんどん接近してくる。八十間、七十間、六十間……。

この迫りくる敵に正家は動揺し、おもわず采《さい》を上げた。その正家に山田は叫んだ。

「お待ちくだされ。まだ撃たせてはなりませぬ」

「出すぎたことを」

正家はいうなり、「放て」と采を振ってしまった。

もはやこれまでか――。

山田は観念すると、

「御免」

といい捨て、兵を掻き分け先鋒に向かって馬を飛ばした。

（五十五間――）

敵陣との距離を測っていたのは丹波である。五十五間を数えた丹波は、馬を急停止させ、敵陣をぐいとにらみつけると、かつての謙信のごとく不動の姿勢をとった。

（撃ってこい）

丹波がそう心中《しんちゅう》で挑発したとき、視界いっぱいに広がる敵の銃口が、轟音《ごうおん》とともに一斉に火を噴いた。

――五十五間（およそ百メートル）。

火縄銃の有効射程距離である。丹波はその寸前でもって馬を止めたのだ。

丹波ら騎馬鉄砲に襲いかかった無数の弾丸は、足元に突き刺さって土煙を上げ、田に突っ込み水飛沫《みずしぶき》をあげた。その土煙と水飛沫は、正家の前から丹波らの姿を消し去るほどであった。

だが、次に丹波ら騎馬鉄砲が姿をあらわしたときが、正家の恐怖する番だった。

丹波らは無傷であった。

「撃ったな」

丹波はぎらりと目を輝かせた。

「弾籠《たまご》めを終える前に射程に入り、敵を仕留めよ」

後方の騎馬鉄砲にふり返るなり、大声で吠えた。

弾籠めには、胴薬《どうぐすり》（火薬）を銃口に入れ、次いで弾丸を込め、さらに槊杖《さくじょう》で弾と胴薬とを押し込め、今度は火皿に口薬《くちぐすり》（同じく火薬）を盛るといった、戦場の中では気の遠くなるような作業が必要である。ちなみに、口薬と胴薬は鉄砲の内部で合わさる仕組みとなっており、口薬に火縄で点火することで、胴薬にも火が移り、爆発の勢いで弾丸が発射される。

丹波はこの弾籠めの時間内に敵に迫り、敵鉄砲組を一掃しようと図ったのだ。

だが、それを読み切った敵がいる。

先の山田帯刀である。

丹波が馬を駆ろうとしたとき、山田はあぜ道の上を自軍から飛び出してきた。

「正木丹波殿とお見受けした。長束家馬廻役山田帯刀じゃ。槍合わせ願おう」

弾籠めを進める味方を背にして、そう呼ばわったのだ。

（おお）

丹波は手綱を引いて再び馬を止めた。

「我が敵は、使者に来られた長束殿か」

喜ぶような調子で大声をあげた。

「種子島で討ち取るが早い」

馬を止めた丹波の後ろに続く騎馬武者どもはそう助言する。

(それもそうだ)

丹波はおもったが、別なところでまったく逆のことを考えていた。

――断固、槍合わせに応ずるべし。

なぜならこれは緒戦《しょせん》である。敵は我らを小勢《こぜい》とあなどっている。今、大音声《だいおんじょう》で槍合わせを求める勇士を、飛道具などで討ち取ったならばどうか。敵は、城方に武辺《ぶへん》なしと我らをますますあなどり、そのあなどりは敵の勇猛を引き出すに違いない。

されば、

――我が圧倒的なる武辺を上方の者どもに突き付けるべし。

一瞬で判断した。

「瞬時にたおす。火蓋を切って待っておれ」

丹波は騎馬武者たちに厳命すると、山田帯刀に向き直った。

一本道のあぜ道の上を丹波と、自軍を少し飛び出した山田が対峙《たいじ》した。距離はおよそ四十間である。

18

下忍口では――。

丸墓山をおりた三成が、七千余の軍勢の中軍で、門と土塁の後方に広がるうっそうとした森をながめていた。

土塁の上からは数十の旗が覗《のぞ》いており、それらが忙《せわ》しく動きまわっている。

だが、その動き方が妙だった。なにか、あらかじめ決められた道をたどるように、規則正しくその旗は動いているのである。

「あれをどう見なさる」

三成の横にいた馬廻役の貝塚隼人《はやと》が静かにきいた。

この貝塚は、巨軀《きょく》と荒々しい武者面を持ちながら、たえず物静かであった。決戦にいたっても無言のまま敵を叩《たた》き斬り、どんどん敵陣に踏み込む姿は、従う士卒《しそつ》に大きな安心感を与えたものである。

「擬兵《ぎへい》だ」

三成は、瞬時に見抜いた。

偽の兵だというのである。

「寡兵《かへい》を補う精一杯の策よ。百姓など擬兵以外に何の使い道がある」

そう解説すると、田を避けてあぜ道を進むよう命じ、使番《つかいばん》を先鋒に飛ばした。深田に足を取られて隊伍が乱れるのを嫌ったのだ。

「きた」

土塁の上から外をのぞいていた靭負が叫んだ。

あぜ道を、三百程度の先鋒が、弾除《たまよ》けの竹束をかざしながら進んでくるのがみえる。

靭負は老兵たちに振り向くと、

「じい様方、打って出ますよ」

嬉々《きき》としていった。

老兵たちは、靭負の若者らしい勇敢さがうれしくてならない。「おお、よう申された」口々に大声でほめながら、門に向かう靭負にぞろぞろとついていった。

靭負以下、いずれも徒立ちである。その一行は、まるで芝居見物にでもいく隠居の集団のような、まったくあてにならない軍団であった。

(なんだ、あれは)

三成は、門を開けて足並みそろわず出てきた一行をみて呆れ果てた。

小さくみえる先頭の武者に目を凝らすと、ほとんど少年である。具足は源平合戦のころの武者のような大鎧《おおよろい》で、いたずらにきらびやかで兜《かぶと》に鍬形《くわがた》がピンとそそり立っているのが滑稽《こっけい》であった。さらに、その後ろに続く老人たちが背を反りかえして威張《いば》っているのが、痛ましいとも何ともいいようがなかった。

(働き盛りの武者は皆、小田原にいってしまったのだ)

三成がかわいそうな子をみるような気分になったとき、源平の武者が古風にも名乗を上げだした。

「遠からん者は音にきけ、近き者は目にもみよ。この下忍口の大将は、毘沙門天《びしゃもんてん》の化身にして戦の天才、酒巻靭負。武辺者を自負する者は、名乗を上げられよ」

よく通る、透きとおった声でいい放った。

(なんと)

三成の哀れみは極に達した。

名乗は、これまでの手柄を織り交ぜながら上げるものである。それをこの若武者は、きっと初陣なのだろう、毘沙門天などというたわ言を盛り込んでいる。

(しおらしや。しかも馬もないではないか)

三成はそう嘆息するなり、自称毘沙門天の化身に大声で返答した。

「総大将石田三成じゃ。不憫《ふびん》ゆえ、名のある勇士に討ち取らせて進ぜる。受けられよ」

当時の武者には、大将の三成にこう言われて名乗を上げるのを遠慮するような、大人しさは無論ない。そのいずれもが、自らの武辺に対する強烈な自負の持ち主である。

それでも、

「されば某《それがし》が」

と、貝塚隼人がずいと馬を進めると、誰もが名乗を上げるのをはばかった。貝塚とはそれほどの男であった。三成の公言も、貝塚を念頭においてのものだ。

「総大将が我が敵か」

三成の言葉をきいた靭負は狂喜した。より強く、より名のある敵を求めて戦場を駆ける武者にとって、これは最上の敵ではないか。

我が武略を敵の総大将に披露できる——。

そう、靭負が心中で微笑《ほほえ》んだとき、敵の先鋒を割って馬上の貝塚が姿をあらわした。

貝塚は、靭負の数間手前で馬を止めると、

「石田家馬廻役、貝塚隼人」

と、静かに名乗った。

ここまではいい。だが、次に貝塚がとった行動は、靭負を小さく驚かせた。

貝塚は、槍をがらりと捨てるなり、馬から下りはじめたのである。

「え、馬を下りるんですか」

靭負は思わず真顔で訊《き》いてしまった。

「騎馬ゆえ勝ったと噂されては、我が武名に傷がつくでな」

訥々《とつとつ》とした調子で貝塚はいうと、太刀《たち》をすらりと抜いて中段に構えた。

貝塚は刀術に凝《こ》っていた。剣術の隆盛以前のこの時代には、家中《かちゅう》の者も貝塚の妙な趣味を珍しがった。

貝塚の構えは美しい。腰をすわらせ、背筋をぴしりと伸ばして、上体の力を背部に凝縮させている。そのくせ肩の力はまったく抜け、甲冑《かっちゅう》を着ていても肩の位置がやや下がっているのがわかった。武術においてもっとも力を発揮する身体《からだ》の使い方を、この男は知っていた。

だが、靭負はそんなことはまったくわからない。

和泉殿よりでっかいかな——。

貝塚の巨軀をみただけですっかり度肝を抜かれている老人たちをよそに、靭負はぼんやりおもったただけである。初陣というのにこの靭負は、盤をみつめる棋士のように冷静であった。

靭負も槍を捨てると太刀を引き抜き、中段に構えた。

貝塚は、靭負が構えるなり、

「参る」

すっと前に出た。

すべり寄ったとしかおもえないほど優雅な足のはこびである。

佐間口では、丹波と山田帯刀が、同時に馬腹を蹴《け》っていた。

両者の馬がどっと駆け出した。丹波も山田も、馬上で体勢を低く保って速度を増しながら、一直線のあぜ道を急速に接近していく。両者とも一切避けるようすはない。

丹波は、山田に槍を突き入れる直前、柄《え》の真ん中を中心にして、槍の穂先をくるりと一回転させた。

――正木様のあれが出た。

佐間口の土塁に乗り上がって丹波をみていた兵たちは、どっと歓声を上げた。

丹波はいかなる合戦のときも、衆に先駆け真っ先に敵陣に突入し、ほとんどの場合、一番槍を上げた。そして敵陣に突入する寸前、かならず槍の穂先をくるりと回す所作を行った。味方の兵たちは、この所作を丹波の余裕のあらわれと取り、

「正木様があれほどのゆとりならば、敵は恐るるに足らず」

と、勇奮してつき従った。

だが、丹波にすれば、ゆとりどころの騒ぎではなかった。

(指が動くか)

それだけのことである。

心は臆していないか。そのために手足が縮んではいないか。それを確かめるための必死の所作であった。

いま、槍の穂先は弧《こ》を描き、再び山田の咽喉元《のどもと》に向けて動きを止めた。

(今日も動くわ)

身体中の血がたぎるほど熱く、そのくせ頭は氷のように冷えきっている。そして頭と身体が余すところなく連結している。

(いける)

丹波は、ぐわっと大口を開けると、獣のごとく咆哮《ほうこう》した。

「今度《こたび》正木丹波守の武勇をば敵味方共《とも》に之《これ》に感じたり」

『忍城戦記』にこう特筆された正木丹波の働きは、この瞬間から始まった。

丹波が咆哮すると、咆哮でこたえた山田の視線がわずかに丹波から逸《そ》れた。

(みたぞ)

丹波は刮目《かつもく》した。

馬は乗り手の視線に従う。山田の目の動きは、丹波に向かう直線上から山田の馬をかすかに逸らせた。そしてこの馬の動きが、山田の体勢にわずかな隙《すき》をつくらせた。

「避けたな、ならばおのれはこれまでじゃ」

丹波は、そう叫ぶなり朱槍を繰り出し、あやまたず山田の咽喉元をつらぬいた。瞬間、手首をひねって横に突き入れた槍の穂先を縦に回した。

どんっ、と山田の首は高々と舞い上がり、胴を乗せた馬はすれ違いざま深田へと突進していった。

敵の先鋒は、この一瞬の出来事に雷に打たれたかのごとく棒立ちになった。

道は開いた。

丹波は馬速をゆるめず敵の先鋒に迫り、いまだ弾籠めがおわらぬ鉄砲足軽の目の前で馬を止めた。

敵の鉄砲足軽が、丹波を見上げた。

夏のことである。

漆黒の魔人が、陽炎《かげろう》にゆれながらじっと我が身を見下ろしていた。

足軽はおもわず鉄砲を取り落とし、ばたばたと手を泳がせて逃げようとしたが、深田が足をとらえて動けば動くほどずぶずぶとはまっていく。

「馬を進めよ」

魔人は後方の騎馬鉄砲に叫んだ。

――このことだったのか。

正家は、どっと押し寄せる騎馬鉄砲をみつめながら自軍の先鋒の運命を知り、同時に山田の忠告に耳を貸さなかったことを悔やんだ。

先鋒は一斉に逃げにかかっている。あぜ道上の兵はさっさと逃げたが、深田の中の兵は容易に動けるものではなかった。弾籠めを急ぐ者もいたが、とうてい間に合わない。

先鋒に到着した騎馬鉄砲は、寄せ手の鉄砲足軽に銃口を向けた。まずは七十の銃口が一斉に敵をとらえた。とらえるなり、戦場さびの利いた声で丹波が下知を飛ばした。

「動けぬものに鉛弾を喰《く》らわせるは少々不憫じゃが、武門の習いゆえ全員討ち取れ」

騎馬鉄砲の銃口が、一斉に火を噴いた。間髪《かんはつ》入れず騎馬武者は足軽と鉄砲を交換し、二度目の一斉射撃が寄せ手に襲い掛かった。

19

和泉が守る長野口は、苦戦していた。というより、この長野口を守る総勢三百五十人は手も足も出ない状態だった。

(こりゃどうにもならんな)

絶え間なく続く銃声の中、和泉はさっさと諦《あきら》めると、長い脚を投げ出して土塁に背をもたせ掛け、戦闘を放棄してしまった。

「おめえたちもそこから離れてろ」

兵たちにも土塁から顔を出さぬよう命じて目を閉じ、昼寝でもしそうな勢いである。

その和泉に、佐間口からの使番が走り寄ってきた。

「正木様が敵の馬廻役を討ち取ってござる」

「そうかよ」

和泉は不機嫌な顔でいうと、土塁の外を指差した。

「こっちはこの通りだ。みてみな」

使番は土塁から顔を出し、城外をみて驚愕《きょうがく》した。

十間程度の忍川をへだてて、およそ一千の鉄砲隊が、三段に構えて入れ替わり立ち替わり間断なく銃弾を撃ち込んでいるのである。敵の鉄砲隊は、すでに忍川の対岸にたどりついていた。

和泉は、使者の頭を押えつけて土塁の陰に身を隠させた。

「三段撃ちでじりじりと迫りおった。古い手じゃがこれが効く。この将、なかなかやるぞ」

織田信長が、三段構えの一斉射撃を長篠合戦で初めて実施したのは、十五年も前の話だ。だが、和泉のいう古い手は、着実に敵城に接近する定石《じょうせき》でもあった。

定石を打った寄せ手の大将は、大谷吉継である。兵力は六千五百。

吉継は、中軍の馬上で腕組みしながら先鋒の鉄砲隊を見守っていたが、城兵が撃ちすくめられたとみるや、

「頃はよし。門を打ち破れ」

采を振った。

先鋒の群れを割って、城門を打ち破るための巨大な丸太があらわれた。丸太は、秀吉が本陣を敷いた早雲寺からとくに選んで切り出した巨木である。

巨木は城内からの射撃がないことで、楽々と長野口に向かって突進した。勢いを増しながら橋を渡り、轟音《ごうおん》をたてて城門に激突した。

ずしん、と門が揺らいだところで、和泉はようやく目を開けた。

(きたか)

そう思うなり使番に、

「鉄砲組が川に入れば教えろ。全員だぞ」

と、いい捨てながら、傍につないであった紅栗毛の巨馬に飛び乗った。門の正面に馬を進めると、兵たちを背にして門扉《もんぴ》をにらみつけた。

和泉の甲冑は、丹波が朱槍を許されてからというもの、朱漆塗りに統一されていた。朱槍を自分に許さぬ主人への意趣返《いしゅがえ》しであることは、家中の誰がみても明らかであった。そのくせ、握り太の槍の柄は、真っ黒に塗られていた。

戦場に出れば、圧倒的な膂力《りょりょく》で敵を突き伏せ、全身に返り血を浴びた。槍の柄も朱に染まる。

「俺の朱槍はこれよ」

ぽい、と血で染まった槍を随身の小者《こもの》に放り投げるのが、この巨漢の戦闘終了の合図であった。

いま、長野口を守る兵たちは、和泉の朱色の背中に無限の安堵《あんど》を感じているはずである。それでも、再び轟音をたてて門扉が揺らぐと、兵たちは一様に顔色を変えた。

(鉄砲組をやるなんて言うんじゃなかったぜ)

和泉は苦い顔で「まだか」と、城外をのぞき見ている使番に怒鳴った。

寄せ手は城門を突破しようとする一方、鉄砲組も土塁の際《きわ》に接近させていた。その鉄砲組の一段目が、忍川に足を踏み入れた。

川は浅い。

れる寸前である。

和泉がそう怒鳴りつける間にも、城門に巨木は打ちつけられる。門をささえる閂《かんぬき》は、もはや折

「全員といっただろうが」

「いや、まだ一段目にござる」

「全員か」

使番は、和泉にふり向いて叫んだ。

「入った、入り申した」


長野口の和泉が手も足も出ない状態なら、下忍口の靭負は絶体絶命であった。

貝塚は、上段から斬り下ろし、横に薙《な》ぎ、下段から斬り上げた。そのいずれもが一撃必殺の太刀筋である。靭負は辛《から》くも避《よ》けたが、大鎧はみるみる削りとられ、あるいは割られていった。靭負の後ろで戦いを凝視する老兵たちは、貝塚の一撃ごとに、悲鳴のようなどよめきを上げている。

(長くはもちそうにないな)

靭負は、自分の力量を判断しながら、貝塚が中段に構え直したのを狙って真っ向から斬り下ろした。

だが、貝塚は太刀を半月形にすり上げながら、靭負の太刀をがちりと勢いよく跳ね上げた。

(あれ)

気付けば靭負の手元に太刀はない。

――なんと弱き小僧だ。

貝塚は、哀れんだ。

敵の小僧は、一太刀ごとびっくりしたように顔を変化させている。だが、哀れんだとて手を緩めるつもりはない。むしろ全力を出し切った武でもって敵を討ち取るのが、この時代の流儀である。

貝塚はすり上げた太刀を、そのまま靭負の頭めがけて振り下ろした。

（まずい）

靭負はとっさに小太刀を抜いて、刀の峰に手を添えながら襲い掛かる貝塚の太刀を危うく受けた。

「靭負殿、勝てそうか」

後方の老兵たち全員が、ずりずりと後ずさりしながらきいてきた。

「みればわかるでしょう。全然駄目じゃ」

「逃げましょうぞ」

老兵たちはそういったくせに、靭負の次なる言葉をきいて仰天した。

「その言葉を待っていた」

靭負はそう叫ぶなり、貝塚の太刀を外すや槍を拾い上げ、下忍口の城門へと一目散に逃げ去ったのだ。

なんじゃこりゃ――。

老兵たちも、手足を回しながら慌《あわ》てて靭負を追った。

貝塚はいぶかしんだ。

——何か変だ。

とっさには追わずに槍をゆっくりと拾い上げ、靭負の後ろ姿を見送った。

だが、靭負のおもわぬ行動は、寄せ手の先鋒に意外な反応をもたらした。

あぜ道上にいた三成の先鋒三百が、下知を待たずにどっと下忍口に向かって殺到したのだ。

と、同時に、総大将の三成も、下知していた。

「逃げるか、付け入れにせよ。期を逃すな」

ほら貝、太鼓、怒号が入り混じるなか、本隊が田に踏み入り、土塁に向かって大波のように押し寄せた。

——これを狙ったか。

貝塚はそう見抜くと、目の前を過ぎ去って城門へと走り込む先鋒の兵に、「待て、追ってはならん」と何度も叫んだ。

だが、楽々狩れそうな獲物を目前にした乱獲者《らんかくしゃ》の耳に、そんな忠告が届くはずはない。先鋒の兵は、みるみる下忍口の城門へと吸い込まれていった。

くそっ——。

貝塚は馬に飛び乗り、兵の群れとともに城門へと駆けた。

寄せ手の先鋒は城門を打ち破り、三の丸へと乱入した。敵はすでに本丸の方へと逃げたのか、姿が見当たらない。兵たちは、獲物を求めて暗い森の中をどんどん奥へと駆けた。味方の兵に功を奪われてなるものか。およそ三百人の先鋒は、本隊を引き離すほどの勢いで、駆けに駆けた。

だが、いくら進んでも獲物はいない。

やがて兵たちは気付いた。なにかとてつもない危地に足を踏み入れてしまったのではないか。

そこでようやく全員が足を止め、森の中を窺《うかが》った。

「止《と》まれ」

と、貝塚がわめきながら馬を飛ばしてきたのはこのときである。

貝塚は兵たちとともに、森を見回した。

——やはりそうか。

貝塚は、森を凝視しながら死を悟った。

森の暗闇で、無数の目玉が輝いている。

三成の先鋒三百人は、下忍口の城兵およそ六百人に包囲されたのだ。

六百の老兵は、槍を突き付けながらじりじりと間合いを詰めてくる。少しでも動けば、無数の槍がこの身に殺到することだろう。

貝塚がみたところ、槍の半数近くが竹やりだった。それでもその穂先はじっくりと焼き固められ、敵を貫くには充分の鋭さをもっていた。

やがて一騎の騎馬武者が、木洩《こも》れ日に照らされながら森の奥からゆっくりと姿をあらわした。

——あの小僧だ。

貝塚は、馬上の男が酒巻靭負と名乗を上げた侍大将だと気付いたが、どう見ても先ほどとは別人であった。

葦毛《あしげ》の馬に乗ったその若武者は、冷厳なまなざしをこちらに向けていた。貝塚をことさらに見つめるわけではなく、ゆるやかに全体を見渡している。太刀を交わしたときにくるくると変わっていた表情は鳴りを潜め、口元はきりりと引き結ばれていた。

——見事な武者ぶりだ。

貝塚は死地も忘れて、靭負の武者姿に見惚《みと》れた。

大鎧を身にまとったその姿は、昔話にきいた古の坂東武者のごとく華麗であった。

靭負は敵を見渡しながら、『孫子計篇』の一節を暗誦《あんしょう》していた。

——有能なるも敵には無能を示せ。

(初歩の初歩である)

そう心中で叫ぶなり、靭負は鋭く下知を飛ばした。

「半数は討ち取り、半数は門の外に叩き出せ」

六百の槍が殺到し、三成の先鋒三百の半数が討ち取られた。貝塚も靭負に見惚れたまま、串刺しになった。

故意に討ちもらされた半数は、踵《きびす》を返して逃げ、城門へと殺到した。

「追え」

靭負はそう下知するなりどっと馬を駆って、敵を追い立てた。その靭負に従うのは、わずか数十騎の騎馬武者である。

逃げた寄せ手の兵どもは、森の中を必死に駆けた。やがてはちあわせになったのが、これから三の丸に乱入しようとする三成の本隊である。

「どけ」

逃げる兵たちは口々に叫び、同士討ちさえ始めながら本隊ごと城外に転げ出た。

「何事だ」

中軍にいる三成は、堤防が決壊したかのごとく自軍の兵が城門から噴出するのをみて叫んだ。小さくみえる城門の周辺では、逃げ出そうと必死の先鋒と押し寄せる本隊とが入り乱れ、すでに収拾がつかない状態だ。

そうこうするうちに、すべての先鋒が城から追い出されたのか、先ほどの少年のような部将が、馬上で城門のところにあらわれた。

「あの男の仕業《しわざ》か」

三成はとっさに歯噛《はが》みした。

馬上の若武者は、さっと右手を挙げた。すると、一度は土塁の上から姿を消していた擬兵の旗どもが、ことごとく鉄砲を構えて土塁から身を乗り出し、姿をあらわしたではないか。

「擬兵をよそおったか」

――策にはまった。

三成がそう憤激するのと同時に、「放て」と靭負が一斉射撃を命じた。収拾がつかない大軍の頭上に、無数の弾丸が轟音とともに降りそそいだ。

こうなってはたまらない。三成方は大混乱に陥り、本隊までもがあぜ道を逃走し、田の中を逃げ惑った。

「首は置き捨て、者ども続け」

靭負はそう叫ぶと、渦巻く敵の群れにどっと馬を入れた。

「置き捨て、置き捨ての御下知じゃ」

靭負に従う騎馬武者たちも、後続の者に伝えながら馬を入れた。

機動力が落ちるため、いちいち首を狩るなというのである。手柄を示すために敵の首は必要だったが、この場合、全軍の勝利を目的とする靭負の下知を皆が理解した。

靭負はあぜ道を駆け、逃げる敵に立て続けに槍を入れた。やがて田が尽きると、

「散れ」

と、従う騎馬武者たちに命じた。

騎馬武者たちは、逃げ惑う敵兵の群れの中を八方に散り、はさみが紙を裂くように敵の群れを切り裂いた。次々に突き入れられる槍は、逃走する敵の恐怖心をいちいち刺激した。

「隼人は、討たれたのか」

三成は貝塚の身を案じたが、すでにこのとき貝塚はこの世にはいない。

それどころではなかった。いまや危険は三成の身にもおよんでいたのだ。逃げてくる本隊が、旗本の守る三成にも迫りつつある。その勢いと見境《みさかい》のなさは、ほとんど敵も同然であった。

本隊から戻った使番が三成のところにきて、

「もはや本軍は収拾がつきませぬ。総崩《そうくず》れも間近にござる」

と、わめいたが、いわれずとも知れている。

いまや下忍口の城門からは、老兵たちがどんどん繰り出され、三成の本隊をみるみる追い散らしていた。

あの雑兵《ぞうひょう》どもは、まこと百姓なのか――。

三成は不思議の現象をみる思いで、眼前の光景を凝視していた。が、やがて、

「引け、態勢を立て直す」

そういい放つと馬首をひるがえした。

長野口では、何度目かの激突ののち、丸太がついに城門を打ち破った。

吉継方の足軽が槍の穂先をそろえてどっと乱入し、続いて騎馬武者が馬蹄《ばてい》を轟《とどろ》かせてなだれ込んだ。

自軍の足軽の波に乗って長野口への一番乗りを果したのは、前野与左衛門《よざえもん》という吉継の直臣である。

「大谷家家中、前野与左衛門、一番乗り」

馬上の前野は、のちの証拠のために大声でそう叫ぶと、総身《そうしん》朱の甲冑に身を包んだ和泉に目をつけた。偶然にも前野は、皆朱の具足を身に用いていた。

和泉は、自軍の兵が敵を迎え撃つのを許さなかった。

「下がれ」

と、兵たちに命じると、自らは前面に立って敵に対する盾となりながら、じりじりと後退した。

ちなみに鉄砲が普及した戦国のころになると、大将と名の付く者は敵の前面に立ったり、槍働きをすることはほとんどなくなった。もっぱら軍団の中央や後方におさまって、歩兵や騎馬武者を動かすことを旨とした。三成や吉継、正家が中軍にいるのと同様である。大将自らが敵陣に突き入れるのは、奇異なこととされたのだ。

『武辺咄聞書』には、このあたりの機微について述べた記事が掲載されている。

黒田長政（秀吉の軍使的な役割を果した黒田如水《じょすい》の嫡男）は配下の侍大将、後藤又兵衛《またべえ》と仲が悪く、この男と武功を争ってしょっちゅう敵陣に自ら突っ込んでいった。これを、長政の父如水のころからの老臣である栗山備後《びんご》という部将は、「たのもしや」とほめるのではなく、むしろ悔やんで諫《いさ》めたという。そういう栗山に対して長政も、「武士ならば当然のこと」とは反論せず、くどくど言訳してこれをなだめたというのだ。

こんなふうに戦国期においては、大将自らが槍働きをしないのが普通だった。

しかしながら、この忍城の侍大将たちは、和泉も丹波も、そして非力な靭負までもが、自ら敵の前面に立ち、あるいは先頭をきって敵陣に突入した。

もちろん、彼らとて、三成らと同じように、中軍に居座っていたかったに違いない。だが、わずか一千騎の成田家には、人材が圧倒的に不足していた。

適切に軍略を実行でき、確実に槍働きで結果を出せる人材を家中に求めるとすれば、それは自分自身しかいなかった。彼らは自ら兵たちの手本となって、何から何までやってみせる必要があったのである。

長野口の兵のうち、あらゆる面で最良の人材が和泉であった。最良の武者が敵を防ぐのは、当然のことと和泉は考えた。

いま、和泉を盾として後退する城方に応じるように、敵軍はみるみる長野口内に充満し、忍城方の兵三百五十を超えつつあった。

「まだか」

和泉は、土塁の上から外をのぞく使番に怒鳴った。

「まだ二段目にござる」

使番も、土塁の際を和泉らとともに後方へとどんどん移動しながら叫び返す。

自軍が後退を続け、なだれ込んでくる寄せ手の兵がついに倍の六百近くに達したとき、

「入った、三段目も入り申した」

使番が叫び上げた。

(いまぞ)

和泉は後ろをふり向くと、

「合図を」

と、吠《ほ》えた。

城兵の最後尾には、矢をつがえた射手《いて》が和泉の下知を待っていた。矢の先に火を点じると、空に向け高々と射上げた。

煙を上げながら空を駆ける火矢は、城外の吉継にもみえた。

「あれはなんだ」

そういいながら腕組みを解《と》いた。のちの名将も、このときはまだ若かった。この一瞬の判断の遅れが、命運を分けた。

火矢は、城外への合図であった。

忍川の上流、寄せ手の陣のはるか後方では、忍川の水流を急造の堰《せき》が止めていた。長野口周辺の水深が極端に浅いのは、このためだった。和泉は、堰の付近に剛力《ごうりき》の者数人を埋伏《まいふく》させており、合図とともに破壊するよう命じていたのだ。

剛力の男たちは、火矢を認めるなり、

「きた、やるぞ」

大声で叫んで堰を大鉄槌《てっつい》で叩き壊した。

あふれんばかりに溜《た》め込まれた河水が、文字通り堰を切って長野口へと急進した。轟音をたて、蛇行《だこう》しながら激走する水流は、猛《たけ》り狂った竜のごとくである。

この轟音が、吉継にもきこえた。

——いかん。

とっさに気付いた。

「先鋒を戻せ、川から引き上げろ」

めったなことでは動じぬこの男が、度を失ってわめき、引き鉦《がね》を連打させたが遅かった。

忍川に踏み入れた三段の鉄砲隊の耳にも、激流の発する轟音はとどいていた。鉄砲隊は川から逃れようと岸を目指したが、城側の岸に逃れる者と、味方がいる岸に押し寄せる者とで入り乱れた。

その混乱を巨大な激流が襲った。激流は鉄砲隊を呑《の》み込み、城門にかかった橋までをも押し流した。

長野口の城内では、乱入した吉継側の兵どもが一様に呆然として動きを止めていた。

開け放たれた門からは、河水とともに味方の兵たちが次々に流されていくのが垣間みえる。橋も消え去った。

——退路が断たれた。

皆朱の具足に身を包んだ前野与左衛門が後方の惨劇をふり向きみて青ざめていたとき、

「おい」

と、やたら野太い声がきこえた。

前野が前方をふり返ると、同じく朱の甲冑に身を固めた巨漢が正面にいて、自分を見据えている。

「どこみてやがる。武功一等柴崎和泉守を前にして、後ろをふり返るとは、なにごとじゃ」

武功一等などと大嘘を交えながら、和泉は敵を叱りつけた。次いで無造作《むぞうさ》に槍を上げると、ずどんと前野の胸板に突き入れた。槍を背まで突き通され、前野は絶命した。

(さてと)

槍を突き入れたまま、和泉は野獣の目で敵を見回した。すでに長野口内には、自軍の倍の数の敵がなだれ込んでいる。

(こやつらの戦う気力を消し飛ばす)

和泉は、槍を持った右腕に渾身《こんしん》の力を込めると、肘《ひじ》を支点に、右手を力点にして、前野の屍骸を馬上から持ち上げた。

敵は度肝を抜かれた。歩兵も騎馬武者も、ある者はその場にへたり込み、ある者は驚愕の悲鳴をあげながら後ずさりした。最後尾の者は、弾かれて川へと落ち込んでいく始末だ。

(あとは首を狩るだけよ)

和泉は腰を抜かした敵兵を見渡しながら、そう残忍にほくそ笑んだ。槍を振るって前野の屍骸を投げ捨てると、

「者ども遠慮はいらねえ、上方の野郎どもを皆殺しにせい」

槍を敵に突き付け、大声で下知した。その下知の為様《しざま》、無頼漢のごとくである。

20

佐間口では、丹波が騎馬鉄砲の一斉射撃を終えたあと、異変が生じていた。

一斉射撃を終えたといっても、寄せ手の鉄砲隊を一掃したわけではなかった。生き残った寄せ手の鉄砲隊は、深田に足を取られながらも、ようやく弾籠めを終えつつあったのだ。それに従って、寄せ手の全軍が逃げる足を止めて騎馬鉄砲に向き直った。

「一旦《いったん》城に引くべし」

丹波の後ろにいた騎馬武者が焦燥《しょうそう》しながら訴えた。

(馬鹿め)

丹波は騎馬武者に首をねじ向けると、

「向かうは大将が首のみである」

横たえた槍を前方に突き出して、ゆっくりと馬を進めはじめた。

敵陣の中央を突破すれば鉄砲隊、弓隊は手出しできない。仕損じれば味方を傷付けるからである。

丹波は、後方の騎馬鉄砲に弾籠めを急ぐよう下知しながら正面を見据えると、気合をかけてじりじりと馬を進めた。

——漆黒の魔人が襲ってくる。

寄せ手の兵は、一時に動揺した。

一度は逃げ足を止めたものの、あぜ道の寄せ手はみるみる退き、田んぼの中の兵は、あぜ道からどんどん距離を取りはじめた。丹波がみせた圧倒的な武辺の成果がこれだった。

その光景を、守兵として佐間口についていたたへえが目撃していた。

大海《たいかい》の割れるがごとく、丹波ら七十騎の騎馬鉄砲が敵陣の中央を進むのに従って、敵の大軍が二つに割れていく。

——なんと。

たへえは戦慄した。

「正木様とはこれほどのお人であったか」

たへえは戦場には何度か出たことがあったが、丹波の働きを直接みたのはこれが初めてである。

「よう首がつながってたもんだ」

丹波に向かって籠城せぬなどと放胆な口をきいた自分に、いまさらながら冷汗の出るおもいであった。

中軍の正家も、馬上で伸び上がってこの光景を目撃した。

「我が軍勢はなにをしておる」

何度目かの恐怖を感じながら、横にいる家臣に怒鳴ったが、家臣は家臣で動揺しきっている。

「田が異様に深く、進むことままなりませぬ」

いまさらの理由で言訳した。

「ならばあぜ道をゆけばよいではないか」

正家がそう怒鳴ると、家臣も声を荒らげて「あぜ道にはあの男がおるではないか」と怒鳴り返す。もはや主人も家臣もあったものではない。

長束正家の軍勢四千六百は、わずか七十騎の騎馬鉄砲に恐れをなしたのである。

（恐怖の糸を断ち切る）

丹波は頃合いを読んでいた。

「弾籠めは」

丹波が前方を向きながら後方に叫ぶと、完了したと返事があった。

「構え」

丹波は大声で下知した。

寄せ手の軍勢の緊張は、頂点に達した。

（いまぞ）

丹波は、朱槍をすべらせ、石突《いしづき》近くの端を握り直した。

「寄るなよ、構えて寄るな。近付く者はことごとく我が朱槍の餌食《えじき》と心得よ」

そう叫ぶなり、疾風《しっぷう》のごとく朱槍を横殴りに一閃《いっせん》した。雑兵《ぞうひょう》首五つが同時に宙に舞った。

恐怖の糸は断ち切られた。あぜ道の兵は味方を田へと押しのけながら、どっと逃げに転じた。

大軍といえどももろさはある。丹波ら騎馬鉄砲の周辺で起った恐慌《きょうこう》は、一時に全軍へと波及《はきゅう》した。

田の中にいた兵の恐慌は、とくにひどかった。

深田に足を取られて転んだ兵を踏みつけて逃げ、転んだ兵につまずいて倒れた兵を、さらに別の兵が踏み板にして逃走した。しまいには、前の者が転べば足場になると、わざと味方を転ばせて逃げる者さえあらわれた。この敗軍の中で最も多かった死因が、「田圃《たんぼ》での溺死《できし》」だったという。

『改正三河後風土記』は、このときの寄せ手の惨憺《さんたん》たる敗走ぶりをこう記している。

「引色立《ひきいろだ》ちたる寄せ手の者ども、一散《いっさん》に潰《つぶ》れて逃げ立ちたり。長束をはじめ速見、伊藤など、これを制し留めんとすれども、総勢耳にも入れず敗走す」

——全軍突出。

丹波の下知に応じて、佐間口の兵およそ四百が飛び出した。

ほとんどが百姓兵である。深田に慣れきったこの者たちは、水面を走るがごとく楽々と進んだ。たへえも槍を構えて田圃の中を走った。

城兵がどんどん迫ってくる。寄せ手の兵の中には、泣き出しながら逃げる者さえいた。誰もが正家などに目もくれず、大将を走り過ぎて息の続く限り逃げた。

「どうした、まだ一刻とたっておらんぞ」

丹波はもはや馬を止め、大波が引いていくように退く敵の軍勢に向かって怒鳴り上げた。

正家は、馬廻りの家臣らに守られながら、丹波の叫びをきいた。

——あれが正木丹波か。

こんどこそ正家は、丹波の名を胸に刻み込まされた。

その正家の横を、自軍の兵どもがどんどんかすめ去っていく。

そんな正家に、三成が発した使番が馬を駆ってきた。

「石田家、これより退却いたしまする」

「そうか、石田家が負けたか」

正家は、友軍の撤退を歓迎するかのような態度をあらわにしながら、使番にそう叫んだ。

「されば長束家も引く」

「そんな正家の下知をきいていたのは、周辺の旗本数十騎ばかりだったであろう。


長野口でも、吉継が退却を決めていた。

「鉄砲組が全滅では是非もない。退くぞ」

馬首を巡らし、依然続く忍川の激流に背を向けた。

すると、

「退くか」

と、城の方から自分をなじる声がきこえてきた。

(なんだ)

吉継は再び城門に目をやった。みると、門のところに朱の甲冑を着込んだひときわ巨《おお》きな武者が、仁王立《におうだ》ちになっている。

「ならば戦記に記せ。城方総大将は成田長親。この長野口の大将は、武功一等柴崎和泉守じゃ」

巨漢は、大声でわめいた。

(変な奴だ)

柴崎和泉守と名乗る男は、自分の武功をあけすけにひけらかし、しかも戦記に記せとまで要求している。武強しか頭にない、まさに坂東武者を絵に描いたような男がそこにいた。

だが、この種の男を吉継は嫌いではない。むしろ大いに好んだ。

「大谷吉継じゃ、承《うけたまわ》った」

大音声で返答すると、小さく笑い、

「どこかに書いといてやれ」

と、手柄を記録するはずの首帳《くびちょう》を持った家臣に命じた。


佐間口の丹波は、正家の軍勢が引き取るのを見届けると、自ら殿軍《しんがり》となって先に歩兵たちを帰した。

最後に佐間口に戻った丹波を、兵たちの歓声が迎えた。丹波は馬を進めながら、力強くうなずいて歓声に応えた。

やがて各口の城門から、勝鬨《かちどき》がきこえてきた。丹波は馬を止め心もちあごを上げて、勝鬨の方向を確かめた。

(和泉と靱負もやったか)

和泉と靱負だけではない。すべての守り口で、城方は勝利していた。

丹波が本丸に戻るべく、再び馬を進めたとき、

「おい、正木の餓鬼大将」

と、兵どもが仰天するような一喝を加えた者がいた。

だが、その者の姿を認めて、一同は、ああと納得してしまった。

一喝の主は、清善寺の怪僧、明嶺である。

明嶺は、丹波に続く道を兵どもが空けるのを当然のごとく待ち、やがて道ができあがると悠々と丹波に歩み寄ってきた。今朝も酔っている。

(いやなときに来やがる)

丹波は内心舌を打ったが、戦勝の直後である。

「おう、和尚か」

馬上から見下ろすと、威厳をもって声をかけたが、

「勝ったぞ」

と、続けていったのが、喧嘩に勝ったのを自慢する悪がきのようになってしまった。

「なにが勝ったもんか。次に攻め込まれるときはこんなもんじゃ済まんぞ」

明嶺は、丹波の威厳など意にも介さずそう釘を刺した。

その通りである。敵は必ず再び攻め寄せる。それも用意に用意を重ねて。

「うむ」

丹波もうならざるを得ない。

(だけどな)

丹波は内心不満であった。

なにしろ清善寺は城郭内にある。佐間口が破られれば、すぐそばにある清善寺などひとたまりもないではないか。礼のひとつもいっていいんじゃないのか。

だが、一杯やって法悦《ほうえつ》の極致にいる明嶺には、戦も寺も、浮世のことになどまるで関心がない

のかこう言った。

「早《はよ》う終わりにせんか。うるそうて朝寝ができんではないか」

騒音の苦情である。

（すごい奴だ）

丹波はおもわず感心してしまった。まわりを見渡すと、兵どももなにやら深遠《しんえん》なる格言《かくげん》をきいたかのように、しきりにうなっている。

「へっ」丹波は馬鹿らしくなった。

そこに、「邪魔」と、明嶺を押しのけて、幼子《おさなご》のちどりが大手門の方からやってきた。握り飯を満載した笊《ざる》をよろよろと抱えながら、兵たちの方に歩み寄ってくる。幼子の後ろには女たちが続き、そのいずれもが握り飯を抱えていた。

「嬢《じょう》よ、ひとつくれんか」

丹波が先頭の幼子に頼んでみると、

「だめじゃ」

幼子はよろめきながら、にべもなく断る。

「馬になど乗って楽をしおって。これはちゃんと働いたおじちゃんたちにやるんだから」

幼子なりの道理があるのだろう、女たちがはらはらする中、そういって峻拒《しゅんきょ》した。

（いいんだ）

女たちの中にいたちよは、ちどりと丹波の間に割って入ろうとしたが、丹波は、
と、目でちよを制した。

「しかしわしも少しは働いたぞ」

馬上から、さらに幼子に顔を近づけ、小さくおどけながらいう。

「ほんとか」

「いやほんと」

丹波はそう答えた。すると、ちどりは下唇を突き出して真剣に考えるふうであったが、やがて、やるよ、というように、馬上の丹波に対して笊をぞんざいに差し上げた。

「ありがてえ」

丹波は、握り飯をつかみ上げた。

その途端、明嶺が大笑を発した。明嶺につられて、下を向いていたちよもこらえきれずに笑った。ちよにつられて女たちも、そして兵たちもが笑った。皆笑った。

(これでよし)

丹波は皆の反応に満足すると、馬を打たせた。

「士気は高い。勝てるぞ」

握り飯にかじり付いた。

21

丸墓山の麓に急造した三成の陣屋には、敗走した諸将が続々と集まってきた。

陣屋は、わずかふた間の粗末《そまつ》なものである。このふた間をぶち抜いた中で、諸将は車座になって敗因を検討した。

その前に、兵力の低下である。

各口の討死《うちじに》、手負《てお》いの人数を合算すると、千二百人を超えた。中でも、もっとも被害が大きかったのが、酒巻靭負の守る下忍口を攻めた三成の軍勢であった。八百人以上の兵が討死するか、傷を負ってこれ以上の戦闘が不可能になった。

これに対して城方は、各口を合計しても、五十人に満たなかったという。

「問題はあの異様に深い田じゃ。あれでは大軍を擁したところで使うことができぬ」

正家が指摘した。

この指摘は、各口に共通することであった。いずれの攻め口も、深田のために同時に兵を寄せることができず、そこを城方に突かれた。

「いや、あの地侍《じざむらい》のごとき奇妙な軍略である」

と、別の者はいい、さらに別の者は「いや、敵ながら侍どもが粒揃《つぶぞろ》いなのだ」と驚嘆の声を上げた。

議論が百出するうち、やがて諸将は、ありふれた結論に到達せざるを得なかった。

――敵は強い。

そうだとすれば、この忍城をとり仕切る総大将を、量《はか》りなおす必要があるだろう。

「長野口の柴崎和泉守と名乗る大将が、総大将は成田長親だと申しておった」

吉継はそう口を開くと、

「あの手の侍大将を縦横に使いこなす総大将とはいかなる男か」

深刻な顔を諸将に向けた。

吉継のまわりにも、和泉のような剛の者がいないわけではない。だがそのいずれもが、実力はあるものの、扱いにくい難物《なんぶつ》であった。たとえ長年仕えた譜代の家臣であろうとも、武辺さえあれば高禄をもって召抱える大名がいくらでもあるため、「文句があるならいつでも渡り武者になってやるぞ」と言わんばかりにやりたい放題である。

(あの柴崎和泉守という男も、そんな男に違いない)

そんな難物を、あれほどの働きをさせるまでに手なずけている。

(よほど大器量の総大将ではないのか)

吉継はおもった。

「どんな男だった」

吉継は、使者にいって成田長親をみたであろう正家に問うた。

「とても優れた将にはみえなんだが」

正家は、思案顔のまま答えた。

(こいつにはわからん)

吉継は、ある男に気付いた。

北条氏勝である。

わずか半日で落城した伊豆山中城の守将で、秀吉に寝返った男だ。氏勝は、秀吉に降伏したのち、三成の軍勢に案内役として付けられていた。北条家の者ならば、成田長親を知っているかも知れない。

「成田長親という男に会ったことはござらんか」

吉継は氏勝に訊いた。すると氏勝は、秀吉に降伏する際、剃《そ》り上げた頭をぞりぞり掻きながら、

「ある」というではないか。息子氏政の飯の食い方によって北条家の滅亡を予見した、北条家三代目の氏康が他界したとき、小田原に成田氏長の代理として弔問《ちようもん》にきたのが、成田長親という名の男だったという。長親二十八歳のときである。

「どんな男にござった」

吉継は問い詰めるようにしてきいたが、同時にこのぼんくらに尋ねたのが間違いだったと小さく後悔した。

「のんびりしたお人にござったな。十歳を過ぎたばかりのわしと遊んでくださった」

と、昔話を始めそうな勢いである。

「分かり申した」

吉継は、落胆しながら氏勝の話をさえぎると、途方にくれてしまった。

諸将も、まだみぬ敵の総大将の像を結ぼうと、それぞれが視線を辺りに散らしたときである。

突如、狭い陣屋に大笑が響いた。

三成であった。

「やりおるわ、あやつら」

三成だけは、別の気分の中にいた。一時は戦死者の数に言葉を失ったが、十倍はあろう自軍を打ち破った敵に、いまは痛快さすら感じていた。

——見事である。

そんな敵にこそ、ふさわしい軍略があるではないか。

「おのおの方」

三成は、いきいきと目を輝かせた。そして言葉を続けた。

「三成は、水攻めに決しましたぞ」

のちに、この男の武将としての信用を失墜《しっつい》させた、決定的な下知である。


——忍城の水攻め。

後世にそう記憶される我が国最大級の水攻めは、こうして実行に移されることになった。

だが、水攻めの方針が示された当初から、諸将の反応は冷ややかであった。

(ばかな)

吉継などは、心中で怒りをおぼえたほどだ。実をいえば、三成は緒戦でいきなり水攻めを行おうとしていた。だが、吉継に諫められて、まずは軍勢をもって城攻めをしかけたのだった。

吉継は怒りながらも、諸将のいるこの場で、総大将たる三成に異見《いけん》をはさむことを控えた。緒戦に負けたいま、総大将としての三成の資質に疑問を抱く者もすでにいる。そんな中で、その方針に反対することは害にしかならないと、吉継なりに判断していた。

三成の下知は続いていた。

「ついては堤を築くのに備え、おのおの陣を下げられよ。その前に、丸墓山にて水攻めの縄張《なわばり》を示す」

諸将は急に不機嫌な顔になった。

「水攻めならば、御味方の勝利間違いございりませぬな。ならば初めから水攻めと致せばよかったのじゃ」

嫌味《いやみ》をいって座を立つ部将もいれば、

「これでは何のために参陣したのかわからぬ」

憤然と陣屋を出る者もいた。

(だからいったのだ)

やがて、諸将が丸墓山へといってしまい、三成と二人だけになった陣屋で、吉継はこの身勝手な小男を怒鳴りつけた。

「治部少、何ゆえ水攻めだ。水攻めなど、合力《ごうりき》の諸将が手柄を立てる機会がなくなるではないか。おのれは総大将なのだぞ。部将の心を獲《と》らずしてなんとする」

新たに豊臣政権に加わった関東の諸将は、手柄を立てることで天下人の心証を良くしようとやっきになっていた。だが、いま三成が水攻めを実行すればどうか。手柄はすべて三成のものではないか。

「それがわかっているのか」

吉継は、三成を睨みつけた。

「水攻めで勝つ。わしは誰が何と申そうともやるぞ」

三成も、吉継を睨み上げると断固とした調子でいい、勢いよく座を立った。

三成と吉継は、諸将の待つ丸墓山にのぼった。高さ二十メートル足らずの丘のような円墳で、頂上の平地は直径で二十メートルもないだろう。

三成は頂上に着くと、田園に突如あらわれた森のごとくみえる忍城を見下ろした。

「城の下流で、利根川と荒川を結ぶ堤を築く」

利根川は、忍城に向かった三成の右手、荒川は左手にある。三成は、それぞれの川を指し示しながら説明した。

「あとは上流にて川を決壊させ、待つだけじゃ」

――そんなことできるのか。

諸将は不満もあって、この計画を疑問視した。

だが三成は、

(できる)

と、踏んでいた。

もともとこの一帯は洪水が多く、忍城自体も洪水後に残った湖上の島々の上に建設されていた。この洪水を人工的に起し、かつ水を塞《せ》き止めれば、城は水底に沈むに違いない。

だが、利根川と荒川はあまりに離れすぎている。

「どれだけ長大《ちょうだい》な堤を造りなさるおつもりじゃ」諸将の一人が、疑いの顔のままきいた。

三成はことさら軽い調子で応えた。

「ざっと七里か」

「七里じゃと」諸将は仰天した。七里はおよそ二十八キロである。秀吉が実施した備中高松の水攻めでさえ、三里半の長さしかない。七里といえば倍の長さではないか。

「なに、五日もあればできるさ」

三成がそういうのには、吉継でさえ驚いた。なにしろ秀吉でさえ、三里半の人工堤を築くのに十二日間をかけているのだ。

「大蔵」

三成は、正家を呼ぶと、

「のべ十万人を五日間、昼夜兼業で働かせたならいくらかかる」

諸将の驚きを尻目に、そうきいた。

正家は意外にも驚くようすはない。すでにこの男は数字を弾き出しつつあった。

「殿下と同じやり方じゃな。いくら払う」

正家はにやりと笑って問い返す。殿下と同じといったのは、秀吉も労働に対価を払ったからである。いくらとは、対価の額をきいた。

「昼は永楽銭六十文、夜は百文。それぞれ米一升をつける」

三成は答えた。

大盤振舞《おおばんぶるまい》である。

夜間だけでも夫婦二人が五日働けば、家族四人が一年近くは食える米が買えてしまう。

諸将の方は、銭を払うこと自体に驚嘆していた。

「銭を払うのか」

堤を築く人数など、二万の兵力を背景に脅しあげればいいというのだ。

（そんなことで十万人が集まるかよ）

武力で百姓領民を脅しあげるのが性《しょう》に合わないこともあったが、秀吉の弟子を自認する三成にとって、人工堤を急造するために銭の力を借りるのはもっとも自然な手法であった。

「永楽銭にしてざっと八千四百貫文じゃな」

正家は回答を出した。「殿下をしのぐ銭のかけ方じゃぞ」

（それがどうした）

三成は鼻で笑うと諸将に向かい、

「おのおの、近隣遠方を問わず、村という村に触れを出し、人数をかき集められよ」

彼らが不快におもうほど陽気に下知した。

「銭に転ばぬ者などおらぬ。女子供までが争うてやってくるわ」

正家は、いわずもがなのことをことさらにいっている。

——できるのか。

吉継がそう苦い顔でいたとき、兵に連れられて一人の百姓らしき男がのぼってくるのがみえた。

「きたか」

三成は承知していたように、その者に近寄っていく。すでに成田長親を知る百姓を捕えたとの報告を受けている。それを連れてくるよう家臣に命じてあったのだ。

「名は」三成は物柔らかにきいた。諸将も物珍しげに集まってくる。

百姓は急いで平伏し、「下忍村のかぞうにござりまする」と、恐縮した。

たへえの息子で、ちよの夫のかぞうである。かぞうは緒戦が終了したのち、忍城の者どもについて知っていることを話したい、と進んで寄せ手に身を投じていた。かぞうにすれば、自らの復讐の代行者が、この三成率いる上方の大軍であった。

「なにゆえ百姓が成田長親を見知っておる」

直答を許すと、三成はさっそく尋ねた。

「へえ、のぼう様は野良仕事とあれば必ず手伝いに来られますゆえ」

かぞうは言葉に詰まりながら答えたが、三成の関心を呼んだのは、その呼び名である。

「のぼう様」

三成は、聞いたこともない言葉に、不審な顔でそう訊き返した。

かぞうは、慌ててさらに頭を低くして地にこすり付けた。「いや、長親様のことにござりまする」

「なぜのぼう様じゃ」

今度は吉継が詰め寄った。この呼び名に、敵の総大将の人となりが込められているのに違いない。

「いや、それは」

かぞうは躊躇《ちゅうちょ》するふうであったが、やがて、

「でくの坊ゆえ、皆、のぼう様のぼう様とお呼びいたしてござりまする」

と、白状した。

諸将の中にはすでに噴き出す者もいる。

――緒戦の結果から、敵をかいかぶりすぎたか。

吉継は小さく安堵した。

城下の百姓がいうのである。愚将《ぐしょう》に間違いないだろう。のぼう様という呼び名も、陰でそう揶《や》

揄《ゆ》しているだけだろう。吉継は当然のごとくおもい、

「そう呼ばれておると知れば、成田長親めは激怒するであろうな」

かぞうに同調したつもりでそう洩らした。

すると百姓は、

「いや面と向かって呼びまするが、一向に」

と、答えるではないか。

これには諸将は爆笑してしまった。

——緒戦はまぐれだったのだ。

諸将はようやく敵の正体をつきとめた者のように、哄笑《こうしょう》した。正家も笑った。

だが、三成と吉継だけは笑わなかった。

敵の勝利を痛快がっていた三成でさえ、なにか得体の知れぬ男を敵に回してしまったかのような心地がしていた。

「どう思う」

三成は、おもわず吉継にきいていた。

「でくの坊と呼ばれ平然としておる男か」

吉継は、深刻な顔でつぶやいた。

「果して賢か愚か」

「正木様、敵が逃げまする」

佐間口の櫓《やぐら》の上で、敵を警戒していた兵が叫んだ。

寄せ手の大軍が水攻めに備えて陣を下げたのは、開戦当日の夕刻のことである。同時刻をもって、寄せ手の軍勢が一斉に包囲を解いた。

「門を開けろ」

城門が開くなり丹波が外に飛び出すと、兵の言った通り長束正家の軍勢が後退していくのがみえた。

(なにかある)

丹波の顔が険《けわ》しさを増した。

長野口の寄せ手、大谷吉継の軍勢も陣を下げた。

修復した城門から、和泉もこの様子をみつめていた。城兵たちも外の光景をみるため、門の周辺に群がっている。

「柴崎様、あきらめたのでございましょうか」

城兵の一人が和泉にきいた。

「馬鹿野郎、これから大技が出るんだよ」

和泉もまた、何かとてつもないことが起ると予見していた。

22

「喜べ、忍城は石田治部少輔の軍勢二万を手もなく退けおったぞ」

北条氏政は、小田原城本丸の大広間に忍城主成田氏長を呼ぶと、そう甲高い声を上げた。

忍城が緒戦に勝利したとの報告は、北条家が関東各地に発した「軒猿《のきざる》」といわれる忍びの者によって、小田原城に報じられていたのだ。

(――なんと)

弟泰高を従え平伏していた氏長は、どっと全身に冷汗をかいた。

「忍城は、今なお頑強に抵抗を続けておる。お手前も忍城の家臣どもに負けぬよう励《はげ》まれよ」

氏政は、氏長の心中も知らず、無邪気に激賞の言葉を発し続けている。

氏長は、褒められれば褒められるだけ、全身の水気を吸い取られる気分である。なんとか、「はは」と平伏したが、腋《わき》の下を伝う汗をどうすることもできない。

「なぜ戦になり、しかも勝っておる」

大広間を退出すると、氏長は泰高をそう小声で叱りつけた。

(だれだ)

誰が戦など始めおった。氏長は考えをめぐらしたが、それらしい人物は浮かばない。城代の成田泰季は開戦直前に病死したと、先ほど大広間で知らされた。

(なら、和泉あたりか)

しかし、柴崎和泉守など剛勇なだけで、重臣どもをまとめ上げて戦に投じるといった器量には乏しいはずだ。靭負も同様である。

(丹波は、彼我《ひが》の戦力差がわからぬ馬鹿者ではない。だとすれば誰か)

長親の名など、氏長の念頭には初めからない。

「さて」

泰高も首をかしげるばかりである。

「いずれ関白への内通はこれで反故《ほご》になった。関白が何をしてくるか」

氏長は、寒気のするようなおもいで、そうつぶやいた。

氏長の懸念通り、秀吉は約束の反故に激怒した。のちに秀吉は、北条方に氏長の内通を知らせて、この小才子《こざいし》を窮地に追い込む。それだけでなく、小田原落城後には、氏長を助命する代わりに黄金一千両まで要求した。氏長は泣く泣く走り回って黄金を掻き集め、自身もすっからかんになりながら、ようやく九百両と唐頭《とうのかしら》（ヤクの毛）十八個を差し出して許されたという。


『忍城戦記』によると、三成が人工堤の建設に着手したのは、天正十八年六月七日のことである。

「近国近隣近郷の農人商夫児童等、端的に数十万人相《あい》集まり、昼夜を分《わか》たずして土を持ち運ぶ」

同書では、工事のすさまじさをこんなふうに記録している。

三成が労働条件を示すと、数日のうちに人の波が押し寄せた。それはまるで、関東の人間が一挙に忍城下に参集したかのような光景であった。三成は、これら人夫《にんぷ》の群れを、七里におよぶ堤防の建設予定地に長々と配置した。

人工堤の規模は、断面の台形の下底を十一間（約二十メートル）、上底を四間（約七メートル）という厚さとし、高さを五間（約九メートル）と決めた。長さを除いて、秀吉が備中高松でつくった人工堤とほぼ同じ大きさである。

利根川と荒川を、人の行列が結んだ。

この人夫の群れの中に、かぞうもいた。

(忍城の者ども、みておれ)

かぞうは怒ったように、土地に鍬《くわ》を叩き入れた。それは、忍城の侍どもに直接鍬を叩き込むかのような快感があった。

かぞうたち人夫は、この工事の目的を知らされてはいない。高給の前には知ろうとする者もいなかった。もっとも知ったところでこれほどの水攻めを実行するなど、とうてい信じられなかったであろう。多少物のわかった者でも、城方の突出に備えた防御壁程度にしかおもわなかった。

かぞうは周辺の土を掘り下げると、俵に詰めて土俵をつくった。土俵をつくると指定された場所に積み上げていく。

「どっからきた」隣で俵に土を詰めていた、百姓らしき痩《や》せた男がきいてきた。

「お前こそ、どっからきた」かぞうが乱暴に鍬を振り下ろしながらきき返すと、

「古河《こが》だ」というので驚いた。

東方五里の古河からも、百姓どもが噂をききつけて建設に参加しているという。すでに忍領内ではない。

かぞうも「下忍村のもんだ」と不機嫌に答えた。

「忍城下じゃねえか。不忠《ふちゆう》もんじゃやな」

「うるせえ、百姓に不忠もくそもあるか」

かぞうは痩せ男をぎろりと睨むと、おもわず怒鳴り声を上げた。

そんな下界のやりとりも知らず、三成は、丸墓山から遥かに続く人工堤の建設を見下ろしなが

らこの上もない興奮の中にいた。

丸墓山は、人工堤の起点になっている。山の南北から堤は延びていた。したがって丸墓山も人工堤の一部である。

現在でも丸墓山は、一般の人ものぼることができる。

「さきたま古墳公園」の駐車場で車を降りると、丸墓山に向かって一本の道が通っている。この道を歩くと、道が両脇の地面よりやや高く盛り上がった土手になっていることに気付く。これが三成のつくった人工堤のなごりである。

『行田市史』によると、丸墓山から北に延びた堤は、現在の地名でいえば、丸墓山のある行田市埼玉《さきたま》にはじまり、行田市長野を経て、行田市白川戸《しらかわど》の辺りまで延びていたという。南は、行田市埼玉から行田市堤根《つつみね》、鴻巣市袋《ふくろ》で西に折れて、鴻巣市鎌塚、行田市棚田町、行田市門井町、熊谷市太井、熊谷市佐谷田《さやだ》、熊谷市久下《くげ》で、当時荒川の主流だった元荒川に接していた。

「うんうん」

三成は、しきりにうなずきながら、丸墓山の頂上を南北に行ったり来たりしている。

吉継は、三成が秀吉の備中高松の水攻めを目撃して以来、この驚天動地の戦術を悲願としてきたのを知っている。

「結局、これがやりたかっただけか」子供のようにはしゃぐ友に、呆れた調子でいった。

三成は、なじられながらも上機嫌に笑った。

「あの城の者ども、敵ながらあっぱれな奴らじゃ。しかし、死力を尽くして戦う敵に圧倒的な武力と銭で臨む。それが殿下の戦よ」

――価値ある敵だからこそ、全力で叩き潰す。

もはやこの男を止めるものは、なにもない。


工事は夜間も続いた。

人工堤に沿って数間ごとにかがり火が焚《た》かれ、昼間のごとく作業ができた。

(これでは手も足も出ん)

丹波は佐間口の櫓から、遠く繰り広げられる夜間作業を凝視していた。

櫓からみると、城外に突如、光の橋が出現したかのようである。その前には、三成率いる軍勢が配備されており、人工堤を守備していた。

(この明るさでは夜襲もかけられぬ)

丹波も櫓の上で指をくわえてみているほかない。

そこに、長親がのそのそ上ってきた。

「みろ」

丹波は、長親が横に座るなり、山のような巨体にうながした。

「変わった戦じゃの」長親は大して驚いたようすもなくいう。

「なにをしてるか分かるか」

「いいや」全然、というふうに長親は首を横に振った。

(わしの思いすごしだったか)

丹波は、長親のようすに小さく失望した。戦の前、この男に感じた底知れぬ存在感が、なにやら見当たらなくなっている。

(もしや、おもいのままに振舞っているにすぎなんだか)

丹波は自らの深読みに、心中失笑さえ浮かんできそうだ。

「堤だ。利根川と荒川を結んでおる」

丹波は子供に教えるように、順序よく説明をはじめた。

「上流で」と、自らの後方を指差し、「川を決壊させる」

「ふむ」

「決壊した川の水をあの堤で塞き止めればどうなる」

「城は水に沈むな」

長親がいうと、丹波は静かにうなずき、やがて、

「水攻めだ」

と、厳しい顔で人工堤をみた。

「八年前、関白が備中高松でやりおった戦術よ。城方はついに降るしか手はなかった」

丹波は長親の驚愕の声を待った。だが、長親が発したのは、

「へえ」

つまんない話、とでもいいたげな返事である。

「驚かぬか」

丹波が怒ったようにいうと、長親は、

「別に」

つまらなそうな顔のままでいう。

さらには、

「丹波も案外と馬鹿じゃな」

とまでいうではないか。

馬鹿に馬鹿といわれるほど、腹の立つことはない。

(この野郎)

丹波が少年のころのように、長親の頭に拳骨《げんこつ》を喰らわせようとしたときである。

「あの堤を造っておるのは誰じゃ」

長親が、軽々とした調子で問い返してきた。

「百姓どもであろう。銭欲しさにやっておるのだ。備中高松でも銭をばら撒《ま》いた」

「なら案ずることはないではないか」

(なにいってんだお前は)

丹波はほとんど逆上《ぎやくじよう》してしまっていた。いかなる剛勇の武将でも震え上がるであろう戦術に、その態度はなんだ。

「何が案ずることはないだ」

丹波は怒鳴りつけた。すると長親は、

「だから馬鹿だっていうんだよ」

そっぽをむいて、鼻で笑わんばかりの勢いでそういった。

もはや、丹波は怒らなかった。

（何か水攻めを破る手段があるのか）

丹波は改めて長親の顔をみつめた。

堤をみつめたまま、丹波にみせている長親の横顔は、以前に丹波が感じた底知れぬ気配を取り戻していた。

23

三成は公言通り、足掛け五日で人工堤を完成させた。六月七日に着工し、十一日には竣工《しゅんこう》したのだ。

この日、三成はかつての秀吉のごとく、吉継とともに人工堤の上に屹立《きつりつ》していた。

（これだ）

三成は、かなたまで続く人工堤を見晴らし、我が偉業に大いに満足した。人工堤の上には、諸将の兵二万も一定間隔をおいて配置させていた。水の引き入れを一層華やかなものにしようとする三成の下知である。

「この戦が語り継がれるよう、この堤を石田堤と名付けよう」

三成は誇るように吉継にいった。

「勝手にせい」吉継は嘆息まじりにそういうと、一転して陽気にいい放った。「治部少よ、望みを果せ」

もはやこの小男の好きにさせてみるつもりである。

三成は一言いうと、小さな身体に大きく息を吸い込み、

「無論」

「決壊させよ」

秀吉と同じ下知を大音声で発した。同時に、石田堤の上の二万の兵が鉦を乱打しながら地響きのような鬨の声をあげた。

利根川の河水の引き入れ口は、利根川方向に延びた人工堤の終着点、白川戸の地からおよそ十キロ上流の江原（深谷市江原）の土手である。荒川は、人工堤と荒川の接点である久下の地からおよそ四キロ上流の石原（熊谷市石原）の土手であった。

三成は、二つの河川の土手に大量の火薬を仕掛けていた。二つの河川の土手に待機していた兵たちは、人工堤から発せられる鉦と鬨の声を合図に、一斉に火薬に火を点じた。地響きをともなう爆音とともに土手は跡形もなく吹っ飛び、利根川と荒川の河水は一挙に流れを変えて、忍城目指してどっとあふれ出た。それはもはや河水という生易しいものではなく、まったくの怒濤《どとう》であった。


そのとき、柴崎和泉守は長野口にいた。

守り口にいたのは和泉だけではない。水攻めが城内周知のことになったとはいえ、敵がいつ攻め寄せてくるかわからない。このため各守り口の部将は、兵を従えて城門を守り続けていた。

（きやがったか）

和泉は突如湧《わ》き起った鬨の声に反応し、とっさに城門を開け放って城外を見渡した。長野口の城門は、利根川の上流に向いている。

和泉が鬼のごとき面相をさらに怒らせたときである。

鬨が止《や》み、一瞬の静寂が訪れた。

静寂の中で和泉は、風の流れが急に変わり、夏に似合わぬ涼しげな風が吹き寄せてくるのを感じた。

和泉は目を凝らした。

と同時に、地鳴りのような音が小さくきこえ、かなたに津波のような濁流がみえた。

「逃げろ」

和泉は大声で叫んだ。

各守り口の部将たちは、ほとんど同時に本丸への避難を命じた。本丸がもっとも地勢が高い。逃げるとすれば、この本丸しかない。

下忍口の靭負も馬に飛び乗るなり、

「本丸へ逃げよ」

と命じながら、足弱の老兵を馬上に引き上げた。

佐間口の丹波も同様である。

「御館《おやかた》だろうがなんだろうが上がってかまわん。本丸を目指せ」

馬上で下知した。

地鳴りはどんどん強さを増してくる。佐間口の兵たちは、先を争って大手門へと駆けた。

丹波は馬を飛ばした。各守り口をまわってから本丸に急行するつもりだ。

忍城のうち、最初に水攻めに襲われたのは、長野口である。

城兵はすでに避難して無人であったが、怒濤は城門を押し破り、どっと城下町へと突入した。城下町を突き進む十数メートル幅の濁流は、どんどん高さを増し、わずかの間に町家の屋根を呑み込む勢いだ。

濁流は城下町を駆け抜け、無人となった佐間口の内側に達すると、城門をこじ開けて鉄砲水のごとく城外へと噴出した。


「来るぞ」

人工堤の上の三成が叫んだ。

忍城を洗い流した河水が幾層もの波を先頭にして、三成にも押し寄せてくる。

「流されてもわしは知らんからな」

轟音の中、吉継がにやりと笑いながら三成をおちょくると、三成も不敵に微笑み返した。

怒濤が七里の人工堤に次々と激突した。瞬間、長大な堤に一斉に激震が走った。激突した大波は飛沫となって砕け、三成に襲い掛かった。そしてその瞬間、三成は天下人と同化した。

(これからぞ)

三成は飛沫に耐えながら、忍城を睨んだ。

この男の計算は巧緻《こうち》である。

ほぼ半円状に建設した人工堤の中心に、忍城が位置するよう仕組んでいたのだ。

人工堤に激突した怒濤のごとき河水は、一斉に反転して忍城に集中した。その集中波は、さらなる高さをもって、再び忍城に襲い掛かった。

諸門をまわって無事を確認した丹波が、第一波をまぬがれた二の丸の森で、本丸に向かうべく馬を飛ばしていたのはこのころである。背後から、姿はみえないが、迫りくる轟音が聞こえた。

(二波目がくるのか)

後ろをふり向いた丹波が、馬速を上げるべく再び前方を向くと、珍しいものを発見した。

走る明嶺である。

(これは)

丹波は目を輝かせた。

もとより高齢の明嶺が、ほとんど死にかけながらばたばたと腿《もも》を上げ下げしている。

「和尚も走るのか」

丹波は追いつくと馬上から声をかけた。

「つまらんことをいってないで乗せろ」

「その元気なら本丸までいけるな」

丹波はあっさりそういい残すと、罵声《ばせい》を浴びせる明嶺を残してさっさと駆け過ぎていった。

さらに馬を飛ばすと、二人の母子が走っている。

(握り飯をよこしたあの幼子か)

ちどりとその母のちよである。

「嬢」

丹波が叫ぶと、幼子は駆けながら後ろを振り向いた。

「おっ母《かあ》を乗せてくれ」

母親は母親で「この娘を」と、悲鳴をあげている。

「泣かせるね」

丹波は小さく笑うと、両の腿で馬腹を締め上げ、馬上で腰を固定した。さらに大きく上体を横に倒すと、両腕で母子をわしづかみにして一気に馬上へと引き上げた。

「お先に」

靭負が、そんな丹波を追い越していく。靭負も諸門をまわってきたのだろう。老兵と相乗りしながら、さらに、老兵を数人乗せた別の馬も引いて先を急いでいる。

地鳴りのような大音響が強さを増す中、丹波は本丸の島と二の丸の島とをつなぐ橋の手前にたどりついた。だが、そこでは人々が群れをなしていた。

「どうした」

先に着いている靭負に叫びながら問うた。

「本丸が満杯なんです」

人々の群れは争って橋を渡ろうとしているが、先がつかえてとうてい本丸にたどりつけそうにもない。

「館に入れば、なんとか四千は納まるはずだぞ」

という丹波の後から、和泉も馬を飛ばして駆けつけてきた。

「二の丸が沈むぞ」

和泉が怒鳴った。この子だくさんの巨漢は、子供ばかりを救出している。それも馬の背に乗せるだけでなく、甲冑のあらゆる箇所にしがみつかせ、小脇にまで子供をかかえていた。

子供たちは、軍馬の速さに狂喜してきゃっきゃと歓声をあげている。

「こら、おめえたち。大人しくしねえか」

和泉は巨体のあちこちで大暴れする子供たちを叱りつけるが一向に効果はない。

(こいつも諸門を回っていたのか)

丹波は意外に感じながらも、「逃げ遅れた者はおらんか」と問うた。

和泉はぐらぐらと子供たちに身体を揺らされながら、「あれで終わりだ」と後方を指差した。

後方からやってきたのは、明嶺である。

「こら正木の餓鬼大将、早う本丸に上げんか」

半死半生《はんしはんしょう》になりながらやっといい終えたが、本丸に隙間がなければどうにもならない。

(どういうことだ)

丹波は嚇《か》っとなりながら、橋の先に立つ本丸の城門を見上げた。


実際、丹波らが二の丸で立ち往生していたとき、本丸の敷地内はすでに満杯であった。御殿の玄関前にも人があふれている。だが、御殿に足を踏み入れようとする百姓は誰一人としていなかった。

「百姓だろうとかまわん。館に上がれ」

甲斐姫などは、玄関前に立って、そう促したが、百姓の群れが動くことはない。

それも道理であった。なにしろ、百年間も忍領を支配した成田家の御殿なのである。当時の百姓たちにとって御殿に昇ることは、神殿に足を踏み入れるに等しかった。

「御館に上がれ」

成田家の家臣も声を嗄《か》らしてわめいていたが、百姓らは互いに顔を見合わせて一向に入るようすはない。

そこに姿をあらわしたのが、この火急《かきゅう》の場合にも動作ののろい大男である。

長親は玄関前に出るなり、甲斐姫の両腋に手を入れると、意外な膂力《りょりょく》でこの小娘をひょいと持ち上げた。

（えっ）

似合わぬ羞恥《しゅうち》に顔を真っ赤にして、甲斐姫は大人しく宙に身体を浮かせたままにした。

「皆そのまんまでな」

長親は甲斐姫を持ち上げたまま、百姓たちに向かっていたずらっぽく笑った。

「履物《はきもの》を脱いではならんからな」

ともいう。

百姓らがけげんな顔で長親の足元をみると、こののろまは、すでに裸足《はだし》で地面に立っていた。

（あっ）

甲斐姫はようやく気付いた。

百姓たちの足元をみれば、そのいずれもが泥土《でいど》で汚れきっていた。それに比べて自分の足はどうか。汚れひとつつかなかった。

甲斐姫は、宙に浮きながらとっさに履物を脱ぎ捨てた。と同時に地面に落された。

「わしら二人だけが土足なんていったら、また丹波の奴に叱られるからな」

長親はそういうと、大真面目な顔をつくってみせた。

その顔に応ずるように、百姓どもはいたずらっぽく笑う。その横で、甲斐姫は急いで自らの足に泥をつけた。ついでに長親の足にもなすりつけた。

何すんだ、という表情で、長親は甲斐姫を見下ろしたが、再び百姓たちに目を向けると、

「それっ」

と、大喝して御殿の中に駆け込んだ。百姓たちも一斉に駆け出し、どっと御殿に乱入した。

(見事、百姓らを館に上げた)

御殿の廊下を駆ける甲斐姫は、長親の頓知《とんち》に感嘆しながらこの大男の横顔を熱く見つめた。

だがその途端に、感嘆するのをやめた。

百姓たちに追い越されながらばたばたと駆ける長親の横顔は、どうみても土足で御殿を走りまわるという未知の体験に歓喜する小僧のような顔にしかみえなかったからである。

本丸御殿に百姓たちが吸収されるに従い、ようやく二の丸の群れが動いた。人々の群れはどんどん橋を渡り、本丸へと吸い込まれていく。

「先に行け」

丹波は怒鳴りながら、群衆を追い立てた。

「殺す気か」

明嶺がそういい捨てながら、橋を渡っていく。

「早う行かれよ」

丹波が明嶺に小さく笑いながらいったとき、第二波の先駆けが二の丸に達した。

丹波は小さな波を浴びた。残っていた靭負と和泉も水飛沫を浴びた。この期においても子供たちは歓声をあげている。

丹波がとっさに後方の三の丸をみると、巨大な濁流が木々に激突しながら急迫してくる。

「急げ」

丹波は吠えた。

丹波らが本丸に入り、城門が閉じられた直後、二の丸を沈めた津波のごとき河水が本丸を襲った。怒濤は土塁を洗って城門にも激突したが、本丸の敷地だけはかろうじて救われた。


(――こんな城攻めがあっていいのか)

人工堤から身を乗り出して目撃した忍城の惨状に、かぞうは目を覆いたくなった。

人工堤に囲まれた忍城周辺の風景が一変し、一面の湖が出現していた。忍城は、本丸を残してそのことごとくが水没している。ところどころ水面から木々が突き出している箇所が、二の丸や三の丸のあったところなのだろう。

(ちよやちどりは無事か)

かぞうは今さらながらに、自らの加担した城攻めに戦慄していた。

「お前の田もあの水の下か」

ひでえことしやがるな、と古河からきたという痩せた百姓が同情のつもりできいてきた。

痩せ男のいう通り、下忍村の田も、住んでいた百姓家も、濁流に呑み込まれてしまった。

(ちがう)

「悪いのはな、あの城の侍どもじゃ」

かぞうは百姓をにらみつけると、おもわず怒鳴り声を上げていた。

「あの侍どもが大人しく降参しておれば、こんな目にはあわんかったんじゃ」

戦慄を振り切るようにそう叫んだ。


本丸のちよは、かぞうのいる人工堤を怯えながらみつめていた。ちよの近くにいた百姓なども、

「みろ、まるで湖じゃ」とおもわず声を上げ、城外の光景に圧倒されている。

ちよとちどりの元にやってきて無事を知らせたたへえは、再会を喜ぶ幼いちどりの頭をなでながら別のことを懸念していた。

——戦さえなければ。

そんな気分が百姓たちの間にすでに蔓延《まんえん》しつつあるのを、たへえは敏感に感じ取っていた。

三成が敢行《かんこう》した水攻めはまず、百姓たちの士気を挫《くじ》いたのである。

当の三成は、人工堤の上でずぶ濡れになりながら、長年の目的を達した者が感じる興奮の絶頂にいた。

(さあ、どう出る。忍《しのぶ》の城のつわものどもよ)

三成は、好敵手に対して王手をさした棋士のごとく、湖上に頼りなく浮かぶ忍城を凝視した。

4

24

夜になった。

丹波は、本丸御殿の廊下を納戸へと向かっていた。御殿の中は、夏の熱気と人の体温とで息をするのも疎《うと》ましいほどである。各部屋の仕切りであるはずの襖はすべて取り払われ、部屋という部屋には士分の者から百姓までが、隙間なく座り込んでいる。人々の群れは廊下にもあふれ出しており、丹波が足の踏み場にも躊躇するほどだ。

女はすすり泣き、男は場所の取り合いで喧嘩している。そんな光景に丹波は、城方がすでに万策尽きていることを思い知らされた。民《たみ》の気分はうつろい易い。開戦時にはあれほどの侠気《きようき》をみせた百姓どもが、いまはそのいずれもが恨めしげな表情を隠そうともしない。

（緒戦の勝利からわずか数日で逆転された）

突き刺すような視線を全身に浴びながら、丹波は重臣たちが詰める納戸の戸を開けた。

「どうにもならん」

丹波はどかりと胡坐《あぐら》をかいた。

「ああ、緒戦の勝ちを忘れ、水攻めを喰らってわずか半日で家臣どもも百姓も士気を消し飛ばされてるぜ」

和泉がしきりに髯《ひげ》をこすりながらいう。

「田ですよ、田」

指摘するのは靭負である。田を沈められた怒りが敵よりもむしろ我らに向いているのだ、という。

(その通りだ)

丹波が廊下を歩いていて、すでに感じていたことだ。

「これをやられちゃな、手も足も出ねえ」

和泉が両手を膝にたたきつけた。

(まさに手も足も出ん)

丹波は夜の城外をみたが、人工堤の随所に湖上を照らすかがり火が焚かれ、城方の夜襲はほとんど不可能であった。さらにはこの間にも、利根川と荒川から河水が途切れることなく流れ込んでいるはずである。

「水かさは今も増すばかりじゃ。この分では明日には本丸も危ないやも知れぬ」

丹波がそういって口をつぐむと、一同も言葉を発するのをやめた。そして一様に同じことを考えた。

——降伏か。

そのことは、開戦を宣言し、総大将の位置にある長親が決めることだ。

丹波は、奥まったところに座したまま無言でいる長親に、するどい視線を向けた。

(どうするのだ)

目で問うた。

「わしは降らんぞ」

長親はつぶやいた。

「ならばこの水攻めをどう破る」

「水攻めは破れるよ」

長親はこともなげにいう。

（まだいいやがるか）

これには丹波も激怒した。

まるで長親が「空を飛べます」とぬけぬけといったかのように聞こえた。

夜襲も不可能ならば、どう人工堤を切る。そもそも戦に不慣れの長親が思いつくぐらいの秘策なら、重臣の誰かが考え付くはずではないか。

「ならばどう破ると申すのだ」

「破るはたやすいよ」

長親は再びつぶやくと、それっきり押し黙ってしまった。

ここで、ようやく丹波は気付いた。

水攻め以来、半日で長親の顔つきが変わっていることに、である。

降伏を峻拒する言葉とは裏腹に、この大男は明らかに戦う意欲をなくしていた。

（田を沈めたからだ）

丹波はそう推測した。

百姓たちの田を沈めた。その責めを馬鹿者なりに感じているのだろう。

（そんなこと初めからわかっていたことだろうが）

丹波は、胸ぐらをつかんでそう怒鳴り上げたかった。

(戦になれば、百姓どもは戦禍を免《まぬか》れることはできぬ。そんなことは初めから、重臣はおろか、百姓領民までもが織り込み済みのことではないか)

だが、これほどの事態をだれが予想できたであろう。

(この男は未曾有《みぞう》の戦禍に圧倒されつつある)

丹波は、長親の心中をそう察した。

(だとすれば)

丹波は再び長親の顔をみた。

——秘策はあるのだ。

この男の変化が、百姓へのすまなさから来るものとみるならば、長親の言葉通り水攻めを破る策はあるのだ。

(何をすればいいのだ)

丹波が心中でそう長親に問いかけたとき、兵が納戸に飛び込んできた。

「本丸門前に屍骸が流れ着いてござりまする」

それをきいて、とっさに立ち上がったのは長親である。丹波がみたこともないような勢いで、納戸を飛び出した。

長親に続いて丹波ら重臣が本丸の門前に駆けつけたときには、すでに御殿からあふれた者どもが群がっていた。

本丸の城門には、かつて二の丸につながる橋が架かっていた。そこには、沈んだ橋の代わりに一艘《いっそう》の小舟が浮かんでいた。

中には男女の屍骸が横たわっている。

ふたりとも斬り殺されていた。着衣からして百姓のようだ。

丹波が目をみはったのは、屍骸にではない。百姓らしき男の屍骸が握り締めた小刀に、である。

「あの脇差、おのれの差料《さしりよう》じゃな」

丹波は皆に悟られぬよう、小さく長親に訊いた。

「降ると申すので、わしが与えた」

長親も小さく答えた。すでに顔色が変わっている。

「みすみす城外へと逃がしたというのか」

丹波は小声で、しかし語気鋭く長親を問い詰めた。

長親はうなずき、

「わしが甘かった」

と、しゃがみ込んだ。

「野郎ども、降った女を斬りやがんのか」

長親の言葉をききつけた和泉などは、怒気を発している。

——城にいる者は皆殺しにする。

攻城軍が発する無言の宣言を、皆が戦慄をもって聴いた。

長親は勢いよく立ち上がり、屍骸に背をむけると、足早に御殿へと向かった。そして小走りに

追ってくる丹波に、

「わしは水攻めを破る」

と、ふり向きもせずいった。

丹波は長親を追い越し、立ちふさがった。

「だから、どう破るというのだ」

長親は足を止め、

「わしは悪人になる」

正面を見据えたままいった。その顔は、おもわず丹波が後ずさりするほど残忍な顔に変わっていた。


翌朝、日が昇ると、長親は家臣らに命じて次の物を用意させた。

笛。

小鼓。

太鼓。

編木《びんざさら》。

これらの楽器をありったけ用意させた。

幸い百姓らは、田植の神事に用いるこれらの楽器を城内に持ち込んでおり、楽器は山のように積み上がった。また、演奏する人数や、田植歌を歌う女も揃えさせ、さらには城に常備した水運用の小舟も、あるだけ本丸門前にずらりと並べさせた。

「なにをする気だ」

お前もこい、と長親にいわれた丹波は、そう問い返した。

長親は直垂《ひたたれ》を着込んで、烏帽子《えぼし》をかぶり、田植田楽の踊り手そのものの格好である。

「なんだ。みてわからんのか」

長親は、丹波の顔をからかうような調子でのぞき込んだ。

「田楽さ」

愉快でたまらんとでもいうように、玄関に向かった。

――のぼう様が、舟の上で田楽踊《でんがくおどり》をなされるらしい。

水攻めに恐怖しきっていた百姓らは、おもわぬ余興《よきよう》に一時に沸いた。百姓らをはじめ侍どもも、長親の一芸を見物しようと、土塁の際にどっと集まった。

百姓らがみると、用意された数十艘の小舟に楽器ごと分かれ、田植歌を歌う女たちも数艘に分乗していた。丹波と和泉は同じ舟に乗り、長親が乗った小舟に従うようすだ。長親だけは、漕《こ》ぎ手と二人きりである。

靭負は城に残るよう命じられていた。この若者も、歓声を上げる百姓らに混じって長親のようすを土塁から見下ろしていたが、心中それどころではなかった。

靭負の横に、甲斐姫があらわれたのだ。

「何かとおもえば、踊りですか。何考えてんだろ城代は」

靭負は、動揺を隠しながら奇妙な船団に呆れ顔を向けた。

「――」

甲斐姫は押し黙ったまま、真顔でいた。長親の命の危険を予感するかのごとく。

「いざ、丸墓山へ。者ども続け」

長親はそんな甲斐姫の不安をよそに、陽気に下知した。

鳴物《なりもの》もにぎやかに、奇妙な船団は水面を滑りはじめた。

25

三成は、この城方の異変を初めいぶかしげに観望していたが、その全容が明らかになるにつれ、手を打って喝采し、諸将を丸墓山に集めた。

「何の騒ぎじゃ、あれは」

諸将とともに丸墓山にやってきた吉継が三成にそうきいたころには、二万を超す寄せ手の兵どもも人工堤にのぼり、大騒ぎしながら近付いてくる船団に何事かと注目していた。

「ますます面白き奴らじゃ」

三成は、うれしげな顔を吉継に向けた。

「水攻めなど平気だと言いたいのじゃよ」

そういうと、好奇の目を再び船団に向けた。

船団の中では、和泉がぼやいている。

「田楽踊で兵の士気を高めようってか。城代らしいぜ」

（そんなことだったのか）

丹波も大いに落胆していた。

たしかに兵どもの士気は上がったかにみえる。

だが、

（士気が上がったところで堤は破れんぞ）

丹波が先をゆく長親の背にそう無言で問いかけたとき、長親がこちらをふり返った。

「その場で止まれ」丹波が後方に続く船団に命じると、船団は城と丸墓山の中間辺りで止まった。

「丹波、舟を止めよ」

「丹波よ」

長親は後方にはきこえぬほどの小声で呼びかけると、

「あとは頼んだぞ」

微笑を向けた。そして、ついてくるなと命ずるや、一艘のみで人工堤に舟を進めていった。

「頼むってなにをだよ」

和泉が解せぬ顔で丹波にきく。

（違うのか）

丹波は自問していた。

兵どもの士気を上げるが狙いではないのか。

丸墓山の三成たちは、一艘の小舟がどんどん近付いてくるのを注視していた。

小舟には、直垂をまとった男が乗っている。顔は判別できないものの、ここからみても雲を突くような大男であることがわかった。

(何者だ)

三成は、大いに興味を持った。

小舟は、船団と人工堤の中央辺りで動きを止めた。

大男は、舟が止まるなり、崖のように切り立った人工堤に群がる敵兵どもに向かって、とびきり陽気に大音声で口上を述べた。

「さあ上方勢の皆々様、これよりお目にかけるは忍城下に四百年も永きに伝わる田楽踊じゃ。水攻め戦のつれづれに、おのおの存分にお楽しみあれ」

両腕を大きく広げて人工堤を見渡した。

戦国時代は、一面、戦に浪漫《ロマン》を求めた時代でもあった。名のある者同士の一騎打を兵どもは手を休めて観戦したし、勇敢な敵に飛道具を用いることは卑怯《ひきょう》として控えることもしばしばあった。いま、寄せ手の兵どもの前で繰り広げられつつある長親の豪胆な振舞は、彼らの心を大いに揺さ振った。その口上が終わるなり、二万を超す人工堤の兵どもは一斉に喝采の声を上げた。それはまるで、大地が叫びを上げたかのような激しさである。

「せえの」

大喝采の中、長親は後方の楽器隊と唱歌隊に向かって掛け声をかけた。

楽器の律動に乗って田植歌が始まった。

長親は舟の上で器用に足をさばき、踊る。その一手ごとに敵兵は、どよめきのような歓声をあげた。

長親は、足をすべらせくるりと人工堤に背を向け、漕ぎ手に向き直った。

その瞬間である。

長親の陽気な笑顔が、氷のような表情に急変した。

「もっと近付け」

冷酷にそう命じた。

かぞうも人工堤から顔を出して、大男の踊りをみつめていた。

大男を乗せた小舟は、人工堤へとさらに近付いてくる。

――あれは、

かぞうは驚嘆した。ここでようやく小舟の人物に気付いた。

――のぼう様じゃ。

そこは、かぞうも戦国に生きる男であった。長親の度外れた行動に、自然と微笑んでしまう自分をおさえることができない。

「なんと豪気な」

丸墓山では、三成が感嘆の声を上げていた。

「正家、みよ」

三成は、遅れて到着した正家の肩を抱かんばかりにして、小舟の大男がみえる位置までうながした。

「二万の敵を前に田楽踊とは。いずれ名のある武者であろう。だれぞ城下の百姓でもつかまえてきいてまいれ」

まるで自分のことのように、三成は自慢げに叫んだ。

だが正家は、小舟の大男の正体を知っていた。大男を目撃するなり、みるみる顔から血の気が引き、蒼白《そうはく》になった。

「百姓など連れてくる必要はない」

白昼に夢幻をみたかのごとく、うわ言のようにつぶやいた。

「なに」

三成は、臘《ろう》のようになった正家の顔をいぶかしげにみつめた。

「百姓など連れてくる必要はない。名のある武者どころか、あの田楽を踊る男こそ、成田家総大将、成田長親じゃ」

悪夢の中にいる者のごとく、正家はわめいた。

「――なんだと」

三成だけではない。吉継も諸将も一斉に身を乗り出して長親を凝視した。

目を凝らせば大男の顔がわずかに判別できた。見れば大胆にも、喝采を受けるのに飽《あ》いた熟練の演者のごとく、余裕の笑みさえ浮かべている。

丸墓山の一同は、一様に声を失った。

(――これをどうすべきか)

三成は一転して深刻な表情を浮かべ、自らの足元をみつめて考えた。

敵の総大将は間近だ。鉄砲で討ち取るのは、掌の卵を握りつぶすほどに容易である。

そのときだった。この小男のもとに、水攻めを敗北に誘う運命的な書状が舞い込んだのは。

「関白殿下より御使者が来着してござりまする」

丸墓山にのぼってきた三成の家臣が、秀吉からの使者を導いた。

使者から手渡された書状を一読するなり、三成の顔色が瞬時に変わった。

「どうした」

吉継はそんな三成を見逃さない。

「殿下がお出ましになる」

三成は、すでに激していた。

「水攻め見物にお出ましになる」

吉継に書状を渡しながら、低く言葉を継いだ。

26

のちのことだが、秀吉は、上杉景勝、前田利家らに宛てた書状で、三成の水攻めを見物にいく旨を述べている。三成には、前もってその意向を示したに過ぎない。秀吉にすれば、単に激励のつもりだったのだろう。

だが、三成はそうはおもわなかった。

（殿下がくる前に無理にでも落城させねば）

そう考えた。

この三成の考えを、秀吉に対するおもねりと考えては正確ではない。

三成は、秀吉の弟子を自認する男である。弟子として、秀吉を落胆させたくはなかった。それと同時に三成は、秀吉を才覚の上での競争相手であるとも考えていた。その三成が、秀吉の見物の前に無理にでも忍城を落そうとするのは、ごく自然なことであった。

吉継は内心舌を打った。

――殿下、余計なことを。

この男は、三成のそんな気分を知り尽くしていた。人の心の機微《きび》に達した秀吉が、なぜこんな致命的な過《あやま》ちを犯したのか、吉継は後々になって考えてもわからなかった。

案の定、三成は魔が差したとしかおもえない下知を発している。

「雑賀《さいか》の鉄砲上手がおったな。あれをつれて来い」

三成はそう、家臣に命じたのだ。

雑賀党は、五年前に秀吉の軍門に降った紀州（現在の和歌山県）の鉄砲傭兵《ようへい》集団ともいうべき一党である。三成は秀吉にとくに請うて、現在でいうところの狙撃兵を借り受けていた。この鉄砲上手ならば、舟上の大男を間違いなく撃ち殺すであろう。

「待て、それはならん」

吉継は三成の下知をきくと、とっさに大声を上げた。吉継には、舟上の成田長親を撃ち殺すことで引き起される窮地が察知できた。

「あの者を討ってみろ。敵はどういう挙に出てくるかわからんぞ」

「うるさい」

三成は、長親を凝視したまま拒絶した。

三成は他人に意見を求めることがなく、また求める必要もない男であったが、吉継の意見には耳を傾けた。しかし、どういうわけかその助言のほとんどを、この忍城攻めでは拒み続けた。

喝采はどんどん大きさを増し、人工堤にこだました。いま、この戦場は、長親という一人の男を中心に一体となり、敵も味方も同じ男に賞賛の声を上げていた。


「呆れたね。敵味方を瞬時にまとめ上げちゃったよ」

そうぼやく靭負の横で、甲斐姫が最初に気付いた。

「あいつ死ぬ気だ」

おもわず声を上げた。

舟上の丹波も、長親の狙いにようやく気付いた。

「弔《とむら》い合戦に持ち込む気だ」

「弔い合戦だと」

和泉が問い返した。

「おのれが撃たれ、死ぬことで、兵どもを死兵《しへい》と化そうとしておるのだ」

丹波は、もはや怒気を発しながらそう答えた。

「総大将が討たれれば、戦どころか皆開城を望むようになるじゃねえか」

「わからんか」

丹波は、土塁の上で喝采を上げる百姓や家臣たちを指差した。

「長親の名をきけば百姓どもは笑いだしたであろう。兵どもが長親をみつめるまなざしを見たであろう。皆好いておるのだあの馬鹿を。そのような者が討たれれば、我が兵どもは、どう出るとおもう」

丹波の叫びをきいて、和泉もようやく真顔になった。

領民らが赤子のごとくおもう長親が敵に討たれれば、この者たちは復讐の鬼と化し、命を捨てた死兵と化すだろう。命をかえりみぬ兵どもは、人工湖を泳ぎ渡ってでも敵陣に突入する。そしてその決死の突入は、城方におもわぬ戦機をもたらすに違いない。

（だとすれば、あの馬鹿者は人を人とも思うておらぬ）

丹波は寒気すらおぼえた。

水攻めを喰らい、忍城が絶体絶命の危地に追い込まれたとき、長親は立ち上がった。だが水攻めを破るという秘策は、他人をおもいのままに操る、悪魔のような策謀であった。

「あの馬鹿は、領民どもの思いを重々承知でこんな策に出おった。あれほどの悪人はおらんぞ」

丹波はそう叫ぶと、漕ぎ手に命じた。

「舟を出せ。あいつを止める」

雑賀の鉄砲上手が丸墓山にやってくるや三成は歩み寄り、断固とした調子で命じた。

「あの者を討ち取れ」

雑賀の者は「御意」と陰気に答えると、さっそく弾籠めをはじめた。

吉継は焦《あせ》った。

「このまま対陣しておれば充分勝てる。お前は待っておりさえすればよいのだ」

懇願するように、三成に詰め寄った。

吉継以外の諸将には、吉継の焦りの理由がわからない。

正家などは、

「総大将を討ち取れば、戦は終わりではないか」

賢《さか》しらげに言葉を発している。

（この馬鹿が）

吉継は怒気を発した。

「戦を知らぬおのれは黙っておれ」

普段は余裕をもってことに接するこの男が、声を荒げて正家を罵倒した。

吉継には、成田長親の正体が充分に理解できた。

（希代《きだい》の将器じゃ）

そう見抜いた。

「みろ、兵どもをみろ。敵も味方もあの者に魅《み》せられておる。明らかに将器じゃ。下手に手を出せば、窮地に立たされるは我らの方じゃぞ」

吉継はそう三成を説得しながら、舟上の長親を改めてみて、ぎょっとなった。

長親の踊りが変わっていた。

田遊びといわれる年初に行う神事に、踊りは移行していた。田遊びは、一年間の米作りのようすを踊りにしたてて神社で催すが、長親が何より好きなのがこれであった。

長親の踊りは、ちょうど秋の収穫期の踊りにさしかかっていた。秋の踊りは、豊作を祈願して男女の性交を模した、とてつもなく卑猥《ひわい》なものである。

長親は、着ていたくくり袴《ばかま》の前を器用にはだけると、言語に絶する卑猥な腰つきを、二万の観客に見せ付けた。

人工堤の兵たちの盛り上がりは最高潮に達し、どっと笑いが爆発した。

だが、吉継は怖気《おぞけ》立つおもいでいた。

(なんという奴だ)

吉継は、長親の踊りが馬鹿げていればいるだけ、大男の恐ろしさがじりじりと身に迫ってくるのを感じた。

「まだか」

三成は、最高潮に達した大歓声の中、狙撃兵を鋭く叱咤《しった》した。

ようやく弾籠めを終えた狙撃兵が「されば」と、長親に銃口を向ける。距離は五十間程度だ。この鉄砲上手にとっては、造作《ぞうさ》もない距離であった。

「待て」

吉継はとっさに狙撃兵を制止し、三成に叫んだ。

「考え直せ、わからんのか。あの城の者どもは、古より血で血を洗う無数の戦場で生き残った兵《つわもの》どもの末裔なのだぞ。親討たれれば、子はその屍《しかばね》を乗り越え戦い続ける坂東武者の血が、侍どもはおろか、百姓どもの隅ずみにまで流れておるのだ」

この忍城の者たちも、長親が死ねばその屍を乗り越え、猟犬のごとく寄せ手に襲い掛かるに違いない。

土塁の上で、歓声を上げる百姓たちも。

深刻な顔で長親をみつめる甲斐姫も、そして靱負も。

舟上で、漕ぎ手を叱咤する丹波や和泉も。

そのいずれもが、死兵と化して、舎利《しゃり》になるまで戦い続けるに違いない。

「考え直せ。このままあの男を城に帰すのだ」

吉継は、三成の両肩をつかみ上げてそう怒鳴った。

それでも三成は考えを改めなかった。

「早う撃たんか」

吉継の手を振り切ると、とまどう狙撃兵を怒鳴りつけた。

「は」

狙撃兵は急ぎ狙いを定める。

「やめろ」

吉継は狙撃兵に飛び掛かるや、その鉄砲を取り上げようとした。

「刑部を押えろ」

三成は下知した。すぐさま兵どもが殺到し、このうるさい抗議者を組み伏せた。

「離さんか」

吉継は四肢をもがいたが、動けるものではない。

(もはや、あれをいうしかない)

吉継はとっさに意を決した。

「聞け治部少」

目を怒らせ、首だけをもたげた。

「成田家はすでに降っておる。城主の成田氏長は、殿下に内通の意を示しておるのだ。お前は戦わずともいずれ勝てる」

叫んだ。

三成は一瞬呆然となった。

だが、それでも三成は決意を翻《ひるがえ》さなかった。いや、むしろその一言が、三成の決意を後押しした。

「撃て」

三成は小さく命じた。

そしてこの瞬間、水攻めは破られることが確実となった。

「やめろ」という吉継の怒声の中、狙撃兵は舟上の大男に狙いを定めた。

舟上で踊る大きな的は、背を向けている。

だが、的がこちらをふり向いた瞬間、狙撃兵は息が止まるほどに驚愕した。

ふり向いた的は、明らかに銃口を認め、微笑を浮かべたのだ。

狙撃兵は、驚愕したまま引き金を引いた。絞り込むように引くべきところを、とっさに強く握るように勢いよく引いてしまった。

湖上に銃声が響いた。

狙撃兵の動揺にもかかわらず、弾丸は的に向かって一直線に飛び、命中した。大男は巨体を浮かせて舟外へと吹っ飛び、大げさな飛沫を立てて湖に沈んでいった。


「長親」

丹波は叫び、船端を蹴った。

土塁の上でも、長親の名を叫びながら、甲斐姫が湖へと飛び込んでいた。

「姫」

当然、靭負も飛び込まざるを得ない。

丹波が長親の落下したあたりに泳ぎ着くと、大男は脂肪の多い身体のせいか、ぷかりと浮き上がってきた。

「長親」

丹波は仰向けになって、長親の頭を胸の上で支えながら大声で呼んだ。

長親は生きていた。

目を覚ますと、丹波を仰ぎみた。小さく笑みを浮かべ、再び気を失った。

「馬鹿野郎」

丹波はまた叫んだ。

一発の銃声で、人工堤の兵たちは瞬時にして静まり返った。

兵たちは、いまだ夢幻の世界にいる者のような面持ちで、ぼんやりと湖上の光景をながめていた。

魔法をかけた大男は、術を解いて湖上に浮かんでいる。

――そういえば戦だった。

ようやく意識を取り戻したときには、うんざりしたような気分が、寄せ手の兵たちを覆いつくしていた。

丸墓山では、諸将が見守る中、三成が無言で山をおりていくところだった。

「離せ」

吉継は、押えていた兵らを振りほどくと、去っていく三成の後ろ姿に目をやった。

「これでこの戦、泥沼となったぞ」

吉継はその背に、小さくつぶやいた。

人工堤にいたかぞうは、丸墓山を見上げていた。山からは、小男が兵数人をともなっておりてきている。

(あのときのあいつか)

かぞうは、怒りの目を向けていることに自分でも気付いていなかった。

27

長親は気を失ったまま城へと運ばれ、奥の一室に寝かされた。

「生涯腕が上がらぬやも知れぬな」

和泉が気を失った長親をみつめながらそういうと、丹波も無言でうなずいた。

狙撃兵の動揺で致命傷は避けられたものの、長親は肩を撃ち砕かれていたのだ。

丹波は、甲斐姫に目をやった。

甲斐姫は、身じろぎもせず長親の枕頭《ちんとう》に座したままでいる。大男が目覚めなければ死ぬまで座り続ける。そんな石のような座り方だった。

甲斐姫の横にいる継母の珠も、夜具の傍で長親をみつめていた。珠はこんなときにも、さしたることもないかのように冷厳と座していた。

(この奥方も妙なお人だ)

丹波が小さく興ざめするような気分でいたときだった。

「長親」

甲斐姫が鋭く叫んだ。

目覚めた長親は、甲斐姫には答えず、丹波をみとめて小さく笑うと起き上がろうとした。

「そのままでおれ」

丹波が押し留めると、長親は再び横になりながら、

「城の皆はどうしてる」

ぬけぬけときいた。

(なにをいっていやがる)

丹波は、この善悪定かならぬ男を心中でののしった。

というのも、忍城の籠城兵たちは、長親が狙撃されるや騒然となり、手もつけられない有様なのだ。士気が上がるどころか、ほとんど半狂乱で突出を叫んでいる。いま、奥の部屋に丹波と和泉しかいないのも、重臣らがこれを抑えるため手分けしているからであった。

「馬鹿な奴だ。兵も百姓も上方討つべしと騒いでおるわ」

丹波は苦い顔を作ってみせ、長親の目をじっとみつめた。

「――おのれの狙い通りにな」

長親は何もいわない。ただ、ことさらに表情を消して、丹波の視線に応えた。

「狙い通りだと。何のことだ」

甲斐姫は聞き逃さなかった。

「うむ」

丹波は言葉を濁《にご》さざるを得ない。

長親が死兵を作りあげるために自らの命を捨てにいったなど、甲斐姫に対して言えるものではなかった。第一、長親はそんな意図を一切洩らしてはいない。すべては丹波の推測に過ぎなかった。

だが、のちに丹波は、このときの自分の推測が誤りであったと知る。なぜなら、この長親の秘策によって、丹波も予期せぬ事態が引き起されたからである。

「長親、どういうことだ」

甲斐姫は本人に問うた。

代わって和泉が答えた。

「城代が撃たれて死にゃ、兵どもが死兵に変わると田楽踊をやったんじゃ」

そっぽを向いて髯をさわさわといじりつついった。

——悪い予感とはこのことだったか。

甲斐姫は戦慄した。甲斐姫にとっての長親は、こんな度外れたことをさらりとやってのける男だった。そうはわかっていてもこの小娘は、「まことか長親」と詰め寄っていた。

だが、長親は、

「いやあ」

などと、答えにもならぬ返事をし、挙句にへらへらしているではないか。

「なにがいやあじゃ、この馬鹿者」

甲斐姫はそう叫ぶと、長親に飛び掛かって馬乗りになった。

「士気を上げるため、お前は死ぬつもりだったのか」

わめきながら長親の首を絞め上げた。

「姫、苦しい」

長親は、負傷者らしく弱々しげに苦痛を訴えるが、逆上した甲斐姫の耳に入るはずもない。

（なんてことをする）

丹波はとっさに甲斐姫の後方から突進するや、その両肩をつかんで引きはがそうとした。

丹波は右手で、甲斐姫の右肩をつかんだ。だが次の瞬間、

(——右肩がない)

丹波は虚空《こくう》をつかんだかのごとく感じ、とっさに手をさらに下方に伸ばした。しかし、甲斐姫の肩に触れられはするものの、その肩はまるで水面に浮いた葉のごとく、ずぶずぶと下に沈んでいく。丹波はさらに下方に手を伸ばさざるを得なくなった。

丹波は体《たい》を崩した。

(しまった)

丹波が舌打ちした瞬間、左手でしっかりとつかんでいた甲斐姫の左肩が、わずかに上方に動いた。

(やられた)

丹波はつかみかかった勢いのまま、仰向けに床へと叩きつけられた。

この間、一瞬である。

「和泉助けろ、体術を使うぞ」

小娘相手に、丹波は和泉に加勢を求めていた。

「おう」

和泉も勇みだって立ち上がり、甲斐姫の肩につかみかかったが、その瞬間、手もなく床に叩きつけられた。巨体ゆえに、その衝撃は丹波以上であった。

丹波からみると、甲斐姫はわずかに身体を揺さ振っただけである。にもかかわらず和泉は、自

ら仰向けになるように床へと叩きつけられている。甲斐姫の手は、長親を絞め上げたまま一切動いていない。

（おのれ）

丹波はさらに勢いを増して甲斐姫につかみかかったが、一拍のちには一度目以上の衝撃に耐えながら天井をみていた。さらに一拍おいて、その頭上を和泉が飛び過ぎていく。

珠は、飛び交う四十男を眺めながら、上品にホホと笑った。


丹波と和泉が奥の一室で翻弄《ほんろう》されている間、靭負は半狂乱の兵たちを静めねばならなかった。

「なぜ打って出ぬ。のぼう様が撃たれたのじゃぞ。弔い合戦じゃ」

ある百姓などは、靭負の胸ぐらをつかまんばかりの勢いでわめいている。

「だから死んでなどいません。手傷ですって」

靭負が何度いってもわからない。兵たちは、「舟で城を抜け、夜襲を掛けようぞ」などとどんどん話を進めている。

「駄目ですよ。わずか数十艘に何人が乗れるっていうんですか」

「なら我らだけで行こう」

一同は力強くうなずいた。

「駄目ですって、困ったなあもう」

そう靭負が頭を抱えてしまったとき、

「静まりなされ」

老人のしわがれた声がきこえた。

下忍村の乙名《おとな》、たへえである。

「村の水練上手を三人放った」

たへえは一同に名乗ると、そう明かした。すでに三人は半刻《はんとき》前に城を泳ぎ出たという。

「もはや堤にたどり着くころじゃろう。この者どもが堤を崩す」


水練上手の三人は、湖上に止まっていた。

そのはずである。三成の軍勢は、湖上にぐんと突き出す形でかがり火を焚いて湖を照らしながら、城からの舟での夜襲を警戒していたのだ。

(これでは近付くことすらできぬ)

水練上手の三人は、すでに望みを断ちつつあった。

三人の前方でかがり火に浮かび上がる人工堤の上には、数間おきに哨兵が置かれ、湖を監視している。

だが、哨兵たちが監視すべき真の敵は、湖からは来なかった。

かがり火も哨兵も、そのことごとくが湖を向く中、明かりの届かぬ人工堤のある一箇所。

そこに、人一人が入れるぐらいの穴がぽっかりと開いていた。穴の周辺は兵舎もまばらで、これを見咎《みとが》める者はいなかった。

「ちきしょう、ちきしょう」

穴の中では、一人の男が小さく叫びながら、力任せに土俵を引き抜いている。

下忍村のかぞうであった。

「おい」

外からかぞうに呼びかける声がきこえた。

かぞうはあやうく息が止まりそうになりながら、作業を止めて穴の外に出た。すると、暗闇の中に見知った顔がずらりと並んでいた。かぞうと同様に、城に籠るのを拒んだ者たちである。

「下忍村のかぞうじゃねえか」

その中の一人がいった。

「なんじゃ、持田村の留《とめ》か。何しにきた」

かぞうが怒ったようにいうと、留と呼ばれた男は当然のように答えた。

「これを崩しにきたんだよ、決まってんだろ。あの野郎ども、のぼう様に手え出しやがって。佐間村、長野村からも加勢にきたわ」

「なら手伝え」かぞうは無愛想に穴に戻ろうとする。

「崩れはせぬか」留は恐ろしげにきく。

事実、穴の天井からは、ぱらぱらと土が絶えず降り落ちてきているのだ。

「なら入るな」

かぞうは留を叱りつけると、辺りにたまった土と土俵の残骸を始末するようにいいつけて、再び穴へと戻っていった。

「ちきしょう」

穴に戻ったかぞうは、腰縄に差した小刀を抜いて、土俵に穴を開けた。中の土をいくらか抜いた上で、土俵ごと引き抜くのである。引き抜いた土俵と土は、後ろから恐る恐る続いた留たちが、穴の外へと運び出していく。

「上方の野郎どもみてやがれ。よくものぼうの奴を撃ちやがったな。目にものみせてくれるからそう思え」

かぞうの目からは、涙さえ噴き出している。

かぞうはすべてを知っていた。妻のちよの仇《あだ》を討ったのが甲斐姫であることも。甲斐姫の窮地を救ったのが長親であることも。ちよには何の罪もなく、罪あるならば、それは自分にあることも。

そして長親が狙撃された瞬間、かぞうの心は動いた。ようやくこの男は、自分が他の百姓と同じく、長親に魅せられていることを認めた。

(――やってやる)

かぞうは日が沈むと同時に人工堤に突進した。そして土俵をつかむなり、自分でも驚くような力でそれを一気に引き抜き始めたのだ。

「いけそうか」

留が穴の外から窺うようにきいてきた。

「うるっせえな」

そう、かぞうが怒鳴り返したときである。

土俵の間から、勢いよく水が噴き出した。そして次の瞬間、水は一気に勢いを増し、かぞうの身体を穴の外へとはじき飛ばした。

仰天したのは、外にいた留たちだ。

「逃げろ」

叫ぶなり一散に逃げ去った。かぞうも後を追って足掻《あが》くように駆けた。

水の噴出する音に、人工堤の上にいる哨兵が気付かぬはずはない。

「なんだ」

音の方を向くと、逃げ散る人影がみえた。

しかし、「おい」と叫んだ言葉が、この哨兵の発した最期の言葉となった。

哨兵の立った人工堤の一帯が、一挙に崩れ落ちたのだ。同時に大量の湖水が、寄せ手の諸陣に襲い掛かった。

28

——忍城水責石田失策の事。

小田原戦を記した史料に、かならずといっていいほど登場する、三成生涯痛恨の大失策は、このとき起った。

「陣屋六十、七十軒押し流され、上方勢水に落ちて死する者二百七十余人」

『改正三河後風土記』には、人工堤決壊による寄せ手の被害がこう記されている。

反徳川の象徴的存在である三成の忍城攻めに関する史料は、そのほとんどが江戸期に入ってから書かれたものである。このため、これら史料の書き手たちは、人工堤決壊の事実をもって三成愚将の証拠とし、不当なまでにこの男を罵倒した。

かぞうらが決壊させたのは、現在の地名で、行田市堤根、鴻巣市袋の中間地点である。三成が本陣を敷いた丸墓山からは、南方三キロに位置した。このため、洪水はまず、三成の本陣に襲い掛かった。多量の湖水は怒濤となって、たち並ぶ兵舎を次々になぎ倒し、逃げまどう兵どもを一気に呑み込んだ。

湖上にいた水練上手の三人も、異変に気付いた。湖水の流れが人工堤に向かいはじめている。堤の上の敵兵どもも、大声でわめき合っていた。

——堤が崩れた。

三人はとっさに向きを変え、水音も激しく忍城へと必死の勢いで泳いだ。

三成は天変地異をおもわせる轟音に、目を覚まして陣屋を飛び出した。みると、かなたの堤が崩れ、大量の湖水がどっと流れ出している。さらには逃げ惑う兵を呑み込みながら、こちらへと向かってくるではないか。

「丸墓山へ」

三成はとっさに叫んだ。

忍城に襲い掛かったはずの怒濤は、いまや寄せ手にとって最大の敵になっていた。

三成は、湖水に追い立てられながら、丸墓山の斜面を駆けのぼった。

頂上にたどりついて、息も絶え絶えに後ろをふり返ると、津波のような洪水は三成のほとんど足元で砕け、飛沫を上げた。続いていたはずの兵は、引き波のごとき水の手に、たちまちひきずり込まれていった。

「くっ」

おもわず三成は目を背けた。

丸墓山は、すでに避難した兵たちで満杯だった。

ようやく辺りに目を配った三成がみると、古墳群の他の小山にも兵たちが群がっていた。真っ黒な水のうねりの中に点在する小山から悲鳴がきこえてくる。急速に規模を増す洪水は、小山の頂《いただき》にどんどん迫ってきていた。人工堤は、決壊した部分から次々に自壊を始め、流れ出す湖水は時を追うごとに勢いを増していたのである。

「治部少は」

吉継は陣屋から飛び出し、馬に飛び乗った。この男は、丸墓山から北方一キロ程度の、長野（現在の行田市長野）の人工堤近くに布陣していた。

「水の勢い激しく、とうてい総大将の本陣には近付けませぬ」

三成の無事を確認するため発した家臣が馬上で叫んだ。

家臣にいわれるまでもない。洪水の上げる咆哮は、吉継の陣にも強さを増しながら響きわたっている。

「逃げよ」

吉継は大声で命じた。

かぞうは、無事であった。他の百姓たちとともに、人工堤にしがみついていた。

足元の激流を、寄せ手の兵たちが断末魔《だんまつま》の叫びをあげながら次々に流されていく。

「えらいことになった。見つかったら首を刎《は》ねられるどころじゃすまんぞ」

かぞうの真横で、堤にしがみついていた留が震え声をあげた。

かぞうも、いまになって自分のしでかしたことに恐れおののいていた。しきりにうなずきながら、傍目《はため》にみてもわかるほどに身体を震わせている。


人工堤決壊す、の報に忍城内は一時に騒然となった。

「水が退いていくぞ」

御殿の外にいた百姓が叫びながら城内を走り廻り、それをきいた兵から女子供までが玄関へと殺到した。

その報は、奥の一室で長親の枕頭に座している丹波たちの耳にも届いた。

「まことか」

報をきくや和泉は声を上げ、部屋を飛び出した。甲斐姫も弾かれたように立ち上がり、和泉に続いた。

とっさに丹波は長親をみた。だが、この大男は報をきいても一切表情を変えることがなかった。

(――これか)

丹波は、ようやく理解した。

(こいつがあんな暴挙に出たのは、死兵を作り上げるためなどではない)

――城外の領民を突き動かすことこそが、この馬鹿の狙いだったのだ。

「長親これか、水攻めを破るとはこのことだったか」

丹波は、横になったままの大男に詰め寄った。

部屋には長親と丹波以外、誰もいない。

長親は、丹波に目を向けると僅かに笑みを浮かべた。

そして、

「城外の百姓の皆も我らが味方よ。当たり前のことではないか」

と、静かにいった。

自らの策謀を明かしたのである。

――こんな男をこそ。

丹波は戦慄しながら、自身が予感し続けてきた長親の将器を思った。

(こんな男をこそ、名将というのか)

おもえば名将とは、人に対する度外れた甘さを持ち、それに起因する巨大な人気を得、それでいながら人智の及ばぬ悪謀を秘めた者のことをいうのではなかったか。

丹波は、少年のころから長親を見続けてきて、今日ほどこの大男を恐れたことはない。

(やはりそうだったのだ)

俺の考えに間違いはなかった。丹波にすれば、長親は名将たる証《あかし》を自らの前でみせたのだ。

「士気を上げるが狙いではなかったか」

気付けば丹波は喜び勇んで叫んでいた。

「わしとて気付かなんだぞ」

いい捨てるや、部屋を飛び出した。

丹波が駆けつけたときには、本丸の城門は兵や百姓らでいっぱいであった。

丹波は人の群れを掻き分けて、すでにいる靭負や和泉、甲斐姫に並んだ。門外を望むと、水位はみるみる下がり、二の丸とをつないでいた橋が浮上しつつある。

(やったのだ)

丹波がそう思ううち、靭負が、

「この爺様の村の者が、湖を泳ぎ渡って堤を壊したんです」

と、ひとりの老人を示した。

(この男は)

丹波は老人に見覚えがある。籠城を拒んだ下忍村の乙名たへえだ。

「その節はご無礼し申した」

たへえは土下座さえしている。丹波の戦場での働きを目撃したたへえにすれば、生きた心地もしない。

「よい。ようやってくれたな」

丹波は優しげに声をかけたが、心中別のことをおもっていた。

(城内の者が、堤を破壊したのではない)

丹波は、城に対する寄せ手の厳重な警戒ぶりを知っている。湖を泳ぎ渡ることなどとうてい不可能なはずである。

そんなとき、丹波たちのところに、城から放った水練上手の三人が百姓らに支えられてやってきた。

「ようやってくれた。これで城も救われたぞ」

たへえは、そう三人をねぎらったが、彼らは、

「違う」

と、かぶりを振った。

訊くと、たどりつく前に堤は決壊していた、という。

「他の誰かが堤を切ったんだ」

水練上手の一人は、呼吸を整えながらそう明かした。

「なら一体誰の仕業だ」

和泉は首をひねった。百姓らにも見当はつかない。

「味方よ、城外の。誰かは知らぬがな」

丹波は高らかにいい放った。知らぬといえば、丹波は、堤を切ったのが誰の仕業か生涯知ることはなかった。

「はあ」

たへえは身を小さくした。

水練上手が堤を切ったのではないと知り、たへえは身の置き場もないほどに恥じ入った。この老人が、堤を切ったのが息子だと知ったのは随分あとのことである。

そこに、城外から轟音が響いてきた。とっさに丹波たちが土塁の上に駆け上がって城外をみると、かなたの人工堤のあちこちで、爆発の火花が散っている。

（くるぞ）

丹波は、火花をにらんだ。

「自ら堤を壊し、水を抜いておる。攻めてくるぞ。水が退き、諸門があらわになり次第、持場に戻れ」

城兵たちは、士気を新たにしていた。その場にいた者たちは丹波に向き直ると、一斉に「応」と叫んだ。


三成は、爆発音の鳴り響くなか、避難した丸墓山から忍城をみつめ続けていた。

朝焼けの中、忍城は不滅の要塞のごとくゆっくりと浮上し、再びその雄姿を現しつつある。

「治部少、無事か」

吉継がずぶ濡れになりながら、家臣を引き連れ山を駆けのぼってきた。

「ああ」

三成は城に目を向けたまま返事をすると、横に並んだ吉継につぶやいた。

「浮き城か。殿下の仰せの通りであったな」

「佐吉よ」

吉継はあえて三成を初名で呼んだ。成田家の内通を隠し続けてきたことを謝罪するつもりである。

吉継が言葉を継ごうとしたとき、

「いいさ」

三成は初めて吉継に顔を向けた。

「奴らは名実ともに敵よ。わしは緒戦、水攻めともに敗れた。それだけのことだ」

三成にとっては、成田家が内通していようがいまいが、今さらどうでもよいことであった。

(命に換えても勝利すべき敵である)

この小男は、水攻めが失敗に終わったいまでも、不屈の闘志を燃やし続けていた。

「それにしても」

やがて吉継は、険しい顔で湖水を噴き出す人工堤に目をやった。

「なぜ堤が崩れたのだ」

堤の厚みが足りなかったのか。いや、備中高松と同規模の堤は、充分湖水に耐えうるはずだ。堤の崩壊前、泳ぎ去る者をみたとの目撃談もきいていたが、あの警戒の中で堤を切るなど考えられないことだ。

ならば何ゆえ堤は切れた——。

吉継は、三成とともに黙して考え続けた。

兵に連行された数人の百姓が、丸墓山にやってきたのはそんなときである。

「お前は」

一度みた顔を忘れる三成ではない。百姓の一人を認めるなり、けげんな顔をした。かぞうと名乗った、あの百姓ではないか。

「この者ども、堤を破った旨、白状してござりまする」

「まことか」

吉継がかぞうに迫ると、兵は、「申し上げんか」と、この大惨事の主犯を突き飛ばした。

かぞうはしばらく下を向いていた。だが、やがて昂然《こうぜん》と顔を上げた。

「のぼうを撃たれ、田を駄目にされた百姓が、黙っておるとおもうたか。ざまあみやがれ」

殴られて腫《は》れ上がった顔に怒気をみなぎらせ、憤然といい放ったのである。

かぞうの言葉に一同は仰天した。しかし、吉継を含めた一同が怒りのあまり絶句する中、三成だけは成田家総大将をおもっていた。

(これだったか)

――あの大男が自ら的になったは、この百姓に対する命懸けの叫びを上げるためだったのだ。

「吉継これか。これがお前の止めたわけか」

三成は、吉継に視線を送ったが、吉継とてこんな事態を予測したわけではない。

「これが成田長親の策か」

三成は叫んだ。

――成田長親が水攻めを破ったのだ。

三成は心中でうめいた。成田長親の謀略と、百姓どもの勇敢さに、である。

(あの男のためなら、百姓どもは死をもいとわず報復に出るというのか)

戦国の男は勇敢な者を愛する。三成とて、その例外ではなかった。

「この者どもを放て。利に転ばぬ者がここにおったわ」

それだけいうと、かぞうたちに背を向けた。

(勝ってやる)

二万の軍勢を破り、水攻めまでをも打ち砕いた、巨大な敵を必ず打ち破る。

「水がはけ次第、総攻撃をかけると全軍に伝えよ」

三成は大声で下知を飛ばした。

29

小田原城に籠った成田氏長の身に、危険が迫っていた。

竹の鼻口を守っていた氏長の陣所に、「本丸へ参るべし」と、氏政からの使いが再三に亘《わた》ってやってきていたのだ。

(内通がばれたか)

氏長は当初、病気と申し立てて陣所から動かなかった。だが四度目の使者として氏政の侍医、田村安栖《あんせい》がきた際、覚悟を決めた。

「承知した」

家臣らが止めるのも聞かず、弟泰高に後を頼むと、数人の家臣のみを連れて陣所を出た。

氏長の懸念は当たっていた。

「これをみよ」

北条家五代目当主氏直は、氏長がひとり本丸大広間で平伏するなり、一通の書状を放り投げたのだ。

氏長は読まずとも承知している。自らが山中長俊に送った密書である。

上段の間で、息子氏直に並んでいた氏政は、

「成田殿が猿面郎に送った密書だという。昨夜、寄せ手の徳川殿から届けられた。まことではあるまい」

器量の大きさを示そうというのか、ことさらに微笑んでいう。

氏長は窮地に追い込まれた。

しかし、丹波が十人並みの男とみた氏長も、ここにおよんで男をみせた。

「さらさら偽りに候《そうら》わず」

『改正三河後風土記』によると、氏長はそう答えたという。

「お怒り深きこともっともにて、某もすでに覚悟してござれば、早々に我が首をお刎《は》ね下され」

静かな調子でそういうと、わずかに頭《こうべ》を垂《た》れた。

「おのれ申したな」

氏直は激昂《げっこう》した。きぃっと鳴るような甲高い声を上げながら、勢いよく立ち上がった。氏直の金切り声を合図に、討手の人数がどっと広間に乱入した。

氏長は膝に手を置いたまま、そっと目を伏せた。

そこに、ときならぬ鯨波《げいは》が、城外から鳴り響いた。

「待て」

氏直は、耳をつんざく鬨の声に討手を制止すると、明かり障子《しょうじ》を開けて城外を見渡した。

氏直からみえる笠懸山は、色とりどりの旌旗が生みだす秋の紅葉を依然続けている。

氏直がけげんな顔で紅葉を眺めるうち、笠懸山の諸陣で数万挺はあるかというほどの鉄砲が一

斉に撃ち放たれた。

弾が城に届くはずはない。

――コッチヲミロ。

一斉射撃は、小田原城の者たちをそう誘っていた。

「北条の者どもよ、みておるか」

秀吉は笠懸山の頂上で、木々の間から小田原城を観望しながらそう大声でわめいていた。

その背後には、五層の天主がそびえ立っている。のちの呼称で石垣山一夜城が完成し、秀吉は本陣を移したのだ。

この日、天正十八年六月二十六日である。

小田原城の氏直からは、五層の天主はみえない。山の杉林が、これをさえぎっていたからである。

「時をたがえるな。一斉に切り倒せ」

秀吉はそう叫ぶと、「せいの」と大音声で自ら号令をかけた。

これを合図に、山の斜面にいた兵たちが一斉に杉の幹に斧《おの》を叩き込んだ。やがて杉が傾くや、兵たちは頂上へと駆け上がった。

遮蔽《しゃへい》となっていた木々が轟音とともに次々と倒れていった。たちこめる土煙が晴れ、やがて開けた視界の先に、小田原城があらわれた。

「どうだ」

秀吉は狂喜した。

「――なんと」

氏直は二の句が継げない。

小田原城からは、突如城が出現したかにみえたのだ。

氏長を討つはずの者どもも、言葉を失っている。

氏直の横に駆け寄った氏政も絶句していたが、ようやく、

「一夜城じゃ」

呆然と言葉を発した。

信長の家臣であった若き猿面郎が、かつて美濃国（岐阜県南部）墨俣《すのまた》で出現させた一夜城を、ここでも現実のものとしてみせたのだ。

だが規模は比べるべくもない。墨俣一夜城が砦程度の規模のものだったのに対し、いま氏政の目に映る一夜城は、本丸、二の丸に複数の曲輪を備えた、天下人の大要塞であった。

「違う、木に紙を渡して城壁にみせておるだけじゃ」

氏直は悪夢を振り払うかのように、悲鳴のような声を上げた。

この氏直の見方は、江戸期にも一部で信じられた。『関八州古戦録』もこれを採用しているが、誤りである。現在、「石垣山一夜城歴史公園」として残る城跡にいけばわかる。野づら積みの石垣や、本丸、二の丸の削平地が現存しており、この城が歴《れっき》とした要塞だったことが容易に知れるはずだ。

氏長も、そんな氏直の誤りに気付いている。

「関白がそんな小細工をするはずがない。本物じゃ」

むしろ氏直を気の毒がるような調子でつぶやいた。


「みたか」

秀吉は一夜城で大騒ぎを続けている。興奮すると、小便がしたくなった。行儀の悪い男である。その場で立小便した。

このときだったという、秀吉が、徳川家康に、北条家の領地である関八州への移封を伝えたのは。小田原落城が間近であると確信したのだ。

「関八州は貴客に差し上げる」

秀吉はいやがる家康を立小便につきあわせ、そんなふうに伝えた。この二日後には、江戸に城を築くことまで家康に指示した。


依然、小田原城の氏政は一夜城に目を奪われたままである。

氏長は、放心したまま立ちつくすこの親子から距離をとろうと身動きした。討手の者どもがそれを見逃すはずはない。一斉に刀の柄に手をかけた。

「よせ」

鋭く命じたのは氏政である。

「去りたい者には去らせるがよい」

そういうと、再び一夜城に目を向けた。

氏長は、しばらくの間、哀れな親子の背をみつめていたが、

「長らく世話になり申した」

一礼すると、大広間を静かに出ていった。

「相手が悪すぎた」

氏政は、一夜城をみつめたまま、去っていく氏長の足音を背中できいていた。


「まずいぜ、定石《じょうせき》を打つ気だ」

忍城では、長野口の和泉が、吉継の陣をみて目を怒らせた。三成は、二度目の総攻撃をかけようとしていたのだ。

和泉がみると、敵先鋒のことごとくが、人工堤に使った土俵を担《かつ》いでいる。

「田を埋め尽くす気だ」

深田が城を囲んでいるのは、忍城だけではない。そうした場合、田圃に埋草《うめくさ》を突っ込みながら進軍するのが常套《じょうとう》手段であった。三成は、これを土俵で実施するよう全軍に指示したのだ。

和泉のいう「定石」とはこれである。

それだけではない。

寄せ手の軍勢がその数を増していた。秀吉が援軍を寄越したのだ。

忍城から南東三十キロの岩槻《いわつき》城を落とした、浅野長政、木村常陸介《ひたちのすけ》らの軍勢一万余が、寄せ手の陣に馳せつけていた。浅野は長野口を攻める吉継に、木村は下忍口を攻める三成に、それぞれ加わった。

息を吹き返した寄せ手の大軍は、線ではなく面となって、一斉に土塁の際へと襲い掛かるはずである。

「防ぎきれんぞ、これは」

下忍口の靭負は、三成の陣を睨みつけた。

「始めよ」

馬上の三成が中軍で下知するなり、一斉に先鋒の兵が土俵を深田に叩き込んだ。叩き込んだ兵は後方にまわり、二列目の兵がまたも土俵を放り込む。

(これで勝てる)

三成はいささかも手を緩めるつもりはない。もはや一切の油断もなく、大軍の物量を活《い》かして力攻めに攻める。そして大勝をおさめた上で小田原に凱旋《がいせん》し、成田家の内通を隠した秀吉を、大いに非難するつもりであった。

下忍口の田は、みるみる土俵に蹂躙《じゅうりん》されていった。

佐間口でも、馬上の丹波が険しい顔で、迫る正家の大軍を凝視していた。

丹波の視界いっぱいに、敵の軍勢が津波のごとく迫ってくる。

「深田の壁なければ、到底防ぎきれませぬ」

丹波の横にいた騎馬武者が叫んだ。

「もはやこれまでじゃ。打って出ましょうぞ」

たへえが槍をぐいとかざした。この老人は、興奮しきって生も死も忘れたかのようなまなざしを、丹波に向けてきた。

それをきいた丹波は、嚇っと目を見開くと朱槍を一閃して、たへえの槍の柄を叩き切った。

「戦なんぞつまらぬことで死んではならん」

丹波はたへえに槍を突きつけると、そう大喝した。

(恐ろしや)

丹波は、自らを囲む百姓や武者どもをぐるりと見回し、背筋《せすじ》が寒くなる思いであった。たへえだけではない。すべての兵どもが瞳に狂気を宿している。必至の敗北を認めたとき、ここにいる全員が死を選んだのだ。

——戦が怖い。

かつて長親にそう洩らした丹波は、目の前の光景がいかに邪悪なものであるか、骨身に滲《し》みる思いであった。

丹波は、最後の下知を飛ばした。

「百姓どもは持田口より落ちよ。士分の者は、命に換えてもこの者どもを守れ」

持田口は、緒戦のときに三成が軍勢を配置せず、逃走を誘った城門である。そこからなら、逃げる手立てがあるかも知れない。

「今さら何を言うのじゃ」

たへえは狂気の目のまま丹波に迫った。

――すべてあいつのせいだ。

丹波は戦慄した。あの大男の将器が、この百姓どもを狂わせている。

「戦で命を落すなど、馬鹿なことをしてはならん。長親なんぞに心を酔わせ、命を捨てるなど馬鹿者のなすことじゃ」

丹波は怒鳴った。

佐間口の一同は絶句した。

「さっさと行け」

丹波は朱槍を横殴りに振って、いやがる一同を本丸のさらに向こう側にある持田口へと追い払った。

だが、たへえは丹波の次なる動きをみて、不審におもわざるを得なかった。

丹波は馬首を巡らすと、一同とは反対に、佐間口の城門へと馬を進めていったのだ。

「何ゆえじゃ。ならば何ゆえ正木様は敵に向かわれる」

たへえは、丹波の背に向かって怒鳴り上げた。

「わしか」

丹波はゆっくりと首をひねり、たへえを見据えた。

丹波は知っていた。あの大男にもっとも魅せられているのは、自分自身を置いてほかにないことを。

「わしがその馬鹿者だからよ」

にやりと笑うと、どっと城外へと馬を駆った。


「出たぞ、単騎じゃ」

丹波が突出するなり、先鋒の足軽大将が叫び声を上げた。

中軍にいた正家も、その声に馬上で伸び上がりながら城門の方をみた。

「――あの朱槍」

もはや正家にとって、忘れようにも忘れられない名である。

「正木丹波じゃ」

正家は、悲鳴を上げた。

一直線にあぜ道を駆ける丹波は、朱槍を引き構えた。不思議とこのときは、槍をくるりと回すことはなかった。

漆黒の魔人が迫ってくる。先鋒の兵たちには、それが触れれば即座に死を意味する、巨大な暗黒そのものにみえた。

丹波は嚇っと目を怒らせるや、獣のごとく咆哮した。その大音声に、佐間口の寄せ手四千が一時に動揺した。とりわけ丹波が駆けるあぜ道付近の兵のうろたえぶりはひどく、土俵を放り出して後方へと一斉に逃げ散った。一直線だった寄せ手の先鋒は、丹波を避けることで、ぐにゃりと曲がった。

（また負ける）

正家は恐怖のために、顔からみるみる血の気が引いていくのがわかった。

「敵は一騎じゃ。何を恐れる」

そうわめくものの、悲鳴となるのをどうしようもない。

丹波の咆哮が極に達した。逃げる敵陣に槍を入れようとしたそのとき、

「双方待たれよ、待たれよ」

大声でわめきながら、一騎の騎馬武者が、丹波の目前に立ちはだかった。


(何事だ)

丹波はとっさに手綱を引いて、馬を急停止させた。

『成田系図』によると、この騎馬武者、秀吉の随身で、神谷備後守《びんごのかみ》という者である。男は両腕を大きく広げ、城方、寄せ手いずれにとっても驚愕すべき一報をもたらした。

「この先の戦は無用。小田原城は七月五日、落城致した」

(——なんだと)

丹波は絶句した。

小田原落城を知らせるべく発せられた使者は、忍城の八つの城門にほぼ同時に駆けつけていた。

長野口にも使者は乱入した。

怒号をあげて、命知らずの腹心ともども敵陣に突進する和泉の前に立ちはだかったのは、氏長とともに小田原籠城に加わった、松岡石見という成田家の家臣である。

「御屋形様はご無事じゃ。忍城は速やかに開城せよとの仰せにござる」

松岡は必死の形相で訴えた。

下忍口に攻め寄せる三成と、守将の靭負との間にも、小田原からの使者は割って入った。

「双方槍を収め、城方は関白殿下の軍使を受けられよ」

使者は高々と叫んだ。

「支城に先駆け、本城が落ちおったか」

三成は、うめいた。

使者は秀吉から発せられている。こうなった以上、三成は城方の意向が示されるのを待つほかはない。

丹波は、佐間口の使者である神谷から氏長直筆の書状を受け取り、本丸へと馬を飛ばした。本丸奥の一室で長々と横たわる長親に知らせねばならない。

丹波が奥の一室に入ると、すでに諸将が待っていた。夜具の上で半身を起した長親を囲むように、ずらりと深刻な顔を並べている。甲斐姫と珠もいた。

和泉は、長野口に使者としてきた成田家家中の松岡石見を城内に連れてきていた。

「御屋形様はご無事にござる」

松岡は、長野口で伝えたことを諸将にも報告した。

松岡がいうには、氏長は小田原落城まで城内にとどまり、落城と同時に山中長俊を頼って石垣山の秀吉本陣に赴き、黄金一千両を条件に助命を約束されたという。

「長親よ」

丹波が口を開き、ついで氏長直筆の書状をみせた。

書状には、当初から氏長が口がすっぱくなるほどいっていた「開城せよ」との内容が、流麗な文面で記されている。

長親は書状をみたが、時候のあいさつが書かれた手紙をながめるがごとく一切顔色を変えるようすはない。

丹波は長親に訴えた。

「もはや是非もない。小田原が落城した今、天下は関白の手中に落ちた。このまま戦を続ければ、忍城は天下の兵を敵に回すことになる。兵、百姓ともに皆殺しになるぞ」

丹波の言葉に諸将はうなずいた。靭負も小さくうなずいている。和泉がめずらしく顔を伏せたままなのは、同意を意味していた。

一同は知らなかったが、秀吉は忍城攻略のために、さらなる援軍も用意していた。小田原落城の翌日には、関東の諸城を攻略していた前田利家と上杉景勝の軍勢に、忍城へ急行するよう命じていたのだ。

「よいな、長親」

丹波は大男に念を押した。

だが、長親の将器を認めた丹波も、この馬鹿の返答には激昂せざるを得なかった。

「まだ戦は終わってないじゃないか」

長親は、ぽつりとそういったのだ。

「たわけたことを申すな」

丹波はいつもの通り、大男を怒鳴りつけねばならなかった。

半刻後、丹波は下忍口に向かっていた。総大将の石田三成に、戦続行か否かを返答するためである。

丹波が馬上のまま城門を出ると、およそ六千の寄せ手が一斉に固唾を呑んだ。

丹波は、寄せ手の大軍を静かに見渡した。やがて息を大きく吸い込むと、

「我が忍城は、開城に決した。されば寄せ手の方々は、速やかに軍使を立てられよ」

その瞬間、寄せ手の兵たちはどっと歓声を上げた。

——負けた。

肩を落したのは三成である。

この小男を襲ったのは、兵たちの歓声とは裏腹の敗北感であった。

大軍でもって攻め寄せては負け、必勝を確約するはずの水攻めまでもが破られた。

(負けたのだ)

開城するとはいえ、三成にとっては敗戦そのものであった。

負けた。

そうおもった瞬間、三成の中に、勃然と湧き起った思いがある。

(あの男に会いたい)

俺を破った、あの大男に会いたい。

三成は焦《こ》がれる者のごとく、成田長親に会うことを切に望んだ。

終

30

他の諸書にはあまりみられないことだが、『成田記』には、石田三成が自身で忍城に入り、成田長親から城を受け取ったとの記述がある。

寄せ手の総大将が城を受け取るなど、普通は考えられないことだ。残党が城内に残っていて、襲い掛かるとも限らないからである。そんなことは配下の者に任せればいい。

正家も、そんな三成に不満である。不満どころか、この小才子にとって忍城は、思い出すのも屈辱の忌避《きひ》すべき場所でさえあった。

「開城に決したとはいえ、敵の城に総大将自ら乗り込むなど、わしは感心せんぞ」

忍城の大手門を通って、ぬかるんだ湖上の一本道を馬で進みながら、正家はこぼした。

三成は、開城に当たっての条件を詰める、軍使として入城すると言ってきかないのだ。それもわずかの供回りの人数を率いただけで忍城にいくという。

三成は正家に返事もしない。大手門を過ぎるとみえてくる本丸に目を向けていた。

(あそこにあの男がいる)

森閑《しんかん》として湖上に横たわる本丸は、巨大なる智謀の将が潜《ひそ》むねぐらとして、もっとも相応《ふさわ》しい場所のように三成にはおもえた。

「賤《しず》ケ岳《たけ》の合戦の折、殿下が府中城に籠る前田殿を単身訪ねたことがあっただろう」

吉継が、正家の言葉を受けて口を開いた。

賤ケ岳の合戦は、信長の遺産を分捕るべく、秀吉と、織田家の筆頭家老の柴田勝家が雌雄を決した戦である。秀吉が天下人となる決定打ともなった戦で、琵琶湖の北端で行われた。この戦のとき、非力な三成も槍を使って武者働きをし、功名を立てた。

当時前田利家は、柴田勝家の与力であったため勝家側についていたが、秀吉とは長年の友人でもあった。このためか、利家は合戦の最中に軍勢を引き払い、居城である府中城（現、福井県越前市）へと籠ってしまった。秀吉は戦に勝ち、北の庄城（現、福井県福井市）へと逃げた勝家を追って軍を進めたが、その途中を阻むのが府中城であった。

秀吉に味方した諸将が度肝を抜かれたのは、敵か味方か判然とせぬ利家が籠るこの城に、秀吉が単身乗り込んで、あっさり城を開けさせたからである。

「あれの真似よ」

吉継は、馬に揺られながら三成をからかうように言う。

三成にすれば、吉継が指摘する通り、あのとき府中城の城門を前に快活に大笑する秀吉の姿が頭に残っていたことは否定できない。しかし、いまは真似することにその目的があるのではない。

「わしは会いたいのだ。二万の軍勢を見事退けた、あの総大将に」

三成は静かな調子でいった。

本丸に入ってからも、正家はやかましい。成田家の案内の士に本丸御殿の廊下を先導されながら、三成にしつこく苦情をいった。

「まさか名乗るつもりではあるまいな」

「名乗るさ」

三成は正面をみつめたまま答える。

「でないと、殿下の真似にならんからな」

吉継はそういうと、片眉を上げて笑った。

「どこぞに取り籠められて殺されるぞ」

(馬鹿な奴だ)

三成は、正家の一言に眉をひそめた。

(おのれの了見で敵を量っておる)

「そのような卑怯者が、正面から我らに戦を仕掛けるかよ」

あからさまな軽蔑の顔を正家に向け、三成はそういい放った。


三成ら三人は大広間に入ると、上段の間に着座した。

広間を見渡すと、すでに成田家家中の主だった家臣たちが、広間を埋め尽くすように居並んでいる。その先頭にひょっこり飛び出した形で、ひとりの大男がとぼけた顔で座っていた。

(――これか)

三成は、拍子抜けしたおもいであった。いやいや違うんじゃないのか。遠目には顔をみたが、こんな男ではなかっただろう。そうおもううち、大男がのどかな調子で言葉を発しはじめた。

「このようなざまで面目ござらんな。忍城城代成田長親にござる」

肩から腕にかけて晒《さら》し布を巻いている。

(この男だというのか)

三成は改めて長親をみた。よくみれば極端に表情に乏しい男だ。そのくせ、何がおかしいと、おもわず怒鳴りつけたくなるようなふざけた顔にみえて仕方がない。

（本当にこやつが成田長親か）

ともあれ、三成も名乗らざるを得ない。

「総大将、石田治部少輔三成にござる」


これには忍城方が驚かされた。寄せ手の総大将が、軍使としてきたというのか。

「何だと」

丹波も、三成の豪胆さにおもわずうめいた。

成田家臣団の動揺をよそに、三成は両脇に座している二人を示した。

「これは、長野口を攻めた大谷刑部少輔吉継。これは――」

と、正家の方を向いたが思いなおし、

「開戦前に会《お》うておるな。長束大蔵大輔正家にござる」

「いい度胸してやがる」

へえ、という顔の靭負の真横で、和泉がつぶやいた。


その間も、長親は、うっそりと座したまま表情も変えず、三成をみつめたままである。何か言葉を発しそうにもない。

（無口な男だな）

そういう三成も、あいさつや世間話のような無駄話を一切しない型の男だった。お互い無駄だとわかりながら交わす空虚な会話を、この男は憎悪さえしていた。

「早速じゃが、開城するに当たって和議の条件を示す」いきなり用件を切りだした。

三成が出した和議の条件は、主に三項である。

――一両日以内に士分、百姓、町民などのことごとくが城を退去すること。

――百姓は必ず村へ戻り、逃散せぬこと。

――士分は所領を去ること。

「以上にござる」

三成は一息にいい終えた。

「なお成田氏長、泰高の兄弟は、会津への移封が内々に決まった蒲生氏郷《がもううじさと》殿お預かりと決しておる」

「承った。そんだけでござるかな」

そういうと、長親はあっさり条件を呑んでしまった。

(こんなものか)

三成は、目の前の大男をみつめながら小さく落胆した。あれほどの戦をした総大将なら、どんな巻き返しを図ってくるかと期待していたのだ。それが今、和睦の条件をすんなり呑んでしまった。

(やはり落城となれば、素直に従うものなのだな)

三成が、沈んでいく心のままに、

「左様」

と、答えたときである。


「まだある」

正家が声をあげた。

「士分は一切の財貨を置き捨て、所領を出よ。城の兵糧、刀槍の類《たぐい》も例外ではない」

「何と、そんな和睦の条件はきいたこともない」

丹波はおもわず声を上げた。

丹波のいう通りである。開城する場合、城内の財宝は捨て置くとしても、士分の者は、なにがしかの物は持って出た。敗将に対しては、贈り物までする事例もあるほどだ。

しかし、正家は、自らを恐怖に陥れた忍城の者どもを許すことができない。幸い馬鹿のような敗将は、和睦の条件を何でも呑みそうな勢いではないか。

──地べたを這《は》うがごとき、悲惨この上ない目にあわせてやる。

残忍な視線を大広間の侍どもに向けると、

「天下は改まった。新たなる習わしは関白殿下がお作りあそばす」

木で鼻をくくったように、にべもない調子でいった。

「大蔵、どういうことじゃ」

三成は正家に小さく問いかけた。

秀吉が命じた和議の条件には、そんな項目はないはずである。

「この敗け戦じゃ。戦利品もなければ、殿下に顔向けできぬわ」

(得意の追従か)

三成が、冷ややかに正家をみていると、大広間の侍どもがなにやら騒がしくなってきた。

三成は大広間に目をやった。

「てめえ、城の者は飢え死にしろってのか」

成田長親に劣らぬ巨漢が、正家に向かってわめいていた。鬚面を振りたてながら吠える姿はまるで野獣のようだ。その獣のような巨漢を、「あのな、少し黙っててくれんか」と、成田長親が困ったような顔でなだめているではないか。

「城代もなんとか申せ」

「だから、これからいうところなんだって」

成田長親がそういい訳するうち、分別ありげな筆頭家老の席にいる部将までもが、この城代を叱りつけた。

「なら早ういわんか。だいたいお前がもじもじしてやがるから、わしが何ぞいわねばならんのだぞ」

さらには少年のような体軀の小男までもが、

「まあまあ、城代が何か申されるというんですから少し黙ってましょうよ」

いい大人をなだめながら、成田長親に助け舟を出している。三成はその小男を知っていた。酒巻靭負と名乗った部将だ。

（なんだこの有様は）

三成が唖然としながら横を向くと、吉継も解せぬ顔で、あごに手をあてながら広間の侍どもに見入っている。

「何をいうってんだ。また戦でもしようってのか」

そう髯面の巨漢が成田長親にわめきたてたときだった。

長親は、

「あ、それよそれ」

と、こともなげな調子でいったのである。

髯面の巨漢をはじめ、一同は静まり返った。

「石田殿よ」

長親は静寂の中、三成に向き直った。

「当主成田氏長が命《めい》で開城を承知致したが、城の財の持ち出しを禁じるとあれば、持たせる米がなきによって士分、領民ともに飢えるよりほかありませぬ。飢えるほかないなら我らはことごとく城を枕に闘死致す。幸い当方には正木丹波守、柴崎和泉守、酒巻靭負をはじめ、武辺確かな家臣どもがいまだ壮健にござる。この上まだ戦がし足りぬと申すなら、存分にお相手致すゆえ、直ちに陣に戻られ、軍勢をば差し向けられよ」

豪然《ごうぜん》といい放った。

「城中ニテ死スルニシカズ。再ビ城ヲ守リテ出ズ」

『成田系図』には、長親がこのとき放った言葉がこう記録されている。

（やはりこの男が二万の軍勢と水攻めを破った張本人だ）

三成はようやく、求めていた男を目の当たりにしたような気がした。

長親が口をつぐむと同時に、わっと大広間が歓声で包まれた。


——やりおったか。

そう小さく手を打ったのは甲斐姫である。この小娘も、大広間に面した廊下で盗み聞きしながら無言ではしゃいでいた。

大広間の丹波は、開城に臨んでいかなる条件でも呑みつつあった自分を恥じた。

——長親にとって、戦はいまだ終わりを告げてはいなかったのだ。

それどころか、戦の正念場はまさにこれからではないか。


長親の返答をきいて、正家はみるみる青ざめた。

「おのれが引き起したことじゃ。おのれが収めよ」

吉継は、そんな正家に冷たくそっぽを向いた。

「返答なされよ」

と、正家に怒号をあげるのは漆黒の魔人だ。

正家は、肉食獣の檻に放り込まれた餌のごとき自分をおもった。

「忍城および所領の財は、持ち出し勝手とする」

餌は息も絶え絶えにやっといった。

「いや、当方はすでに戦に決した」

長親は乏しい表情のまま、とりつく島もない調子で返答する。

「勝手と申しておるではないか」

正家は、ほとんど泣き声のような調子で叫んだ。

「そう申されるな。城の財欲しくば腕ずくで取られるがよい」

(本気なのか)

正家は、緊張の極に達した頭で、長親の本音を読み取ろうとした。

正家は馬鹿ではない。それどころか三成に匹敵するほどの頭脳をもっていた。その正家からみれば、長親の乏しい表情は、いかようにも読み取ることができた。

(――本気だ)

ようやく結論に達した正家が、自らの浅はかさを後悔したころ、

「成田殿よ」

三成が呼びかけた。

「そういじめんでくだされ。殿下の仰せは開城のことのみにござれば、他のことは無用かと存知《ぞんじ》まする」

微笑を浮かべつついった。

すると長親は、

「左様か、なら結構」

素直に引いてしまった。正家は、いいようになぶられたようなものであった。

（おのれ）

正家が激していると、長親はさらにこの小才子を嚇っとさせることをいい出した。

「ならば当方からも開城の条件をふたつほど」

「敗軍の将が条件をつけるか」

正家はおもわず声をあげた。

「ん」

長親は一言うなると、一瞥をもって正家を圧殺《あっさつ》した。

「申されよ」

三成が物柔らかに促す。

「されば」

長親は居住まいを正した。


長親が出した条件は、三成らにとっても、成田家の者たちにとっても奇妙なものだった。

「あの二度目の戦で撒き散らした土俵ですな。あれを片付けてもらいたいんじゃ。百姓の皆が田植ができぬでな」

まあ、自分らで散らかしたものですからな、片付けて当然といえば当然ですな、などとくどくど言い添えている。

——また、田植の話かよ。

成田家の一同の中で、小さな笑いが起きた。

（何かとおもえばそんなことか）

三成も、つられて小さく笑ってしまっている。

「心得た。ふたつめは」

そう問われるなり、長親の表情は一層、摑みどころがなくなった。

「左様。貴殿の軍勢には、降った百姓を斬った者がおる。その者の首を」

低くいった。聞く者によっては、底冷えするほどの残忍な声音《こわね》である。

だが、長親のこの条件を聞いた三成の反応は、その条件以上に意外なものだった。

「何と許しがたいな」

すでに怒気を発しながら、三成はそう言ったのだ。

許しがたいのは、百姓を斬った自軍の者がである。三成は何がいやといって、こういう無力な者をいたぶることほどいやなことはなかった。

――この男らしい。

吉継は、怒りのあまりみるみる紅潮していく三成の横顔をみながら、小さく笑った。

「承った。どの家中だろうが必ず見つけ出して首を刎ねる」

三成は声さえ震わせながら、確約した。

長親が初めて笑顔をみせたのはこのときだ。三成からみれば、それは目もくらむような光彩を放つほどの、度外れた大笑の顔であった。

（こういう笑顔をみせるのか）

三成は、おもいがけず秀吉をおもった。秀吉も、あけすけな笑顔をみせる男だった。それは、理も非も丸呑みにするかのようなケタ外れの笑顔である。こんな笑顔をみせられては、家臣どもはたまらないだろうな。

三成が陶然《とうぜん》とした気分に浸《ひた》りつつあったとき、

「総大将、例の件を」

吉継が小声で告げた。

できることなら忘れたふりをして、このまま城を出る気であったが、吉継が催促する以上、自分がいわなければ吉継がいってしまうであろう。

「そうか」

三成は顔を伏せ、自らの膝をみつめていたが、やがて顔を上げた。

「いまひとつ条件が残っておった」

正面から長親をみつめて、最後の条件を提示した。

「成田氏長の娘、甲斐姫を、殿下のお傍に置かれるよう」

広間の家臣たちは皆、一時に身を硬くした。

だが、長親は顔色ひとつ変えることなく、襖の方に目をやった。襖の向こう側では、甲斐姫が耳をそばだてているはずである。

長親が三成に向き直って返した答えは、あっさりしたものだった。

「承知した」

大したことではない、とでもいいたげに、そう答えた。

襖の外の廊下で、人の駆け去る物音がきこえた。長親を愛する小娘が床を踏み鳴らす足音であろう。

「これで、すべてにござる」

三成がいうと、

「ではこれにて」

長親はさっさと座を立とうとした。

(待ってくれ)

三成は、おもわず手を上げて制止しかけた。

――あれほどの武をやり取りして、たったこれだけの対面なのか。

(わしは、お前という男をもっと知りたいのだ)

そうおもうと、雑談を憎悪するこの男が、

「成田殿よ」

と、声をかけていた。

「その傷は戦の手傷でござるか」

すると長親は、丸墓山から狙撃を命じたのが三成だと知ってか知らずか、

「いやいや、わしゃ矢弾《やだま》が苦手でな。丹波の奴が戦に出してくれませぬ。せめて家臣どもの慰みにと田楽踊などしておったら、やられてしもうた」

例のへらへらした調子でこたえた。

「あれはやはり貴殿か」

三成が、ことさらに驚いた様子をみせると、大男は、どうだおもしろかっただろう、そんな生

き生きとした目を向けてくる。

（どうにもこれは）

――まともな話はできそうにもないな。

たとえできたとしても、わしに話すことはないだろう。

天下の名将の言動を、二十年近くも見続けてきた三成である。心中含みが多いのは、彼らの通例であった。

（あるいは、含みなどまったくないのか）

三成は、長親から何ごとかを引き出そうとするのを即座にやめた。

それでも三成は、長親の発する風韻に引き込まれていく自分を感じていた。三成は自分でも驚くほど多弁になっていた。

「しかし、正木殿が戦に出してくれんとは」

三成は、そう雑談を続けながら、筆頭家老の席にいる丹波に向き直った。

「佐間口の守将、正木丹波守殿ですな。大蔵が手酷《てひど》くやられたとか」

正家を示しながら声をかけた。

丹波は沈毅な面持ちのまま、口を開いた。

「いや、当方も難儀いたした」

難儀などしていないのを、三成はよく知っている。それは横にいる正家が、みるみる小さくなっていくのをみるのでも明らかだ。

次に三成は、靭負に顔を向けた。

「そちらの若武者は我が敵、酒巻殿ですな」

「ええ」

靭負は、天下の大名ですら顔色をうかがう三成にも小馬鹿にした表情を向けると、あごを突き上げるようにして笑ってみせた。

「お若いが、相当な手だれですな」

三成はそう声をかけた。すると、若武者の表情が急激に変化したのに、三成は小さく驚かされた。

「その言葉を、敵将から頂戴《ちょうだい》するとは――」

靭負はそういって言葉を詰まらせるなり、はらはらと泣きはじめたのである。

味方や主人に褒められはしても、敵の賞賛を受けるのは、よほどのことだ。それは利害を超えた、掛け値なしの賛辞であった。

(爽やかな武者ぶりだ)

三成は、自らの軍勢を打ち破った若武者の、意外な素直さに心打たれていた。だが、

「貴殿ほどの将は、殿下の直臣にもおらぬ」

とまで言葉を継いだとき、

「ま、戦の天才ですから」

若武者が、けろりと表情を変えていったのには、丹波たちがいつも感じているのと同様に閉口するおもいであった。

「殿下も認める武辺者、大谷吉継を破った柴崎殿は」

三成は、和泉をさがした。

「ようやくかい。俺だ」

正木丹波の横に座していた巨漢が、雷鳴のような声で吠えた。

三成は、怒号のごとき声音に危うく圧倒されそうになりながら、

「武功一等は貴殿であろうか。なにせこの大谷は、忍城攻め最強の軍団をもって自ら任じておりますのでな」

小さく頭を下げた。

三成が苦笑しそうになったのは、次の瞬間だ。

「だとよ」

そういって巨漢が正木丹波に得意満面の武者面をねじ向けたからである。

吉継をみると、あれだよ、俺が戦った奴は、と、同じく苦笑した顔を向けてくる。

丹波は、

「わかったよ」

うるさそうに和泉に答えた。

(なんとも角《かど》の多い連中だ)

三成は、呆れ果てながらも、なにやら珍重すべき野生の動物をみるおもいでいた。

(――いくか)

三成は、やっと座を立ちかけたが、やはり訊いておきたいことがある。

「成田殿」

三成は、再び長親を呼ばわった。

長親は、「ん」と顔だけをつきだした。

「田楽踊は策でありましたな」

三成がそう訊いても、長親が発した答えは、

「まさか」

と、微笑んでいった一言だけであった。

（やはりそうか）

——わしに腹を見せるような男ではない。

三成は、長親に笑み返し、「ではこれにて」と勢いよく立ち上がった。


「しばらく」

声を上げたのは丹波である。手を挙げながら三成らを制止した。

当主氏長の使者も、もたらさなかった報がある。

我らが武辺は、どれほどのものだったのだ——。

乱世に生きる丹波は、やはりこの点にこだわった。

「北条家の支城はいくつが残ったのだ」

丹波は問うた。

「ご存知なかったか」

三成は、意外な問いだとでもいいたげな顔を向けると、成田家の一同にとって仰天すべき事実

を伝えた。

「この城だけだ、落ちなかったのは」

痛快この上ないとでもいうような調子で叫んだ。

さらに三成は、成田家臣団に再び向き直ると、こう付け加えた。

「この忍城攻め、当方にははなはだ迷惑ながら、坂東武者の武辺を物語るものとして、百年の後も語り継がれるであろう」

この瞬間、大広間の坂東武者たちは、武辺を称揚《しょうよう》されたときに必ず発する猛気を顔中にみなぎらせた。

「よき戦にござった」

三成が勢いよく宣言して小さく頭を下げると、一同はすかさず、

「応」

と、一斉に叫んだ。

31

三成、吉継、正家の三人は、佐間口の城門を通って忍城を後にした。

「先にいく」

正家は憤懣《ふんまん》やるかたない調子でいい捨てると、馬を飛ばしていってしまった。

正家が飛ばす馬の前方には、丸墓山がみえる。先にいく、というよりも、少しでも早くこの場

を去りたいという気分なのだろう、三成はなにやら笑いが込み上げてきた。

そして、

「負けた負けた、完敗じゃ」

供回りの者がきくのもかまわず、大声で叫んだ。それは清々しいとさえいえる敗北の宣言であった。

吉継は、しきりに首をかしげていた。

「わからぬ。なぜあの総大将が、ああも角の多い侍大将どもを指揮できるのか」

田楽踊で、あの大男の将器を確信した吉継だったが、最前の大広間での、正木、柴崎、酒巻ら重臣どもの成田長親に対する物言いをきいて、とうてい統率できているとはおもえなくなっていた。

「できないのさ」

三成は、当然のようにいった。

「それどころか何もできないんだ。それがあの成田長親という男の将器の秘密だ。それゆえ家臣はおろか領民までもが、何かと世話を焼きたくなる。そういう男なんだよあの男は」

三成は、成田長親との対面で、敵の総大将の将器を見抜いたつもりでいた。だが反面、最初にあの男を目の当たりにしたときに感じた愚者としての印象が本当なのではないか、とも疑っていた。実際、三成は、あの総大将が指揮するところをみたことはない。あるとすれば田楽を踊るところと、なにやら威勢のいいことをいったところだけだ。

(あるいはあの大男は、生《き》のままの自分をさらけ出しているだけかも知れぬ)

結局のところ、三成の頭脳をもってしても、成田長親という男はわからなかった。しかしながら、成田長親の持つ愚者としての一面が、強がりの家臣どもと、利かん気の強い領民どもの好みに見事に合致していることだけは確信できた。

「この忍城の者どもは、士分も領民も一つになっておる」

三成はそういうと、城をふり返った。

「所詮は、利で繋がった我らが勝てる相手ではなかったのさ」

――そうかも知れぬ。

吉継は心中、うなずいた。

小田原の秀吉におもねり、秀吉が約束する利に何とかありつこうとする者どもの軍勢など、所詮は烏合《うごう》の衆に過ぎなかったのではないか。そのいい例が、いま前方で小さくなっていく、正家であろう。

「刑部よ」

やがて三成は吉継に顔を向けると、

「わしには軍略の才がないとわかった」

と、打ち明けた。

吉継は、我が友が忍城攻めの敗戦に反省のひとつもしているのかとおもい、

「ならば今後は理財に生きるかね」

からかうようにいった。

するとと三成は、

「いや」

首を横に振ると、吉継が驚嘆するほど壮大な、新たなる希望を披露してみせた。三成は、この期におよんで反省などするような男ではなかった。

「わしはいずれ、我が所領の半分を割いてでも、天下一の武辺者を家臣の列に加え、天下一の大戦を指揮してみせる」

のちのことだが（時期には諸説ある）、石田三成は、近江国（現在の滋賀県）水口四万石の半分を割いて、当時天下一の謀将といわれた島左近を招いた。

秀吉の死後、忍城攻めから十年後の慶長五年（一六〇〇年）、反徳川の旗を挙げ、関ヶ原の大戦を画策するが敗走し、近江の山中で捕えられた。逃走した三成をかくまったのは、この男の所領の百姓たちだったという。捕縛後は、首枷《かせ》をはめられた上、大坂、堺の町を引き廻され、京に送られた。

京、六条河原の刑場に臨んでも、この小男の剛愎《ごうふく》な精神は、いささかも衰えることがなかった。名高い高僧が最期の経を読むと伝えても、丁重にこれを断り、平生に変わることなく死に就《つ》いたという。

『名将言行録』には、こんな話が記されている。

三成が首枷をはめられ、市中を引き廻されていたときのことである。道端で見物していた者が、

「石田治部が天下を取った様《ざま》をみよ」

と、罵声を浴びせた。

すると三成は、ぐいと群衆に顔だけを向け、こう昂然といい放ったという。

「我《われ》大軍を率い、天下分け目の軍《いくさ》しけることは、天地破れざる間は隠れあらじ。ちとも心に恥じることなし」

忍城を後にしながら天下一の大戦を誓った三成に、思い残すことはなにもなかったに違いない。

大谷吉継は忍城戦ののち、病を得て皮膚が崩れ視力を失う。三成から家康との決戦を打ち明けられたときには、当時の三成の居城、近江国佐和山城で数日にわたって意を翻《ひるがえ》すよう説得したという。三成の友であればこそであろう、「お前の才覚には誰もおよばない。だが、肝要のところでお前はなってない。お前の戦略はまったく勝算がない」とまで直言《ちよくげん》したという。

だが、忍城攻めのときと同じくこのときも、三成は吉継の助言に耳を貸さなかった。吉継は、三成の意思が固いとみるや、敗戦を覚悟しながらも三成方への加勢を決意、病身を押して輿《こし》に乗り、顔は白布に包んで出陣した。

吉継にとっては意に沿わない合戦のはずである。それでも、家康方に付いた諸将は開戦前、「今度の合戦で、三成方のうち、晴れなる討死を遂《と》げる者は、大谷吉継なるべし」と、噂し合ったという。そして噂通り、関ヶ原の戦場で吉継は闘死した。

長束正家も、関ヶ原の大戦で三成方に加担した。しかし、戦場では一兵も動かすことなく敗走。敗走の途中で家康方の山岡道阿弥の軍勢に遭遇し、こてんぱんにやられた挙句、居城に逃げ込んだ。

「わずかの小勢に討ち負け、諸人の笑い種となる」

『古今武家盛衰記』には、このときのことが辛《しん》らつな調子で記されている。

居城に逃れたのち、城を囲んだ家康方の池田輝政から、「本領を安堵するよう家康公にとりなしてやる」と騙《だま》され、さっさと城を開いたが、たちまち捕縛されてしまい、近江の日野で誅《ちゅう》された。


三成が去ったあとの忍城の大広間では、しばらくの間、誰ひとりとして座を立つ者がなかった。

やがて長親が立ち上がった。

「皆、縁があればまた会おう」

当主氏長に従うのを許されたのは、一部の重臣のみである。士分のほとんどは、ここで召し放たれた。成田家臣団は、ここに解体された。

「応」

と、侍どもが答える中、長親は前をまっすぐに見据えたまま広間を去っていった。


先に大広間の廊下を駆け出した甲斐姫は、本丸の土塁の際に顔を隠して泣いていた。

「姫よ」

男の手が甲斐姫の肩にそっと触れた。甲斐姫には、声の主がすぐにわかった。

靭負である。

「あの男、兵糧を持ち出すか否かにはあれほど食い下がったくせに、わしのことはあっさりと呑みおった」

甲斐姫はふり返るなり、声を上げ、この場にいない長親をさんざんに罵倒した。

「よほど長親殿に惚れておられるのですな」

微笑をつくって靭負がいうと、甲斐姫は、

「嫌いじゃ、あんな奴」

ぷいと顔を横に向けた。

だが、ここで靭負は、ふられた者が必ず発する、真に女のためにと思う言葉を口にした。

「姫よ、いずれ猿めに抱かれるのじゃ。心底惚れた男にまずは抱かれよ」

諭すようにいった。

しかしそんな靭負も、甲斐姫が、「そうする」と、さっさと本丸の方に戻りはじめたのには少々落胆した。

靭負は去っていく甲斐姫の後ろ姿を見送った。すると甲斐姫は足を止め、しばらく背を向けていたが、くるりとふり返って叫んだ。

「わしはな靭負、猿めの骨をも蕩《とろ》かせ、寝所《しんじょ》にて奴の所領を奪い取ってやるわい」

領地を懸けた合戦を前にした武将のような顔つきで豪語した。

のちのことだが甲斐姫は、関東征伐を終えた秀吉がさらに軍を進めて奥州征伐に向かう途中、下野国（現在の栃木県）小山《おやま》に立ち寄った際にこの天下人に対面し、側室になったという。その後は大坂城で暮らした。

新井白石が記した『藩翰譜《はんかんふ》』には、

「秀吉の寵愛《ちようあい》浅からず」

と、特筆され、折に触れて甲斐姫が父氏長に所領を割くよう要求したため、秀吉は下野国烏山三万石を氏長に与えた、と記されている。当時の者は、そんな事態に驚嘆し、

「一人の女が一、二寝の間に三万石を進退した」

と、痛快がったという。

この小娘が、相当の武辺者であったのは事実のようだ。

成田氏長が、会津の蒲生氏郷に預かりとなったとき、氏郷の家臣による単独の謀反《むほん》によって、継母の珠は殺される。忍城戦からおよそ一年後のことだ。このとき氏長は留守だったが、この謀反人を自ら薙刀《なぎなた》を取って討ち果したのが、甲斐姫だったという。『成田記』の記事である。

いま、忍城の本丸で、秀吉の所領を奪うと豪語した甲斐姫は、それをいい終えた後もしばらく靭負をみつめたままでいた。

やがて、

「靭負、お前も馬鹿」

そう叫ぶと玄関へと駆け込んでいった。

開戦前、下忍口で甲斐姫が靭負に与えた口づけは、偽りではなかった。靭負の一途な想いは、この小娘の心を揺り動かすのに充分であった。

甲斐姫の意中を靭負もようやく知った。だが、知ったときには甲斐姫の姿はなかった。

「ほんと俺も馬鹿だね」

靭負は自らを小馬鹿にして笑った。

この酒巻靭負のその後は、杳《よう》として知れない。『成田記』『関八州古戦録』などの諸書が、下忍口での奮戦を伝えるのみである。忍城があった埼玉県行田市には、現在も、「酒巻」という地名が残っている。この若者の所領か屋敷のあったところなのだろう。

「靭負ふられたか」

辺りに響きわたるような大声で呼びかけてきたのは和泉である。

靭負はそれには答えず、紅栗毛の巨馬に乗った和泉を見上げると、手に意外な物を持っていた。

「皆朱の槍じゃないですか」

「ようやく丹波の奴が寄越《よこ》しおったわ」

和泉は、腹の底から自慢げに朱槍をかざしてみせた。

べつに朱槍は受け継がれる物ではない。許しがあれば、自分で用意するものである。だが、丹波は自らの朱槍を和泉に与えた。

和泉が、「ちと軽いか」などと、丹波の非力を暗に強調していたとき、

「和泉殿」

と、女の声が飛んできた。

「いっ」

和泉が恐る恐る馬上でふり向くと、若い女が非常に不機嫌なようすでつかつかと歩み寄ってくる。歳は靭負と同じく二十歳を少し過ぎたばかりであろうか。

「ほらごらんなさい。やはり申し上げた通り、負け戦ではござりませぬか。これでもう戦はおしまいですからね」

不機嫌な若い女は、頭ごなしに和泉を叱りつけた。

「俺のそばには来んでくれと申したではないか」

馬上の和泉は、靭負が初めてみるような弱腰でやり込められている。

「誰ですそれ」

靭負がいぶかしげに問うと、

「女房だ」

「あれま」

靭負は呆れるほかない。この子作り上手の巨漢は、止める女房を一喝して黙らせてから戦に出向くなどと、大嘘をついてやがったか。

「丹波の野郎にいうんじゃねえぞ」

和泉は靭負ににやりと笑うと、片手で軽々と女房を馬上に引き上げ馬首を巡らすや、

「あばよ」

どっと馬を駆った。

この柴崎和泉守という男も、『成田記』や『関八州古戦録』などの諸書に長野口での奮戦が記されるのみで、その後は不明である。『成田記』には、現在の秩父鉄道持田駅近くの常慶院のあたりに屋敷があったとされるが、詳しくはわからない。


長親に続いて大広間を出た丹波は、片腕の使えない長親を背負って、三の丸の櫓にのぼっていた。城を去る前に忍城下をみておきたいと長親が丹波に頼んできたからである。

ようやく櫓の上に到着し、長親を結びつけていた荒縄をときながら、丹波は問うた。

「惚れてたんだよな、姫に」

丹波は、甲斐姫が哀れでならない。この小娘を秀吉の側室として与えることに、長親が一切抵

抗しなかったからである。丹波は二人の間柄にはまったく無関係ながら、返答次第では長親を息も止まるほどに殴りつけるつもりでいた。

丹波は密かに拳を固めた。

やがて、長親は寂しげに微笑んだ。そして、小さくうなずいた。

「ならいいんだ」

丹波は、握った拳を解いて小さく怒ったようにいうと、はしごを下りた。下につないであった馬に飛び乗り馬腹を蹴るや、佐間口へと向かった。

湖上の一本道を通って大手門へと出、清善寺の前を通り過ぎて、佐間口に到着した。

馬上のまま城門を出て城外を観望すると、自らが殺戮《さつりく》の限りをつくした戦場が広がっている。

(ここにするか)

丹波は小さく意を決した。

「おい、正木の餓鬼大将」

明嶺の声がきこえた。

ふり返ると、明嶺だけではない。水攻めのときに馬に乗せた母子がいた。ちよとちどりである。

乙名のたへえも頭を下げながら歩み寄ってくる。

「おう、じい様、嬢、世話になったな」

丹波は馬上から声をかけた。

「いいって、いいって」

すかさず、ちどりが鼻をごしごしこすりながらいう。

すると、おーい、と手を振りながら、男が城外のあぜ道を駆けてきた。

男を見つけたたへえも、ちよも、ちどりも一様に声をあげた。

「誰だあれは」

丹波がきくと、ちどりが、

「お父《とう》だよ」

と、馬上に向かって叫んだ。

駆けてくるのは、かぞうだった。

丹波はとくに何もいわず、ちどりに向かってただうなずいた。何もいえるはずもない。丹波は駆けてくる男について何も知らない。

まず、ちよが駆けだし、次いでちどりがそれを追い、最後にたへえがかぞうに歩み寄った。ちよとかぞうの夫婦はあぜ道の上でしっかりと抱き合い、ちどりは父の足にしがみついた。たへえは、息子の肩にそっと手を添えた。

そんな光景をみつめていた丹波に、明嶺が問いかけた。

「これからどうする」

「侍をやめる。この佐間口の地に寺でも建てて、戦で死んだ者の供養に生きる」

丹波は、つい今しがた心に決したことを明らかにした。

戦が怖い、といいつつ幾多の戦場で命を奪い続けた男の結論がこれであった。

だが、明嶺は丹波の心中など知ってか知らずか、ぼやいた。

「商売仇《がたき》かよ」

「そういうことだ」

丹波は天を仰いで大笑した。

こののち、正木丹波守利英は、氏長が預かりとなった会津にいくことなく、忍の地にとどまった。

忍城戦が終わったその年、佐間口の地に高源寺を開基。武士をやめ、彼我の戦没者の供養につとめたという。しかし、その翌年死んだ。天正十九年六月二日のことだ。墓は現在も高源寺にある。


三の丸の櫓に運び上げられた長親は、大きな身体を心もち丸めながら、飽くことなく城外を眺め続けていた。

城外では、約束通り上方の兵たちが土俵を取り払って田を蘇《よみがえ》らせつつある。城門からは、百姓らが荷車に米俵をのせて退去していくのがみえた。

そんな風景に興味でもあるのかとおもえば、到底そうとはおもえぬような顔つきで、この男はいた。いつもの通り、乏しい表情のままで城外に目を向け続けていた。

のちのことだが、成田長親は家臣らの仕官先斡旋《あっせん》につとめた。成田家の戦ぶりを評価した徳川家康が、高禄をもってその多くを召抱えたという。

忍城開城後は、当主成田氏長に従い会津へと渡り、氏長が下野国烏山に領地をもらった際もこれに従ったが、のちに氏長と不和になり退転。『成田系図』によると、氏長の詫びをききいれず、剃髪《ていはつ》して自永斎と号した。その後は尾張国に住み、慶長十七年（一六一二年）十二月四日に死んだ。六十七歳だった。その子孫は、代々尾州徳川家に仕えたという。

最後に忍城は——。

忍城は、『成田系図』に従うと、天正十八年七月十六日に、三成に明け渡された。小田原落城から十一日後のことである。

その後は何度か主を替え、松平氏のときに維新を迎えた。現在では、城は取り壊され、湖のほとんどが埋め立てられ、戦国当時を偲《しの》ぶものは、まったくといっていいほど残っていない。三成の造った人工堤の一部が、石田堤として現存するのみである。

装画　オノ・ナツメ
装幀　山田満明

『のぼうの城』主な参考文献

『成田記』（出版者今津健之助／小沼十五郎著　石島儀助編）
『成田記』（歴史図書社／小沼十五郎著　大沢俊吉訳・解説）
『行田市史』（行田市／行田市史編纂委員会編）
『鴻巣市史』（鴻巣市／鴻巣市市史編さん調査会編）
『改正三河後風土記』（秋田書店／成島司直改撰　宇田川武久校注　桑田忠親監修）
『北武八志』（川島書店／清水雪翁著）
所収『群書類従第20輯』（続群書類従完成会／塙保己一編）…「豊鑑」（竹中重門著）
所収『続群書類従第6輯下』（続群書類従完成会／塙保己一編）…「成田系図」
所収『続群書類従21輯上』（続群書類従完成会／塙保己一編）…「北條記」
所収『改定史籍集覧第5冊』（臨川書店／近藤瓶城編）…「関八州古戦録」（槇島昭武著）
所収『改定史籍集覧第6冊』（臨川書店／近藤瓶城編）…「太閤記」（小瀬甫庵著）
所収『改定史籍集覧第14冊』（臨川書店／近藤瓶城編）…「渡辺勘兵衛武功覚書」（渡辺勘兵衛著）
所収『改定史籍集覧第16冊』（臨川書店／近藤瓶城編）…「田楽法師由来之事」「田楽考」（平貞丈著）
『関東古戦録』（あかぎ出版／槇島昭武著　久保田順一訳）
『真書太閤記』（国民文庫刊行会／国民文庫刊行会編）
『稿本石田三成』（雄山閣／渡邊世祐著）
『石田三成写真集』（新人物往来社／石田多加幸文・写真）
『日本人種論変遷史』（小山書店／清野謙次著）
『藩翰譜』（人物往来社／新井白石著）
『常山紀談　本文編』（和泉書院／湯浅常山著　菊池真一編）
『武将感状記』（人物往来社／熊沢正興編）
『甲子夜話』（平凡社／松浦静山著　中村幸彦、中野三敏校訂）
『信長公記』（新人物往来社／太田牛一著　桑田忠親校注）
『武辺咄聞書』（和泉書院／国枝清軒著　菊池真一編）
『名将言行録』（岩波書店／岡谷繁実著）
『古今武家盛衰記』（国史研究会／黒川真道編）
『勢州軍記』（三重県郷土資料刊行会／神戸良政著　三ツ村健吉註訳）
『新編日本武将列伝6』（秋田書店／桑田忠親著）
『田楽考　田楽舞の源流』（臨川書店／飯田道夫著）
『早雲寺　小田原北条氏菩提所の歴史と文化』（神奈川新聞社／早雲寺史研究会著）
『孫子』（岩波文庫／金谷治訳注）
『史料綜覧巻11・12・13』（東京大学出版会／東京大学史料編纂所）

和田竜

Wada Ryo

69年12月、大阪府生まれ。早稲田大学政治経済学部卒。03年に、本作と同内容の「忍ぶの城」で、脚本界の大きな新人賞である「第29回城戸賞」を受賞。小説は、本作がデビュー作となる。

宣伝・備前島幹人／販売・内山雄太／制作・山崎法一／
制作企画・粕谷裕次／資材・高橋浩子／編集・石川和男

のぼうの城

二〇〇七年十二月三日　初版第一刷発行
二〇〇八年　九月十七日　第十三刷発行

著者　和田 竜
発行者　佐藤正治
発行所　株式会社小学館
〒一〇一-八〇〇一　東京都千代田区一ツ橋二-三-一
編集　〇三-三二三〇-五七二〇
販売　〇三-五二八一-三五五五

DTP　株式会社昭和ブライト
印刷所　文唱堂印刷株式会社
製本所　牧製本印刷株式会社

ISBN 978-4-09-386196-0